KB268753

사막의 공주
아미라

내 딸 자라 라이카에게 바친다.

AMIRA, PRINZESSIN DER WÜSTE by Salim Alafenisch

Copyright 1994, 2007 by Ravensburger Buchverlag Otto Maier GmbH,

Ravensburg (Germany).

All rights reserved.

Korean translation copyright © 2009 by Nurimbo Publishing Co.

Korean edition is published by arrangement with Ravensburger Buchverlag

Otto Maier GmbH. through Eurobuk Agency.

사막의 공주 아미라

Amira Prinzessin der Wüste

살림 알라페니쉬 글 | 김시형 옮김

느림보

차례

옛 이야기

옛날, 아주 먼 옛날 오마르와 파티마가 살았다. 그들은 바누-아사드 족이었다. 드넓은 아라비아 사막을 떠돌며 사는 바누-아사드 족은 사자의 부족이라 불릴 만큼 용맹하고 지혜로웠다.

오마르와 파티마는 같은 해 봄에 태어났다. 오마르는 초원의 새순이 땅을 뚫고 막 돋아나는 무렵에, 파티마는 풀들이 자라 씨앗을 바람에 실어 보내는 늦봄에 세상에 나왔다. 오마르의 아버지와 파티마의 아버지는 형제였다. 나란히 붙은 천막 아래에서 두 가족은 살림살이도 같이하고, 천막 앞에다가 가축도 한데 모아 부렸다. 한밤중에는 늑대나 도적들이 와서 가축을 해치거나 훔쳐 가지 못하도록 오마르의 아버지와 파티마의 아버지는 번갈아 불침번을 섰다. 부족 사람들의 검은 천막이 이마를 맞대고 있는 마을에서 오마르와 파티마는 함께 자랐다.

태어나서 일곱 번째 봄을 맞았을 때, 오마르와 파티마는 새끼 염소들을 마을 근처 풀밭으로 끌고 나갔다가 다시 데려오는 일을 맡았다. 그로부터 봄이 세 번 지날 때까지 두 아이는 새끼 염소 무리를 돌보았다. 새끼 염소들은 하루가 다르게 몸집이 커졌고, 오마르와 파티마도 무럭무럭 자랐다. 옷이 금세 작아져 발등을 덮던 밑자락이 복사뼈 위로 껑충 올라왔고 샌들 바깥으로는 발가락이 비어져 나왔다.

어느 날 염소 떼를 끌어모으고 있는 오마르에게 아버지가 다가왔다.

"내 아들 오마르야! 이제 더 큰 샌들과 긴 옷이 필요하겠구나. 내일부터는 큰 염소들을 끌고 초원으로 나가거라."

"그럼 새끼 염소는 누가 돌보나요?"

오마르가 물었다.

"네 여동생이 새끼 염소들을 맡을 거야."

아버지는 빙긋 웃으며 오마르의 땋은 머리를 쓰다듬었다. 그런데 오마르는 영 시큰둥한 표정을 지었다.

"오마르, 마음에 걸리는 거라도 있니?"

아버지가 물었지만 오마르는 아무 말 없이 천막 앞에서 이리저리 뛰어노는 새끼 염소들만 바라보았다.

아버지가 샤이크(베두인의 족장)의 천막에서 부족 남자들과 향신료가 든 커피를 마시고 있을 때, 오마르는 꼬리에 꼬리를 무는 생각으로 머릿속이 복잡했다. 사촌 파티마와 더 이상 함께 염소를 칠 수 없다고 생각하자 오마르는 염소 치기가 싫어졌다. 파티마는 마을 근처에서 새끼 염소들을 돌보는데, 자기만 큰 염소들을 데리고 먼 초원에 나가면 전혀 재미있을 것 같지 않았다.

다음 날 아침 해가 밝자 어린 목동 오마르는 염소들을 데리고 초원으로 나갔다. 오마르는 들판에 서서 멀리 보이는 천막 마을을 그리운 눈빛으로 바라보았다. 마을은 가만히 웅크리고 있는 염소 떼처럼 보였다. 오마르는 어서 돌아가고 싶었다. 드디어 빨간 저녁노을이 지평선을 물들이기 시작하자 오마르는 서둘러 염소 떼를 끌고 집으로 돌아왔다.

마을은 저녁의 활기로 떠들썩했다. 새끼 염소들은 어미를 보자 반가워서 이리저리 뛰어다니고, 퉁퉁 불은 젖에 달려들어 부지런히 빨아 먹었다. 쌍둥이 새끼들은 서로 먼저 어미 젖을 차지하려고 실랑이를 벌이기도 했다. 공기 중에는 갓 구운 피타빵(중동·지중해 지역의 납작한 빵) 냄새가 가득했다.

한바탕 소란이 가시자 마을은 언제 그랬냐는 듯 조용해졌다. 염소들의 나지막한 울음소리만 이따금 들려왔다.

오마르는 천막 앞에 앉아서 저녁 하늘에 반짝이는 별을 올려다보았다. 어머니가 알록달록한 양탄자를 펼치고서 음식이 담긴 그릇을 내놓자, 식구들이 주변에 빙 둘러앉아 저녁 식사를 시작했다. 어머니는 오마르에게 수프와 피타빵을 건네었다. 하지만 오마르는 어머니의 손을 밀어내며 고개를 저었다.

"내 눈동자야! 왜 맛있는 밀가루 수프를 안 먹겠다는 거니?"

어머니가 놀라 물었다.

"배고프지 않아요."

"어제는 밀가루 수프를 해 달라고 했잖느냐?"

아버지도 끼어들어 물었다. 오마르는 아무 말도 하지 않았다.

"오마르하고 무슨 일 있었어요?"

어머니는 아버지를 쳐다보았다.

"오늘 오마르한테 큰 염소들을 끌고 초원으로 나가라고 했소. 그런데 별로 달가워하지 않는 눈치더군."

아버지가 대답했다.

"애야, 이제 넌 어린애가 아니란다. 새끼 염소들은 네 여동생이 돌보아도 되잖니."

어머니가 오마르를 타일렀다. 하지만 오마르는 들은 척도 하지 않았다. 어머니와 아버지는 서로 눈길을 주고받더니 더 이상 염소 이야기를 꺼내지 않았다.

오마르는 저녁 식사 자리에서 일어나 일찌감치 잠자리에 몸을 뉘었다.

"난 샤이크의 천막에 다녀오겠소. 오늘 저녁 우리 부족에 손님 이 온다는군."

천막 밖에서 아버지의 목소리가 들려왔다.

어머니는 숫염소에게 먹이를 주고서 천막으로 들어왔다. 재를 덮어 불을 끈 뒤 어머니는 아이들 곁에 나란히 누웠다. 아이들은 눈을 말똥말똥 뜨고 있었다. 어머니가 신부를 태운 낙타 이야기를 마치지 않고 며칠을 그냥 흘려보내는 바람에 아이들은 잔뜩 몸이 달아 있었다. 어머니는 담요 위로 나온 아이들의 머릿수를 헤아려 봤다. 여덟이어야 할 머리 중에서 일곱 개만 한 방향으로 나와 있었다. 오마르가 거꾸로 누워 있었다.

어머니가 웃으며 말했다.

"오마르! 넌 우리 발 냄새를 맡으면서 자고 싶은 거니? 그렇게 누우면 내 얘기가 잘 안 들릴 텐데!"

오마르는 한동안 잠자코 있더니 이내 포기한 듯 몸을 돌려 머리를 제자리에 갖다 놓았다. 하지만 담요를 끌어 올려 얼굴을 가려 버렸다.

뛰어난 이야기꾼이 많은 가문에서 태어난 어머니는 이야기 솜씨가 정말 좋았다. 어머니의 목소리에 오마르의 어지러운 마음도 가라앉았다. 오마르는 어느새 스르르 잠이 들었다.

어머니는 자는 아이들을 죽 훑어보았다.

"어디 보자, 모두 이불을 잘 덮었구나. 알라께 비나니 우리에게 평화롭고 행복한 밤을 허락하소서."

어머니는 짧은 기도를 한 뒤 길게 하품을 했다.

밤이 깊어서야 아버지는 샤이크의 천막에서 돌아왔다. 모두 워낙 깊이 잠든 터라 아무도 아버지의 발소리에 깨지 않았다. 아버지는 어머니 옆자리에 가만히 누워 식구들이 고르게 내뱉는 숨소리에 귀를 기울였다.

다음 날 아침, 염소 울음소리에 가족들이 눈을 뜨자 아버지는 장난스럽게 말했다.

"너희들 모두 아주 마음 편히 자더구나. 도둑이 낙타 등에 업어 가도 모를 지경이던데!"

"내가 애들한테 잠이 솔솔 오는 옛날이야기를 해 줬거든요."

어머니가 대꾸했다.

"하긴 당신 이야기에는 신비한 힘이 있어서 듣다 보면 어느새 잠이 든단 말이지."

아버지는 껄껄 웃고는 세수를 하려고 물 부대를 집어 들었다.

오마르는 어제보다 기분이 나아 보였다. 아침 식사 때에는 우유를 마시기도 하고 대추야자를 한 움큼 입에 넣기도 했다. 아이들이 아침을 먹는 동안 어머니는 염소젖을 짰다.

"오마르, 아침을 먹고서 큰 염소들을 데리고 초원으로 나가렴."

아버지는 조금 있다 한마디를 덧붙였다.

"파티마도 오늘부터 큰 염소들을 데리고 초원으로 나간다고 하더구나. 남동생이 파티마 대신 새끼 염소를 돌볼 거라더라. 너희 둘이 같이 있으면 덜 지루하겠지, 아마."

오마르는 그 말을 듣자 기뻐서 펄쩍 뛰어오르며 지팡이를 머리 위로 휘둘렀다. 아버지와 어머니는 웃으며 눈길을 주고받았다.

이날부터 오마르와 파티마의 놀이터는 마을에서 멀리 떨어진 초원으로 바뀌었다. 염소들이 한가로이 풀을 뜯는 동안 두 아이는 모래를 가지고 놀았다. 놀잇감으로 쓸 모래는 주변에 차고 넘쳤다. 낙타 똥, 염소 똥, 소라 껍질, 돌멩이도 훌륭한 장난감이었다. 오마르가 모래 위에 손가락으로 금을 그어 놀이터를 표시하는 동안 파티마는 이런저런 놀잇감을 주워 왔다. 둘은 다투는 일이 없었다. 놀이를 할 때면 언제나 번갈아 가며 이겼기 때문이다. 파티마와 오마르는 지루할 틈 없이 마냥 즐겁게 지냈다.

염소 떼는 초원에 우거진 풀을 마음껏 먹고 자라서 금방 수가 불어났다. 오마르와 파티마도 하루가 다르게 커 갔다.

"오늘은 인형을 만들고 놀자! 모래 장난은 이제 지겨워."

어느 날 오마르가 말했다.

"그러자! 내 주머니에 천이랑 실이랑 바늘이 있어. 엄마가 이제부터 바느질을 배워야 한다고 챙겨 주셨어."

파티마가 대답했다.

"너 벌써부터 결혼식 때 입을 옷을 짓는 거야?"

오마르가 장난스럽게 묻자 파티마는 말없이 눈을 땅으로 떨구었다.

오마르는 자리에서 일어나 가까운 덤불로 가더니 나뭇가지 두 개를 꺾어 왔다. 그러고는 주머니칼로 나뭇잎을 긁어냈다. 오마르는 나뭇가지 하나를 파티마 쪽으로 내밀며 말했다.

"자, 그쪽 걸로는 신부, 이쪽 걸로는 신랑을 만들자!"

파티마는 나뭇가지 두 개를 보더니 웃음을 터뜨렸다.

"왜 웃어?"

오마르는 어리둥절해서 물었다.

"신랑이 신부보다 더 작아!"

파티마가 웃으며 대답했다. 오마르는 얼굴이 빨개졌다.

"그럼 나뭇가지를 바꾸면 되잖아!"

"아냐! 두 개가 똑같아야 해. 안 그러면 뽀뽀할 때 힘들어!"

그러자 오마르는 나뭇가지를 하나 더 꺾어 왔다.

오마르와 파티마는 사흘 동안 신랑 신부 인형을 만들었다. 인형이 완성되자 두 아이는 인형 두 개를 나란히 뉘었다.

"둘이 키가 똑같아."

오마르는 뿌듯한 표정으로 인형을 내려다보았다.

"내가 보기엔 신부가 신랑보다 더 예쁘게 됐는데?"

파티마가 장난스럽게 말했다. 오마르는 신랑 인형을 한참 동안 살펴보았다.

"이제 알겠다. 신랑한테 수염이 빠졌어."

"정말 그러네."

파티마도 고개를 끄덕였다.

오마르는 일어나 숫염소 쪽으로 갔다. 오마르가 수염을 붙잡으려 하자 염소는 있는 힘껏 울어 대며 몸을 버둥거렸다.

"파티마! 염소 좀 잡아!"

오마르가 외쳤다. 두 아이는 힘을 합쳐 염소 수염을 조금 잘라 냈다. 파티마는 잘라 낸 수염을 꿰어 신랑 인형의 코밑에 달아매었다.

"신랑 수염이 너무 긴데."

오마르가 말했다.

"맞아. 이러면 신부가 신랑을 보고 겁먹을지도 몰라."

오마르는 칼로 수염을 짧게 잘랐다.

"이제 수염 길이가 딱 맞지? 쥐꼬리보다 더 짧아! 얼른 신부하고 신랑을 함께 눕히자!"

파티마는 야자수 잎을 주워다가 결혼식 천막을 세웠다. 오마르가 머릿수건을 벗어서 신랑 신부를 덮으려고 할 때, 오마르의 손이 파티마의 가슴을 스쳤다. 오마르는 손을 밑으로 내려서 살며시 파티마의 가슴을 쓸어 보았다. 봉긋한 굴곡이 느껴졌다.

"이게 뭐야?"

오마르가 물었다.

"건포도야."

파티마가 대답했다. 오마르는 파티마의 작은 건포도를 엄지와 검지로 살짝 잡았다.

"간지러워!"

파티마는 팔짝 뛰어 일어나더니 달아났다. 오마르가 파티마 뒤를 쫓았다. 파티마는 오마르보다 달리기가 빨랐다. 오마르가 돌에 걸려 휘청거리는 틈에 파티마는 재빠르게 대추야자나무 위로 기어올랐다. 꼭대기에 올라앉은 파티마는 손을 뻗어 달콤한 대추야자를 따 입에 넣고 우물거렸다. 그러고는 나무줄기에 매달려 낑낑대고 있는 오마르의 머리 위로 씨를 떨어뜨렸다.

한참이 지나서야 오마르도 나무 꼭대기에 올라왔다. 몹시 힘이

들었는지 숨을 헐떡댔다.

"넌 힘이 좀 세져야겠구나."

파티마가 놀려 댔다.

"전에는 맛있는 밀가루 수프도 안 먹었다면서."

"어디서 들었어?"

오마르가 이마에 맺힌 땀방울을 닦아 내며 물었다.

"우리 마을에 비밀이 어디 있어?"

파티마가 대답했다.

"그걸 너한테 누가 말했냐고?"

오마르는 한 번 더 따져 물었다.

"따스한 저녁 바람이!"

파티마는 웃으며 대답했다.

"이 망할 놈의 대추야자!"

오마르는 대추야자를 따서 마구 입안으로 집어넣었다.

열매를 배불리 따 먹은 두 아이는 말없이 아래를 내려다보았다. 저 너머로 우물을 찾아가는 당나귀 행렬이 보였다. 어디선가 산들바람이 불어와 나뭇가지를 살랑살랑 흔들었다.

"아, 어지러워! 야자나무가 흔들리니까 기분이 이상해. 우리 천막에 있는 흔들 침대랑은 너무 달라."

파티마가 큰 소리로 말했다. 오마르는 씩 웃었다.

"난 좋은걸? 계속 흔들리면 잠이 솔솔 올 것 같아."

그때 갑자기 바람이 거세지면서 나무가 심하게 흔들렸다.

"꼭 잡아!"

오마르가 외쳤다. 파티마는 오마르의 목에 팔을 둘렀다. 오마르는 다리로 야자나무 줄기를 있는 힘껏 붙들고, 한쪽 팔로는 파티마를 자기 품에 끌어당겨 안았다.

"살살해! 답답해서 숨을 못 쉬겠어!"

파티마가 소리쳤다.

"공기가 이렇게 많은데 숨을 못 쉬겠다고?"

오마르는 파티마를 놀리며 꼭 끌어안았다.

바람이 잦아들자 파티마는 오마르의 품에서 빠져나왔다. 두 아이는 서로를 마주 보았다. 오마르는 손을 뻗어 파티마의 가슴을 어루만졌다. 아까와는 다른 쪽에 있는 건포도가 만져졌다.

"여긴 나무 꼭대기니까 도망갈 수도 없지!"

오마르는 의기양양하게 말했다. 그러고는 다시 파티마에게 물었다.

"근데 너한테는 건포도가 몇 개나 있는 거야?"

"두 개. 하나는 왼쪽, 하나는 오른쪽에 있어. 너는?"

파티마가 되물었다.

"내 건 네 열매보다 작아."

오마르가 대답했다.

"네 것 좀 보여 줘!"

파티마가 말했다.

오마르는 망설이지 않고 웃옷을 헤쳤다. 파티마는 가운데 손가락으로 오마르의 가슴을 만져 보았다.

"네 건 건포도가 아니라 조그만 강낭콩 같아!"

오마르와 파티마는 야자나무 위에서 서로를 쓰다듬었다. 드넓은 사막에 둘 말고 다른 무엇도 존재하지 않는 듯했다.

저녁노을이 야자잎을 발갛게 물들일 무렵이 되어서야 두 아이는 정신을 차렸다.

"해가 땅 밑으로 가라앉았어! 빨리 마을로 돌아가야 해!"

파티마가 깜짝 놀라 외쳤다. 서둘러 땅으로 내려와 주변을 둘러본 두 아이는 넋을 잃고 말았다. 염소가 한 마리도 보이지 않았다. 오마르와 파티마는 그 자리에 얼어붙었다.

파티마가 먼저 우는 소리를 했다.

"어떡하면 좋아! 염소를 못 찾으면 돌아가서 뭐라고 말하지?"

오마르의 머릿속에는 수많은 생각이 떠올랐다 사라졌다. 혹시 도적 떼가 훔쳐 간 걸까? 아니면 늑대나 승냥이가 덮친 걸까?

"파티마, 넌 우물 쪽으로 가 봐! 어쩌면 염소들이 목이 말라서 물을 찾으러 간 걸지도 몰라! 난 이웃 마을 밀밭으로 가 볼게. 그놈들 밀 이삭을 가장 좋아하잖아! 이따가 마을 앞에 있는 골짜기에서 보자!"

오마르는 쏜살같이 밀밭 쪽으로 달려갔고, 파티마는 사슴처럼 재빠르게 우물가로 뛰어갔다.

그사이 다른 집 가축들은 모두 천막 마을로 돌아왔다. 오마르와 파티마가 몰고 간 염소들만 오지 않았다. 오마르의 어머니는 염소

젖을 짜려고 그릇을 들고 나왔다가 빈 마당에 멍하니 서 있어야
했다. 어미젖을 빨지 못한 새끼 염소들은 배가 고파 울며 이리저
리 헤맸다.

"대체 오마르는 어디 있는 거지? 한 번도 늦은 적이 없었는데!"

어머니가 영문을 모르겠다는 표정으로 중얼거렸다.

"무슨 일이라도 생긴 게 아닐까?"

아버지도 아들이 걱정되었다.

"그렇지만 혼자 간 게 아니라 사촌 파티마와 같이 간 걸요!"

"파티마네 염소들도 아직 돌아오지 않았소."

아버지는 이제 막 도착해서 가축들을 한곳에 몰고 있던 목동을
불러 세웠다.

"혹시 초원에서 오마르를 못 봤소?"

"아뇨, 댁의 아들은 늘 저와 다른 방향으로 가서 풀을 먹여요."

목동의 대답은 그게 다였다.

파티마의 부모도 딸 때문에 속이 탔다.

"염소는 둘째 치고 딸아이가 어찌 됐는지 걱정이에요."

파티마의 어머니는 안절부절못하며 초원 쪽만 하염없이 바라보
았다.

서서히 어둠이 밀려들었다. 개들이 암캐 한 마리를 쫓아다니며
컹컹 짖어 대는 소리가 마을에 울려 퍼졌다.

"그렇게 마냥 서서 인상만 찌푸리고 있으면 다예요? 빨리 나가
서 애들을 찾아봐요!"

파티마의 어머니가 남자들을 닦달했다. 부족 남자들은 말에 안장을 얹고, 칼을 어깨에 차더니 바람같이 초원으로 달려 나갔다. 몇 초도 안 되어 그들의 모습은 어둠에 묻히고 말들이 땅을 박차는 소리만 희미하게 들려왔다.

남자들이 수색을 나섰을 즈음 파티마는 우물에 도착했다. 하지만 안타깝게도 염소는 단 한 마리도 보이지 않았다. 심지어 사람 그림자조차 보이지 않았다. 파티마는 일단 물을 떠서 목을 축이고 얼굴을 씻었다. 혹시나 염소 목에 매단 방울 소리가 들리지 않을까 싶어 숨소리마저 내지 않았다. 그러나 사방은 쥐 죽은 듯 고요하기만 했다.

그때 갑자기 새끼 양의 울음소리가 적막을 깨고 들려왔다. 파티마는 소리가 나는 쪽으로 황급히 발을 옮겼다. 새끼 양 한 마리가 덤불에 갇혀 울고 있었다. 파티마는 조심스레 양을 손으로 들어 올려 품에 안았다.

"어쩌다가 어미를 잃어버렸니?"

파티마는 곱슬곱슬한 양털을 쓰다듬었다.

"겁내지 마. 내가 지켜 줄게!"

파티마가 양을 안아 달래고 있을 때 멀리서 말발굽 소리가 났다. 소리는 점점 더 크게 들려왔다. 누군가 오고 있었다.

말에 탄 사람들은 누굴까? 파티마는 덤불 속에 급히 몸을 숨겼다. 그러고는 양의 주둥이에 손을 얹고 가만히 속삭였다.

"조용히 해! 우리가 여기 숨은 걸 들키면 안 돼! 저 사람들이 누군지 아직 모르니까 말야.”

덤불 바로 옆으로 말들이 지나갔다. 먼지가 부옇게 일었다. 파티마는 피가 얼어붙는 것 같았다. 더 이상 말발굽 소리가 들리지 않자 파티마는 재빨리 덤불을 빠져나왔다. 양을 안고 있는 힘껏 골짜기로 내달렸다.

그사이 밀밭에 도착한 오마르는 눈앞에 벌어진 광경에 어처구니가 없었다. 염소들이 밀밭을 온통 짓밟고 헤쳐 놓은 것이다. 배불리 밀을 뜯어 먹은 숫염소는 보리 자루 모양으로 불룩해진 배를 내밀고 무성한 이삭 사이에 태평히 누워 있었다.

“네가 다른 염소들을 이리로 끌고 왔지, 이 나쁜 녀석아! 한번만 더 이런 짓을 하면 숨통이 막힐 때까지 주둥이에 밀 이삭을 잔뜩 쑤셔 넣어 주마!”

오마르가 냅다 발길질을 하자 숫염소는 펄쩍 뛰어오르더니 줄행랑을 쳤다. 오마르는 서둘러 염소들을 끌어모아 파티마와 만나기로 한 골짜기로 향했다. 배가 부를 대로 부른 데다 젖이 퉁퉁 불어 몸이 무거운 염소들은 오마르가 지팡이로 계속 재촉을 하는데도 느릿느릿 앞으로 나아갈 뿐이었다.

골짜기에 도착한 파티마는 오마르가 오지 않자 애간장이 탔다. 돌 위에 털썩 주저앉은 파티마는 흐르는 눈물을 옷자락으로 찍어 냈다.

“오마르, 너 어디 있니?”

파티마는 떨고 있는 새끼 양을 꼭 껴안고서 눈을 감았다. 얼마 뒤 멀리서 방울 소리가 들려오자 파티마는 번쩍 눈을 떴다.

"우리 염소들 방울 소리야! 오마르! 오마르!"

파티마는 몹시 기뻐서 소리를 질렀다.

"파티마, 나 여기 있어!"

오마르와 파티마는 안도감에 서로를 얼싸안았다. 갑자기 파티마는 팔을 풀고 흥분한 목소리로 물었다.

"어디서 염소를 찾았니?"

"밀밭 한가운데에 있었지 뭐야!"

"다행이야. 조상님이 지켜 주신 거야!"

파티마가 나직이 속삭였다.

"이 녀석들 배가 터질 때까지 밀을 처먹고 밭도 엉망으로 만들어 놨어!"

"뭐라고? 어쩌면 좋담!"

파티마는 놀라서 두 손으로 입을 막고 소리쳤다. 곧 걱정스런 목소리로 파티마는 다시 물었다.

"누구 본 사람은 없어?"

"아니, 사방에 아무도 없었어. 그렇지만 염소들 때문에 들킬 수도 있어. 내일 혹시 이 녀석들 똥에서 낟알이 나오면……."

"그보다 오마르, 우선 왜 늦었는지 어른들한테 설명해야 해."

그러자 오마르가 빙그레 웃으며 대답했다.

"그건 쉬워. 내가 끝내주는 이유를 생각해 냈거든!"

"빨리 말해 봐!"

파티마가 재촉했다.

"이렇게 말하면 돼. 지금까지 갔던 풀밭에 염소들이 먹을 풀이 별로 없어서 다른 장소를 찾으러 갔다고 말야. 찾아낸 곳에 풀이 아주 많긴 했지만, 거기는 우리가 생각한 것보다 훨씬 먼 곳이었어. 그래서 돌아오는데 시간이 너무 오래 걸린 거지. 저 퉁퉁 불은 젖을 보면 사람들도 우리 말을 믿어 줄 거야. 저것 봐. 암염소들 젖이 잔뜩 불어서 공처럼 됐잖아!"

"와, 정말 그럴듯해!"

파티마는 고개를 끄덕였다. 오마르는 파티마의 머리를 부드럽게 쓰다듬으며 말했다.

"그리고 건포도랑 강낭콩 얘기는 비밀로 하자!"

"좋아. 우리 비밀은 저 깊은 우물 속에 묻어 버렸어. 아버지가 그걸 알면 어떻게 될지 상상하기도 싫어!"

오마르와 파티마는 늦은 밤이 되어서야 마을에 도착했다. 두 아이가 나타나자 사람들은 쉬지 않고 질문을 퍼부었다.

"대체 어디 있었니? 왜 이렇게 늦은 거야? 어디서 잠이라도 자고 온 거니? 너희들 걱정에 속이 다 탈 지경이었다!"

오마르는 자기가 지어낸 이야기를 천연덕스럽게 풀어냈다. 오마르의 차분한 목소리에 떠들썩한 분위기가 서서히 가라앉았다. 파티마도 한마디 거들었다.

"우리는 데리고 간 염소들만 돌본 게 아니라 들판을 헤매고 있던 새끼 양까지 주워 왔다고요."

파티마는 양을 들어 보였다.

"어떤 목동이 가엾은 어린 양을 그냥 내버려 두고 오겠어요?"

"저 새끼 양은 라시드네 거야! 아까 보니 저녁나절 내내 천막 사이를 돌아다니며 찾더라구!"

한 여자가 끼어들었다.

오마르와 파티마의 어머니들은 그릇을 들고 염소젖을 짜기 시작했고 이내 그들의 입에서는 탄성이 터져 나왔다.

"세상에나! 우리 아들, 정말 훌륭한 목동이구나! 오늘처럼 염소젖이 잘 나오는 때는 본 적이 없어!"

오마르의 어머니는 입에 침이 마르도록 칭찬을 했다.

깊은 밤이 되어서야 아이들을 찾으러 나갔던 남자들이 돌아왔다. 오마르와 파티마가 무사하다는 말을 듣자 남자들은 안도의 한숨을 내쉬었다. 그러면서도 이상하다는 듯이 고개를 갸웃거렸다.

"이 근방을 이 잡듯 샅샅이 뒤졌는데 왜 못 봤을까? 우물가에서는 말발굽 소리에 새가 놀랐는지 말한테 덤벼들기까지 했지 뭐냐. 말이 날뛰는 바람에 하마터면 말에서 떨어질 뻔했지. 다행히 아무 일 없이 돌아오긴 했지만 말야."

어머니는 아버지에게 물 부대를 건넸다.

"어쨌든 모든 게 잘 끝나 다행이에요. 아무도 다치지 않고 돌아왔잖아요. 감사의 뜻으로 조상님 무덤에 염소라도 한 마리 잡아 올려야겠어요."

다음 날 아침 오마르가 염소 떼를 이끌고 초원으로 나가려고 할

때 어머니가 아들을 붙들었다.

"애야, 숫염소의 수염이 어디로 간 거니?"

오마르는 어깨를 으쓱해 보였다.

"글쎄요. 어딘가에 수염이 껴서 뽑혔거나 아니면 털 빠지는 때가 된 게 아닐까요?"

"참 이상하네."

어머니는 고개를 갸우뚱거리며 다시 천막 안으로 들어갔다.

오마르와 파티마는 그 뒤로도 곧잘 초원의 대추야자나무 위에 올라가 놀았다. 봄이 왔다 가고, 또 다른 봄이 지나는 동안 건포도는 부쩍부쩍 자랐지만 강낭콩은 아주 조금씩만 커졌다.

파티마는 수놓는 법을 익혔다. 파티마가 놓은 수는 달이 가고 해가 갈수록 섬세하고 정교해졌으며 무늬도 아름답고 화려해졌다. 파티마는 끈기 있게 자신이 입을 신부 옷에 수를 놓았다. 그렇게 네 해가 지나자 마치 예술 작품 같은 아름다운 옷이 완성되었다. 윤기가 흐르는 매끄러운 검은 천 위로 붉은 장미와 흰 재스민 꽃잎이 흐드러지게 피어났고, 석류와 곡식의 이삭이 여물었다. 옷의 양 옆구리에는 색색의 깃털을 자랑하는 새들과 날씬한 영양, 낙타 행렬이 늘어섰고 목둘레에는 야자나무가 아기자기하게 자리 잡았다. 파티마는 완성된 옷을 정성스레 접어서 천으로 잘 싼 뒤, 천막 한구석에 개켜 놓은 요 밑에 넣어 두었다.

파티마의 어머니는 딸의 솜씨에 마음이 뿌듯했다.

"이렇게 예쁜 옷을 입을 너와 혼례를 치를 남자는 자기 수명보다 몇 년은 더 살 게다."

파티마는 얼굴이 붉어진 채 아무 말 없이 빵 반죽을 주물렀다. 어머니는 파티마의 기색을 살피며 계속 말했다.

"나를 믿으렴, 애야! 엄마들은 자식의 마음을 여는 열쇠를 가지고 있단다!"

파티마는 고개를 들었다.

"엄마도 내 마음이 어디로 향하는지 아시죠? 내 눈엔 오마르밖에 보이지 않아요."

"나도 네 결정에 찬성이야. 다만 네 감정이 변하지 않았나 확인하고 싶구나."

"반죽이 자꾸 손에 붙어요!"

파티마가 불쑥 투덜댔다.

"한꺼번에 물을 너무 많이 넣어서 그렇단다."

어머니는 자루에서 밀가루 한 줌을 꺼내 반죽 위에다 부었다.

"이러면 너무 되지도 무르지도 않고 반죽이 잘될 거야. 그런데 오마르가 결혼하자는 얘기를 꺼내던?"

"아니요."

어린 처녀 파티마의 목소리가 작아졌다. 어머니는 잠시 생각하고서 파티마에게 말했다.

"걔가 너하고 결혼하고 싶어 하는 게 확실하니?"

"내가 먼저 물어볼까요?"

파티마가 묻자 어머니는 손사래를 쳤다.

"아니다, 얘! 네 손을 청하는 건 그 아이가 해야 할 일이야. 그게 관습이야."

"오마르가 안 하면요?"

"하게 만들어야지. 머리를 조금만 쓰면 안 될 일이 없단다."

파티마는 궁금한 눈빛으로 어머니를 쳐다보았다. 어머니는 다정하게 말했다.

"사람에게는 경험이 중요하단다. 시간이 지나면 알게 될 거야. 파티마, 꾀를 내면 며칠 만에 오마르를 안달하게 할 수도 있어!"

"오마르가 안달을 부린다구요?"

파티마는 큰 소리로 웃음을 터뜨렸다. 어머니는 인상을 찌푸리며 딸을 나무랐다.

"농담으로 하는 말이 아냐. 예언자들의 수염에 대고 맹세할 수 있어!"

"엄마, 너무 꿈이 크신 거 아니에요? 오마르는 성격이 정말 느긋하다구요."

"그건 나한테 맡겨 두렴."

어머니는 천막 구석에서 졸고 있는 늙은 개한테 딱딱하게 굳은 빵 한 조각을 던져 주었다.

어머니와 딸 사이에 이런 이야기가 오가고서 또 한 번의 봄이 지났다. 파티마는 이제 열일곱 살이 되었다. 하지만 사촌 오마르는 아직도 청혼을 하지 않았다.

어느 저녁 파티마는 어머니에게 속상한 마음을 털어놓았다.

"엄마! 옆집 딸은 저보다 한 봄이나 늦게 태어났는데도 벌써 약혼자가 생겼어요!"

"나도 안다."

어머니가 대답했다.

"오마르는 아직도 꼼짝을 안 해요!"

파티마는 곧 울음을 터뜨릴 것 같았다. 어머니는 딸의 어깨를 안았다.

"그 아이가 네 손을 청하게 해 주마. 엄마만 믿으렴."

어머니는 파티마의 어깨를 더욱 꼭 껴안아 주었다.

그날 밤 어머니는 묘안을 짜내었다. 하루 일과가 끝나고 아이들이 포근한 모포를 덮고 잠들자 파티마의 어머니는 요 위에 누워 남편을 기다렸다.

밤늦게 아버지가 돌아왔다. 아버지는 아내가 깨어 자신을 기다리는 것을 보자 기분이 좋아져 장사에서 얼마나 많은 이득을 남겼는지 열심히 설명했다. 그런데 아무리 봐도 아내의 정신이 딴 데 팔려 있는 것 같았다.

"무슨 일 있었소?"

아버지가 물었다. 어머니는 진지한 표정으로 아버지를 바라보았다.

"여보, 당신도 이제는 제가 마냥 젊지 않다는 걸 잘 알죠? 글쎄 올해엔 천막 천을 두 폭이나 새로 갈아야 하는데 걱정이에요."

"그걸 다 할 수 있겠소?"

아버지가 걱정스러운 목소리로 물었다.

"파티마가 집안일을 좀 도와주면 훨씬 수월하겠지요. 그래서 말인데 이제 염소는 나디르한테 대신 돌보라고 하면 안 될까요?"

"그런 일 때문이라면 내일부터 파티마는 집에 남도록 합시다!"

아버지는 말을 마치고서 호주머니에서 은팔찌를 꺼내었다.

"어쩜 정말 예쁘네요!"

어머니는 선물을 받고 무척 기뻐했다.

파티마는 천막 끝에 누워서 모포를 덮고 자는 척하며 부모님의 대화를 엿들었다.

'정말 기가 막힌 꾀야.'

파티마는 웃음이 터져 나올 것 같았지만 애를 쓰며 참았다.

다음 날 아침, 식사를 마치자 아버지가 파티마의 동생을 불렀다.

"애야, 나디르! 이제 너도 다 컸으니 염소들을 데리고 초원에 나가거라. 집안일이 너무 많아서 오늘부터는 파티마가 천막에 남아 어머니를 거들기로 했단다."

나디르는 마지못해 고개를 끄덕였다.

처음으로 초원에 나가게 된 나디르는 마을 언저리에서 오마르를 만났다. 오마르는 파티마가 아니라 나디르가 자신을 기다리고 있자 당황했다.

"네 누이는 어디 있어? 파티마가 어디 아파?"

"아니. 오늘부터 누나는 천막에 남아 어머니를 돕는대."

나디르의 대답에 오마르는 아랫입술을 지그시 깨물었다.

"그래서 네가 이제부터 큰 염소 떼를 부린다고? 너 우물에서 물 긷는 게 얼마나 힘든지 알기나 해?"

오마르는 나디르를 머리부터 발끝까지 훑어보며 쏘아붙였다.

"어머니가 형이 사촌이니까 도와줄 거라고 했어."

나디르도 지지 않고 대꾸했다. 오마르는 부아가 나서 투덜거리더니 자기 앞에 가던 염소 한 마리를 지팡이로 마구 내몰며 화풀이를 했다.

이날부터 오마르는 염소 돌보는 일에 완전히 흥미를 잃고 말았다. 그는 파티마가 보고 싶었다. 사촌누이에 대한 그리움은 날이 갈수록 커져서 일주일이 지나자 오마르는 외로움에 완전히 지치고 말았다. 어릴 적부터 함께 놀던 동무가 없으니 들판에서 보내는 시간이 지루할 뿐이었다. 오마르는 얼빠진 표정으로 바위 위에 하루 종일 앉아 있었다.

어느 날 저녁 오마르는 아버지와 마주 앉았다.

"아버지, 전 계속 목동 일을 하며 살고 싶진 않아요. 저도 이제 장사를 하고 싶어요!"

아버지는 아들의 말에 흡족해하며 말했다.

"잘 생각했다! 장사는 부자가 되기 위한 지름길이지. 선지자 무하마드께서도 장사를 하셨지."

아버지는 말없이 오마르의 눈을 바라보다 입을 열었다.

"예전부터 물어보려 했는데 너 혹시 결혼할 생각은 없느냐?"

오마르는 눈을 내리깔더니 아무 대답도 하지 않았다. 아버지는 아들에게서 싫어하는 기색을 느끼지 못했다.

"넌 우리 집 큰아들이다. 그러니 가장 성대한 결혼 잔치를 해 주고 싶구나!"

"아버지, 제 마음은 사촌 파티마한테 있어요."

"잘 생각했다. 내 아들아!"

아버지는 진심으로 기뻐하였다.

오마르와 아버지 사이에 이야기가 오간 뒤, 다음 보름이 돌아오자 두 처녀 총각의 결혼이 발표되었다. 오마르는 정식으로 파티마에게 청혼했다. 짤막한 결혼 선언문이 낭독되었고 달콤한 과자가 마을 사람들에게 나눠졌다.

파티마는 어머니를 껴안으며 조용히 속삭였다.

"엄마 꾀가 이렇게 빨리 효과를 나타낼 줄은 꿈에도 몰랐어요!"

어머니는 잔잔한 웃음을 지으며 딸의 등을 다정하게 두드려 주었다.

결혼 선언이 있고서 곧 피로연 준비가 시작되었다. 부족 사람들은 마을 한쪽에 남자들이 쓸 천막을 세웠고, 다른 한쪽에는 여자들이 쓸 천막을 세웠다. 여자들의 천막 옆에 신부를 위한 천막이 작게 들어섰다. 남자들은 낮 동안에는 천막 앞에서 말과 낙타를 타고 경주를 벌이다 저녁이면 달빛을 받으며 춤을 췄다. 여자들은 쉴 새 없이 노래를 불렀다.

며칠 동안 이어진 잔치는 파티마가 아담한 신부 천막으로 들어올 때 절정을 이루었다. 처녀들은 신혼부부의 첫날밤을 위해 신부의 몸단장을 도왔다. 먼저 파티마를 씻기고 그녀의 검은 머리를 길게 땋아 늘어뜨렸다. 팔에는 금과 은으로 된 팔찌를 여러 개 채워 아름답게 꾸몄다. 패랭이꽃을 이어 만든 화환이 신부의 가느다란 목에 걸리자 매혹적인 향기가 사방으로 흩어졌다. 마지막으로 정성스레 수놓은 혼례복을 입자, 파티마는 밝고 둥근 보름달만큼 아리따웠다.

다른 여인들은 신부 천막을 장식했다. 바닥에 알록달록한 양탄자를 깔고 신랑 신부의 잠자리에는 수놓은 베개를 올려놓았다. 천막 입구에는 술이 주렁주렁 달린 긴 끈을 늘어뜨렸다.

이제 신부를 태우고 갈 낙타를 고를 차례였다. 오마르의 아버지는 늙고 차분한 낙타를 골랐다.

"이 낙타는 지금껏 행운을 가져다주었지. 게다가 한 번도 사람을 다치게 한 적이 없어."

아버지는 늙은 낙타에게 보리 한 광주리를 먹였다. 낙타가 보리를 배불리 먹고 나자 오마르의 아버지는 낙타 혹 사이에 바구니 모양의 안장을 얹었다. 어머니는 양탄자와 색색으로 수놓은 천으로 안장을 장식했다. 낙타의 기다란 목에는 치렁치렁한 붉은색 술을 달았다.

아버지가 명령하자 드디어 신부를 데리러 가기 위해 낙타가 발걸음을 떼었다. 이 광경을 구경하려고 마을 사람들 모두가 자리에서 일어났다. 낙타가 파티마네 식구가 사는 천막 앞에 도착하자 사람들은 낙타를 꿇어앉혔다. 여자들의 노랫소리가 은은히 울리는 가운데 파티마가 안장에 올랐다. 낙타는 아담한 신부 천막으로 향했다. 여인들이 신부를 맞이해 신혼 침상으로 인도했고, 처녀들은 천막 주위를 빙빙 돌며 계속 춤을 추었다.

그사이 신랑 쪽 준비도 착착 진행되었다. 오마르의 친구인 젊은 총각 몇몇이 신랑의 몸단장을 맡았다. 청년들은 오마르를 큰 대야에 앉혔다. 한 사람은 물을 붓고 한 사람은 오마르의 몸에 비누칠을 했다. 또 다른 사람은 솔로 몸을 문질렀다. 나머지 청년들은 그동안 춤을 추고 노래를 불렀다. 목욕을 마친 오마르의 몸은 껍질을 갓 벗긴 당근처럼 말끔했다. 청년들은 오마르에게 면도를 해 주고 향유를 바른 뒤 장미꽃 물을 뿌렸다. 마지막으로 오마르는 비단옷을 입고 머리에 두건을 얹었다. 허리에는 진주가 박힌 칼을 찼다.

"신랑이 몹시 아름다워 달도 그 앞에서는 얼굴이 붉어지겠어!"

친구 가운데 한 사람이 오마르를 보고 감탄했다.

그날 밤 오마르의 아버지는 신부에게 바치는 의미로 양 세 마리를 잡았다. 모두 다 함께 배불리 먹고 마신 뒤에 청년들은 신랑을 신부 천막으로 이끌었다. 하늘 높이 뜬 달이 신방이 차려진 천막을 환한 은빛으로 감쌌다. 부족 전체가 결혼을 축하하며 노래하고 춤추는 가운데, 오마르는 파티마가 기다리는 천막 문을 열고 들어갔다.

행복한 첫날밤을 보내고 다음 날 아침이 밝자 신랑 신부는 사람들로부터 선물 세례를 받았다. 다른 여러 부족에서도 많은 손님들이 이 결혼을 축하하기 위해 찾아왔기 때문에 오마르의 아버지는 하객들에 대한 감사의 표시로 열두 마리나 되는 염소와 양을 잡아야 했다.

일주일이 지난 뒤 작은 신부 천막에 천 두 폭을 더 이어 붙이자, 오마르와 파티마가 살림을 차릴 천막이 완성되었다.

하늘도 오마르와 파티마를 굽어살피는 듯 두 사람은 행복한 나날을 보냈다. 파티마는 시어머니로부터 따뜻한 사랑을 받았고 오마르가 시작한 장사도 날로 번창해 갔다.

두 사람이 결혼식을 올리고 두 번째 봄이 찾아왔을 때, 파티마는 첫 아이를 낳았다. 해산을 도우러 온 산파 할머니는 뼈마디가 굵은 손으로 파티마의 배를 열심히 문질러 주며 말했다.

"참 동글동글 잘생긴 배로구나! 멜론보다 예쁜 배는 내 평생 처음 보는걸!"

얼마 뒤 산파는 멜론보다 예쁜 배에서 나온 열매를 받아 들며 감탄했다.

"딸이야! 아주 예쁜 딸이 나왔어!"

산파는 갓난아기를 수건에 싸서 파티마의 품에 안겼다. 파티마는 뿌듯한 마음으로 갓 태어난 아기를 바라보았다.

"코는 아빠를 닮고, 눈은 이 엄마를 닮았구나!"

파티마는 다정하게 속삭이며 아기를 품에 안았다.

천막 안에 있던 다른 여인들도 갓난아기를 구경했다. 산파는 말린 낙타 똥 한 덩어리로 잎이 꽉 찬 담뱃대에 불을 붙이고는 담배

연기 한 모금을 깊고 맛있게 빨아들였다.

"이번 일로 너희 부부한테 뭘 받을 생각은 없다. 대신 바람이 하나 있는데……."

"어떤 건데요?"

파티마가 물었다.

"내가 아이 이름을 지어 주고 싶구나."

산파는 조심스럽게 입을 열었다.

"아이를 받아 주신 것도 모자라 이름까지 지어 주신다니 그저 감사할 따름이에요."

산파는 갓난아기 옆으로 바짝 다가앉았다. 아기의 머리를 살며시 쓰다듬으며 어떤 이름이 어울릴지 곰곰이 생각했다.

"이제부터 너를 아미라라고 부르마!"

파티마의 얼굴이 환해졌다. 함께 있던 여인들도 무릎을 치며 고개를 끄덕였다.

"정말, 이렇게 예쁜 아이한테 딱 어울리는 이름이네요! 아미라! 공주라는 뜻이잖아요!"

아미라가 태어나자 오마르와 파티마의 삶은 더 풍성하고 행복해졌다. 달이 가고 해가 갈수록 아미라는 더욱 예뻐졌다. 오마르는 장사에서 돌아올 때마다 딸을 위해 천을 사 왔다. 파티마는 그 천으로 아미라에게 예쁜 옷을 지어 입혔다.

아버지의 선물 중에서 딸이 가장 좋아하는 것은 석류였다. 아미라는 이 과일을 세상 무엇보다도 좋아했다. 어린 아미라는 장삿길에서 돌아온 아버지가 낙타에서 채 내리기도 전에 아버지의 옷자락을 붙잡고 석류를 찾았다.

"내 빨간 열매 어디 있어요?"

아버지가 안장주머니 속에 손을 넣어 빨간 석류 하나를 꺼내 들면 아미라는 날 듯이 기뻐했다. 아미라는 조그마한 두 손으로 석류를 꼭 쥐고 향기를 한껏 들이마셨다. 그러고는 양탄자 바닥 위에 열매를 내려놓고 한참을 이쪽저쪽으로 굴리며 가지고 놀았다. 그렇게 실컷 놀고 나서야 아미라는 붉은 열매를 한입 베어 물었다.

아미라는 부모의 사랑을 독차지했을 뿐 아니라 부족 사람들한테도 귀여움을 받았다. 얼굴도 예쁜데다 영리했기 때문이다.

아미라의 할머니는 아이가 너무 많은 사람들의 관심을 받는 게 불안했다. 어느 날 할머니는 며느리에게 말했다.

"파티마, 사람들 눈이 죄다 네 예쁜 딸한테 가 있구나!"

"그게 나쁜가요?"

파티마가 시어머니에게 물었다.

"내 말을 들어 보렴! 나도 누구 못지않게 아미라가 사랑스럽단다. 내 첫 손주이니 오죽하겠니. 하지만 너무 많은 사람들이 개한테 관심을 기울이고 눈길을 보내는 건 좋지 않아 보이는구나. 오늘만 해도 그래. 아까 우물에서 돌아오는 길에 보니 애들이 마을 어귀에서 놀고 있더구나. 그런데 낯선 사람이 말을 타고 지나다가 아미라를 보더니 멈춰 서서 뚫어져라 쳐다보지 않겠니? 그러고선 이렇게 말하더라. '오, 애야! 네가 몹시 예뻐서 눈이 부실 지경이구나! 너야말로 진짜 사막의 공주로다!'"

"제가 보기에는 어머니가 단지 아미라만큼 예쁜 딸을 낳아 보지 않아서 샘을 내시는 것 같은데요!"

파티마가 웃으며 농담을 했다. 그러자 시어머니의 표정이 더 진지해졌다.

"난 혹여 사람들이 나쁜 마음이라도 품지 않을까 싶어 그러는 게다!"

그 말을 듣자 파티마도 걱정이 되었다.

"그럼 어떻게 해야 좋을까요?"

할머니는 목덜미 안으로 손을 넣더니 작은 호박 목걸이를 꺼냈다. 그리고 아미라를 불러 목걸이를 걸어 주었다.

"오늘부터 이 호박 목걸이를 항상 걸고 다니렴. 그러면 병에도 걸리지 않고 불운도 피할 수 있단다."

할머니는 아미라의 볼에 입을 맞추며 축복해 주었다.

그날 저녁, 장사 때문에 오래 집을 비웠던 오마르가 돌아왔다. 오마르는 딸을 위해 석류뿐 아니라 재미난 이야기들도 가지고 왔다. 아라비아 땅에서 멀리 떨어진 시장에는 각지에서 온 물건들과 세상 곳곳을 누비고 다니는 상인들의 흥미진진한 이야기들이 넘쳐 났다. 오마르가 시장에서 보고 들은 이야기를 들려주자 아미라는 숨을 죽이고 눈을 반짝였다.

오마르는 부족 사람들이 짠 양탄자를 낙타에 가득 싣고 큰 시장

으로 나갔다. 운 좋게도 정오 기도 시간이 되기 전에 싣고 간 양탄
자를 다 팔아 치운 오마르는 넓은 시장을 한 바퀴 둘러보기로 마
음먹었다.

시장 여기저기를 쏘다니던 오마르는 뱀을 데리고 묘기를 부리
는 사내를 보았다. 깡마른 사내가 피리를 불어 뱀을 불러내자 주
변에 구경꾼들이 몰려들었다. 피리 소리를 따라 광주리 안에서 새
까만 뱀 한 마리가 혀를 날름거리며 머리를 내밀었다. 그러다 사
내가 입에서 피리를 떼면 뱀은 다시 광주리 속으로 사라졌다. 다
른 구경꾼들처럼 오마르도 사내와 뱀에게서 눈을 떼지 못했다. 구
경꾼들은 묘기를 부린 사내에게 저마다 동전 한두 닢씩을 던져 주
었다.

오마르는 천 파는 가게를 찾아보려고 다시 발걸음을 옮겼다. 아
내에게 고운 비단을 사다 주고 싶었다. 마침 비단 장수를 발견하
고 그 앞으로 가려는데 원숭이 한 무리가 눈에 띄었다. 원숭이들
을 데려온 장사꾼은 자신이 멀리 아프리카에서 왔다고 했다. 장사
꾼이 명령하자 원숭이들은 궤짝 위를 훌쩍 뛰어넘기도 하고, 가느
다란 나무 막대 위를 아슬아슬하게 걷기도 하면서 온갖 곡예를 부
렸다. 때로 구경꾼들을 향해 애교스럽게 손을 흔들어 보이기까지
했다.

"원숭이 사세요! 원숭이!"

장사꾼은 둘러선 사람들을 향해 외쳤다. 오마르 역시 원숭이들
의 묘기에 정신이 팔렸다.

그때 바나나 장수가 커다란 바나나 묶음을 등에 지고 오마르 옆을 지나갔다. 묘기를 부리던 원숭이들이 눈 깜짝할 새에 바나나를 향해 펄쩍 뛰어올랐다. 깜짝 놀란 바나나 장수는 그만 땅바닥에 바나나를 떨어뜨리고 옆으로 몸을 피했다. 주변에 서 있던 사람들이 왁자지껄 웃음을 터뜨렸다. 원숭이들은 그 자리에서 마파람에게 눈 감추듯 바나나를 모조리 먹어 치웠다. 장사꾼이 원숭이들을 잡아들이고서야 바나나 장수는 다시 모습을 드러냈다. 잔뜩 화가 난 그는 원숭이 주인에게 다가가 따지기 시작했다.

"당신의 미친 원숭이들이 내 바나나를 몽땅 먹어 치웠소! 그러니 당장 돈을 내놓으시오!"

아프리카에서 온 장사꾼은 인상을 잔뜩 찌푸렸다.

"돈? 내가 왜?"

바나나 장수는 화가 머리끝까지 치밀어 올랐다.

"눈이 멀었소? 당신 원숭이들이 한 짓을 나 몰라라 할 작정이오? 어떤 놈은 내 눈까지 할퀼 뻔했는데!"

그러자 장사꾼이 맞받아쳤다.

"당신 눈은 말짱하지 않소! 그깟 썩은 바나나 몇 개 가지고 별생난리를 다 치는군!"

그러고는 돈주머니에서 조그만 동전 한 닢을 꺼내 바나나 장수의 발밑에 툭 하고 내던졌다. 바나나 장수는 얼굴이 시뻘겋게 달아올라 동전을 저 멀리로 던져 버렸다.

그때 한쪽에서 굵은 음성이 들려왔다.

“무슨 일인가?”

두 사내가 싸우는 소리에 시장 감독관이 달려온 것이다. 바나나 장수는 시장 감독관에게 무슨 일이 있었는지 설명했다.

“제가 이쪽 길을 지나가고 있었습죠. 그런데 갑자기 저 원숭이 떼가 저를 공격하는 바람에 하마터면 크게 다칠 뻔했습니다. 게다가 저 짐승들이 내 바나나까지 몽땅 먹어 버렸고요.”

그러자 시장 감독관이 원숭이를 데려온 장사꾼에게 물었다.

“그 말이 사실인가?”

“제 원숭이들은 훈련을 잘 받아서 얌전합니다. 신기한 재주도 부릴 줄 알아서 여기 온 시장 손님들을 즐겁게 해 드리지요. 그렇지만 제 원숭이들도 원숭이라 세상 무엇보다 바나나를 좋아합죠. 원숭이가 바나나를 좋아하는 것은 세 살 먹은 어린애도 아는 사실 아닙니까? 그런데 이 바보 같은 사람이 하필이면 제 원숭이들 바로 옆으로 바나나를 잔뜩 짊어지고 지나가지 않겠습니까. 이 사람이 손님을 다 쫓아 버린 바람에 저만 빈손으로 돌아가게 생겼단 말입니다.”

시장 감독관은 두 사람의 말을 듣고 곰곰이 생각했다. 얼마 뒤 그는 입을 열었다.

“시장은 모든 사람들을 위해 있는 것이오. 따라서 장사꾼이든 손님이든 이 장소를 지날 권리는 누구한테나 있소. 그저 운이 안 좋아 이런 일이 생긴 것뿐이지.”

시장 감독관은 원숭이 장사꾼에게 말했다.

"당신은 손해 본 게 하나도 없소. 오히려 당신 원숭이들 배를 잔뜩 채웠지. 하지만 바나나 장수는 자기 물건을 모조리 잃었소. 그러니 손해를 갚기 위해 당신은 원숭이 한 마리를 바나나 장수에게 주어야 하오."

시장 감독관의 판결이 내려지자 장사꾼은 마지못해 원숭이 한 마리를 내어 주었다. 바나나 장수 역시 내키지 않는 표정으로 원숭이를 받아 그 자리를 떠났다.

아미라는 이야기에 완전히 빠져 아버지에게 물었다.

"다음번에는 새끼 원숭이 한 마리를 데려다 주실 거예요?"

"얘야, 우리 개들이 낯선 짐승을 보면 아마 당장 물어 버리려고 할 게다!"

아버지가 아미라를 타일렀다.

"그럼 새끼 원숭이는 안 키울래요!"

아미라는 그 뒤로도 한참 동안이나 이 이야기를 다시 해 달라고 졸랐다. 그래서 아버지는 원숭이와 바나나 이야기를 몇 번이고 되풀이해야 했다.

오마르는 수완 좋은 장사꾼이었다. 그는 계속해서 새로운 장사거리를 생각해 냈고 쉴 새 없이 물건을 팔러 다녔다. 알라의 손길이 그를 도운 덕분인지, 몇 년 만에 오마르는 부족 사람들 가운데 가장 큰 부자가 되었다.

그런데 파티마와 오마르한테는 한 가지 아쉬운 게 있었다. 둘에게는 아미라가 태어난 뒤로 좀처럼 둘째 아이가 생기지 않았다. 오마르와 파티마는 이름난 수도승을 찾아가 보기도 하고 용하다는 산파와 의논도 해 봤다. 하지만 헛수고였다. 파티마는 결국 다시는 아이를 갖지 못했다. 두 사람은 천막 안에 앉아 종종 서로를 위로했다.

"그래도 우리 아미라가 이 사막에서 가장 예쁜 아이잖아요."

그 일은 오마르가 아라비아에서 멀리 떨어진 시장들을 둘러보고 오겠다며 겨울 장사를 떠났을 때 일어났다. 두 달이 넘도록 오마르는 돌아오지 않았다. 그해 겨울 내내 바누-아사드 족이 사는 지역은 우중충한 구름으로 덮여 있었다. 하루가 멀다 하고 거센 비가 쏟아졌고, 어떤 날은 눈까지 내렸다. 아이들은 천막 밖으로 나와 하얀 눈송이를 붙잡으려 깡충깡충 뛰어다녔다. 부족 사람들은 하늘에서 많은 비가 내리자 알라의 은총이라며 반가워했지만, 곧 그칠 줄 알았던 비가 하염없이 내리자 점점 불안해졌다. 하늘에 큰 구멍이라도 뚫린 듯했다.

부족에서 가장 나이가 많은 장로는 두툼한 털외투로 몸을 감싸고 추위에 떨며 불평했다.

"내 평생 이렇게 비가 많이 내리는 겨울은 처음 봐!"

"언젠가 이 겨울도 끝나겠지요. 봄이 와 다시 풀과 새싹이 돋아나면 땅에도 초록빛 베일이 덮일 거구요. 따스한 봄 햇살이 어르신 뼛속에 서린 추위를 사르르 녹여 버릴 겁니다."

샤이크가 장로의 기운을 북돋으려 애를 썼다.

겨울이 끝나갈 무렵 엄청난 비와 우박이 쏟아졌다. 바람이 천막을 사정없이 흔들고 돌멩이처럼 무거운 우박 덩어리가 지붕을 사납게 후려쳤다. 지금껏 내린 비로 한껏 젖어 있던 땅은 더 이상 물을 머금지 못했다. 결국 비와 우박이 땅에 흘러 넘쳤다. 물은 한없이 불어나 천막 꼭대기까지 들어찼고, 많은 가축들이 물에 빠져 목숨을 잃었다.

비가 한창 쏟아지는 와중에 파티마는 늙은 당나귀를 구하려고 천막 밖으로 뛰어나갔다. 가엾은 짐승은 겁에 질려 꼼짝도 하지 못했다. 그녀는 당나귀를 끌어내려고 갖은 애를 썼지만, 당나귀의 발굽은 진흙탕 속으로 점점 빠져들었다. 파티마가 당나귀의 발을 빼 주려고 몸을 굽혔을 때, 갑자기 높은 물살이 밀려와 그녀를 덮쳤다.

비명 소리를 들은 부족 사람들이 밧줄과 막대기를 들고 나섰지만 헛수고였다. 와디(평소에는 마른 골짜기이다가 큰비가 내리면 홍수가 되어 물이 흐르는 강)에 무섭게 소용돌이치는 급류가 흘렀다. 파티마는 와디를 채운 강줄기에 휘말려 당나귀와 함께 모습을 감추고 말았다.

"낙타 수십 마리를 한꺼번에 집어삼킬 정도로 무서운 홍수야!"

엄청나게 불어난 물을 보고 샤이크가 외쳤다. 부족 사람들은 깊은 슬픔에 빠졌다.

마침내 비가 그치자 수색대가 말을 타고 파티마를 찾아 나섰다. 강이 지중해로 흘러드는 지점까지 샅샅이 살폈지만 어디서도 파티마의 흔적을 찾을 수가 없었다.

"저 넓은 바다가 내 딸을 삼켜 버렸구나! 저 물은 내 딸을 다시 내놓지 않을 거야!"

파티마의 어머니는 목을 놓아 울었다.

오마르는 보름달이 한 번 더 뜨고 진 다음에야 집으로 돌아왔다. 슬픈 소식을 들은 오마르의 얼굴은 차갑게 굳어 버렸다. 그 날부터 그는 제대로 먹지도 말하지도 않은 채 꼼짝 않고 자리에 누워 지냈다. 수도승이 꾸준히 오마르를 들여다보고 약을 먹이며 보살폈다.

그렇게 사십 일이 지나자 오마르도 서서히 기운을 차렸다. 그는 천막을 걷어 내고 아미라와 함께 부모님이 사는 큰 천막으로 이사했다. 그리고 그날부터 장사를 그만두었다. 오마르는 스스로를 책망했다.

"내가 집을 비우지만 않았어도 파티마가 홍수에 휩쓸려 가는 일은 없었을 거야!"

이제 오마르는 딸과 많은 시간을 함께 보냈다. 그는 아미라를 무릎 위에 앉히고 이리저리 흔들면서 예뻐해 주었다. 할머니도 엄마의 빈자리를 채우기 위해 정성을 다해 아미라를 돌봤다. 해 달라는 것은 뭐든 들어주며 무조건 아끼고 사랑했다. 언제나 아미라한테 가장 큰 달걀을 골라 주었고, 건포도니 대추야자니 군것질거리도 떨어지지 않게 챙겼다. 할아버지도 말을 타고 밖으로 나갈 때면 아미라를 앞에 태워서 함께 나들이를 했다.

아미라에게 부족한 것은 아무 것도 없었다. 하지만 아미라가 밝게 웃어도 웃음 속에 늘 한 자락 서글픔이 묻어 있는 것은 어쩔 수 없었다.

파티마의 죽음에서 완전히 떨치고 일어나지 못하기는 오마르도 마찬가지였다. 그는 다시는 결혼하지도, 다른 여자를 사랑하지도 않으리라 맹세했다. 오마르와 파티마가 놀이터로 삼았던 초원의 대추야자나무는 이제 그가 가장 즐겨 찾는 장소가 되었다. 그는 틈날 때마다 나무줄기에 등을 기대고 행복했던 시절을 떠올리곤 했다.

할머니는 손녀 아미라가 열 번째 봄을 맞자 천막 살림살이를 조금씩 가르치기 시작했다. 물레를 돌려 양털로 실을 잣는 법이며 양탄자 짜는 법, 특히 빵을 반죽하고 굽는 법을 자세히 일러 주었다. 할머니는 사발에 밀가루를 한 움큼 넣고 소금을 뿌린 뒤 물을 부었다. 반죽을 한참 동안 열심히 치대고 나서 할머니는 말했다.

"이제 반죽이 가만히 잠자게 놔둬야 한다, 내 손녀야!"

아미라는 불을 피우는 기술도 배웠다. 낙타 똥과 염소 똥을 모아 잘 말리면 좋은 땔감이 되었다. 할머니는 화덕 자리에 말린 똥을 쌓은 다음 두 덩어리를 집어 들고 엄지와 검지로 비벼 으스러뜨렸다. 그리고 거기에 불을 붙였다. 낙타 똥에 불이 붙으면 처음에는 조심스럽게 입으로 바람을 불어 넣었다. 그러다가 어느 정도 불씨가 번지면 옷자락을 펄럭여서 불꽃이 일어나도록 했다. 땔감이 이글이글 타기 시작하면 할머니는 빵 굽는 둥근 함석판을 불 위에 올려놓았다.

"불이 너무 세면 빵이 타니까 안 되겠지? 그렇다고 너무 약하면 반죽이 판에 달라붙으니까 그것도 안 된단다."

할머니는 차근차근 아미라에게 빵 굽는 과정을 설명했다.

아미라의 아버지는 아내를 여의고 난 뒤부터 딸에게 이야기를 들려줄 기분이 들지 않았다. 장사를 나가지 않는 통에 어차피 애 깃거리도 바닥난 상태였다. 대신 할머니가 예쁜 손녀딸을 앉혀 놓고 재미난 이야기들을 들려주었다.

세월이 흐를수록 할머니의 이야기 솜씨는 점점 좋아졌다. 할머니는 일부러 가장 재미있는 대목에 이르러 이야기를 멈추곤 했다. 그러면 아미라는 이야기를 듣고 싶어 다음 날 저녁까지 안달이 났다. 할머니는 이야기를 듣는 사람이 어떻게 하면 빠져들 수 있는지 잘 알고 있었다.

가끔 할 일이 많아서 아미라의 도움이 필요할 때면 할머니는 옛날이야기를 가지고 손녀를 꾀어내었다.

"아미라, 이 할미가 물을 길을 수 있게 당나귀를 끌고 오면 오늘 저녁에 재미있는 옛날얘기를 해 줄게."

그러면 아미라는 벌떡 일어나 막대기로 당나귀를 몰아 천막이 있는 곳까지 데리고 왔다.

봄이 되어 염소 젖으로 음식을 장만하느라 바쁠 때면 할머니는 아미라에게 자주 말했다.

"젖 짜는 걸 도와주면 그저께 하다 만 이야기를 오늘 밤에 다 들려주마!"

아미라는 집안일들을 곧잘 하였다. 다만 염소를 데리고 들판에 나가는 것만은 죽기보다 싫어해서 할머니도 어쩔 수가 없었다. 동물들한테 풀을 좀 먹이라고 하면 아미라는 머리가 아프다고 투덜댔다. 아미라의 두통은 할머니가 세상에 다시없을 재미난 이야기를 해 준다고 아무리 꾀어도 좀체 가시지 않았다. 결국 할머니는 아미라에게 더는 목동일을 시키지 않았다.

아미라는 춤추는 걸 무척 좋아했다. 마을에서 혼인 잔치라도 열리면 아미라는 마음껏 재주를 뽐냈다. 아미라의 몸은 뱀처럼 부드럽고 유연했다. 춤추면서 아미라가 몸을 뒤로 젖히면 길고 검은 머리카락이 바닥에 깔린 모래를 스칠 정도였다. 아미라의 춤을 본 다른 부족 손님들은 저마다 자기 마을로 돌아가 아미라의 아리따움과 춤 솜씨에 대해 입에 침이 마르도록 칭찬을 했다. 얼마 지나지 않아 아미라에 대한 소문은 모든 베두인 부족들 사이에 널리 퍼졌다.

시간이 흐르면서 아미라를 아내로 삼고 싶어 하는 청년들이 생겼다. 그들은 누이를 통해 구혼 의사를 전해 오거나 몰래 선물을 보내기도 했다. 구혼자 중에는 이름난 샤이크의 아들들도 있었다. 멀리 떨어진 곳에 사는 어느 샤이크의 아들은 아미라에 대한 소문을 듣고, 제비 한 마리의 등에다 아미라의 아름다움을 기리는 시를 실어 보냈다.

세인들이 소리 높여 네 아리따움을 이야기하자마자

나는 사랑에 빠져 버렸노라!

귀는 종종 눈보다

먼저 사랑에 빠지기도 하니!

아미라가 열네 번째 봄을 맞이하자, 아름다움은 절정에 이르렀다. 어느 명절날 아미라는 어머니가 입었던 혼례복을 처음으로 입어 보았다. 할머니는 화려하게 수놓은 옷을 입은 손녀를 보자 알라게 찬미를 보냈다.

"만물의 창조주이신 그분도 우리 아미라를 만드실 때는 오랫동안 공을 들이셨던 게 틀림없어!"

아미라는 천막 앞 양탄자에 꿇어앉아 베개에 수를 놓기 시작했다. 그런데 어딘가 모르게 넋이 나가 있는 것처럼 보였다. 할머니는 손녀의 얼굴을 살폈다. 갑자기 아미라가 비명을 지르며 베개를 떨어뜨렸다.

"바늘에 찔렸어요!"

아미라는 손가락을 꽉 움켜쥐었다. 할머니는 불 가에서 재를 집어 와 손녀의 손에 뿌렸다. 그러자 피는 금방 멈추었다. 할머니는 아미라 옆에 다가앉았다.

"내 손녀딸아. 오늘은 좋은 명절날인데도 네 얼굴엔 걱정이 가득하구나. 얼마 전부터 네가 정신을 놓고 앉아 있는 걸 몇 번이나 보았단다."

그 말을 듣자 아미라는 할머니를 두 팔로 부둥켜안았다. 할머니는 다정한 목소리로 아미라를 달랬다.

"이 할미를 믿지? 네 머릿속에 담긴 고민을 할미한테 다 털어놔 보렴!"

"할머니…… 전 이제 어린애가 아니에요!"

할머니는 고개를 끄덕였다.

"그럼, 아니고말고. 네 어미 옷이 딱 맞는 걸 보니 다 컸구나."

할머니는 아미라의 얼굴을 찬찬히 뜯어보며 재차 물었다.

"혹시 가슴속에 감춰 둔 비밀이라도 있는 게냐?"

"할머니, 할머니도 아시죠? 우리 부족 사람들은 모두 제 얘기를 하고 제가 예쁘다고 감탄한다는 사실을요."

"그래. 알라의 은총 때문이지. 그런데 뭐가 걱정이란 말이냐? 예쁜 얼굴에 우울한 기색은 전혀 어울리지 않는단다, 애야."

아미라는 잠시 머뭇거리더니 할머니에게 속마음을 털어놓기 시작했다.

"만약 어떤 처녀한테 구혼자가 한 명도 없다면 무척 슬플 거예요. 하지만 구혼자가 너무 많아도 좋지 않아요. 할머니, 지금 저한테 청혼한 청년이 무려 마흔 명이나 돼요! 저는 어떤 사람이 좋은 사람인지 도무지 갈피를 잡을 수가 없어요!"

할머니는 어안이 벙벙해졌다.

"마흔 명?"

"네, 할머니. 제게 무슨 근심이 있냐고 물으셨죠? 이게 바로 제 걱정거리예요!"

할머니는 담배 쌈지를 꺼내 들었다. 담뱃대에 담배를 채우고 불을 붙이더니 말없이 몇 모금을 빨았다. 그리고 커피를 세 잔이나 연거푸 마셨다. 마침내 할머니가 다시 입을 열었다.

"너한테 구혼한 청년들 수가 내 목걸이에 걸린 구슬 개수랑 똑 들어맞는구나."

할머니는 목걸이를 들어 보였다.

"보렴, 아미라. 이 목걸이에 걸린 구슬들은 저마다 종류가 다르지. 어떤 건 은구슬이고 어떤 건 금구슬이야. 보석으로 된 것도 있고 유리로 된 것도 있어! 어떤 건 서로 비슷해서 목걸이를 들고 햇볕에 비춰 봐야 유리구슬인지 보석인지 분간할 수 있지."

할머니는 다시 담뱃대를 입에 가져가 담배 한 모금을 깊이 빨아들였다.

"그 마흔 명의 젊은이들도 마찬가지란다. 쓸모 있는 사람도 있고 그저 그런 남자도 있을 거야. 그러니 이제부터 한 명 한 명 잘 따져 봐야 한단다! 다음 달 보름이 되면 구슬이 몇 개나 남았는지 나한테 알려 주렴."

아미라는 할머니 말씀을 가슴에 새기며 고개를 끄덕였다.

그날부터 아미라는 밤만 되면 이부자리에 누워 깊은 생각에 빠졌다. 몇몇 자기가 아는 청년들의 얼굴이 머릿속에 맴돌았다. 그저 풍문으로만 들은 구혼자들의 모습은 상상으로 그려 보았다.

이윽고 환하고 커다란 보름달이 하늘에 걸린 밤, 아미라는 할머니와 천막 가운데 마주 앉았다.

“할머니, 곰곰이 생각해 봤어요. 이제는 마흔 명에서 서른 명이 남았어요!”

“열 명은 왜 빠진 거니?”

할머니가 물었다.

“열 명 중에 일곱 명은 한 번도 본 적이 없는 사람들이에요. 그 남자들은 누이를 통해 청혼을 했어요. 그리고 나머지 세 명 가운데 두 명은 천을 선물했고, 마지막 사람은 패랭이꽃 화환을 보내 왔어요. 선물은 고마웠지만 전 그 선물들이 마음에 들지 않았어요. 천은 너무 값비싸 부담스러웠고, 패랭이꽃 화환은 너무 빨리 시들어 버렸거든요.”

“잘했구나, 아미라. 하지만 서른 명도 아직 너무 많구나! 좀 더 생각해 보거라. 그러다 보면 잘 가려낼 수 있을 게야.”

할머니는 목걸이에서 구슬 열 개를 빼내어 작은 주머니에 넣으며 혼잣말로 중얼거렸다.

“과연 마지막에 어떤 구슬이 남을꼬?”

아미라는 할머니의 충고에 따랐다. 구혼자들에 대해 이것저것 알아보기도 하고 다른 처녀들한테 묻기도 했다. 자기 머릿속에 담긴 기억을 다시 떠올려 보기도 했다. 어느 정도 추려지자 아미라는 다시 할머니와 천막 가운데 마주 앉았다.

“열 명을 더 골라냈어요!”

“그래, 아미라. 어떻게 그 청년들을 가렸니?”

할머니가 물었다.

"다른 여자애들이 그러는데 그 사람들은 자기들한테도 관심을 보였대요."

"그것 참 중요한 정보로구나!"

할머니가 흐뭇해하며 칭찬했다. 그리고 목걸이에서 구슬 열 개를 또 빼냈다.

"이제 반밖에 안 남았다!"

할머니는 빼낸 구슬을 주머니에 집어넣으며 웃었다.

시간이 흐를수록 선택은 점점 더 어려워졌다. 아미라는 결국 나머지 청년들을 출신에 따라 나누기로 결심했다. 스무 명의 구혼자를 자기 일족, 같은 부족의 청년들, 그리고 다른 부족의 청년들로 나누었다.

어느 날 저녁 아미라는 할머니에게 말했다.

"일곱 명을 더 뺐어요!"

"왜 그들을 뺐지?"

"다섯 명은 아주 먼 곳에 사는 부족 사람들이에요. 그 사람들 가운데 하나와 결혼하면 할머니와 아버지랑 너무 멀리 떨어져 살게 되잖아요. 나머지 두 명은 우리 부족 사람들인데 그 중 한 사람은 저한테 한 번 거짓말한 적이 있고, 나머지 한 사람한테는 좋아하는 감정이 전혀 안 생겨요."

할머니는 아미라가 기특했다.

"그럼 이제 목걸이에 구슬이 열세 개 남았구나!"

"그런데 이제부터는 시간이 더 많이 필요할 것 같아요."

아미라가 말했다.

"올해 여름이 끝날 때까지면 할 수 있겠니?"

아미라는 고개를 끄덕였다. 할머니는 과연 몇 명의 청년이 여름의 무더위를 견뎌 낼 수 있을까 속으로 생각했다.

어느덧 따스한 봄날이 가고 여름이 왔다. 뜨거운 열기에 봄풀들이 바싹 타 들어갔다. 강렬한 태양 아래에서 들판의 곡식은 알알이 영글어 갔다. 사람들은 새로 여름용 천막을 치고 양털을 깎았다. 할머니는 아미라가 고민하는 시간이 길어지자 점점 조바심이 났다.

"이제 타작마당에서 곡식 타작을 시작하겠지. 우물물도 점점 줄어들 테고. 아미라, 네 선택은 어떻게 돼 가고 있지?"

"이제 일곱 명이 남았어요. 두 명은 그 사이 약혼을 했고, 한 명은 큰 사고를 당했어요. 그리고 또 다른 두 명은 그다지 영리하지 못한 것 같고, 마지막 한 명은 시끄러운 수다쟁이였어요."

"그래, 그럼 정말 일곱 명만 남았구나! 이제 가을까지 결정을 내리렴. 그때가 되면 몇 개의 낙엽이 더 떨어질 게다."

아미라는 또다시 생각에 잠겼다. 선택은 더욱 더 어려워졌다. 얼마 뒤 아미라에게 좋은 생각이 떠올랐다. 구혼자 한 사람마다 하루씩 요일을 정해 생각하는 것이었다. 월요일은 탈랄, 화요일은 나빌, 수요일은 팔잘, 목요일은 유세프, 금요일은 아우데흐, 토요일은 바드르, 일요일은 칼릴. 요일마다 순서를 정하면 헷갈리지 않고 일곱 명의 구혼자를 따로따로 떠올려 볼 수 있었다.

가을이 다가오자 천막 천을 새로 짜고 곡식을 빻느라 아낙네들의 손놀림이 바빠졌다. 낮은 점점 짧아졌고 무더위에 힘들어하는 일도 사라졌다. 할머니는 아미라를 불렀다.

"여름이 다 갔구나. 그래, 그동안 진전이 좀 있었니?"

아미라는 살포시 웃으며 대답했다.

"이제 단 세 사람만 남았어요! 탈랄과 칼릴, 그리고 나빌이에요. 전 이 세 사람이랑 다 결혼하고 싶어요!"

할머니는 아미라의 말에 기가 막혔다. 아미라는 물 부대를 집어들고 할머니에게 물을 뿌리는 시늉을 했다. 할머니는 머릿수건을 바로잡고는 손녀에게 물었다.

"그래, 다른 네 명은 어떻게 골라낸 거니?"

"한 명은 속이 좁고 너그럽지 못했어요. 또 다른 한 명은 아버지가 샤이크인데 너무 응석받이로 자랐고요. 세 번째 사람은 목소리가 이상하고, 네 번째는 비밀을 지킬 줄 모르는 사람이었어요!"

할머니는 천막 구석으로 가서 구슬 목걸이를 가지고 왔다.

"자, 이제 목걸이에 구슬이 세 개만 남았구나. 지금까지 이 사막에서 어떤 처녀도 동시에 세 남자를 신랑으로 맞은 적은 없단다. 애야, 정신을 똑바로 차리고 잘 생각해서 결정해라!"

"하지만 결정을 못 하겠어요! 한 명씩 차례차례 결혼하는 것도 안 되나요?"

아미라가 대꾸했다.

"내 손녀야, 조금만 더 힘을 내렴! 지금까지 서른일곱 개나 되는 구슬을 빼냈잖니. 한 번만 더 깊이 생각해. 시간이 가면 답이 나올 게다!"

아미라는 땋은 머리를 잡아 흔들며 퉁명스럽게 말했다.

"이 검은 머리가 하얗게 세도록 결정이 안 날걸요!"

할머니는 턱을 문지르며 아미라에게 다시 물었다.

"그 세 청년이 누군지 다시 말해 보거라."

"탈랄, 칼릴, 나빌이요!"

"탈랄은 우리 부족 사람이구나. 나머지 두 명은 누구더냐?"

"칼릴은 옆 마을 사람이고요, 나빌은 우리와 이웃 사이인 부족 출신이에요. 샤이크의 아들이고요!"

"세 명 다 잘생겼느냐?"

할머니가 물었다.

"그럼요. 어느 누가 최고랄 것도 없이 다 잘생겼어요!"

아미라가 당연하다는 듯이 대답했다.

"그래? 하지만 잘생긴 게 다는 아니지. 셋 다 똑똑하더냐?"

"나빌은 시를 잘 짓고, 탈랄은 뛰어난 노래 솜씨를 가졌어요. 칼릴은 훌륭한 악사이고요."

아미라가 세 사람의 재주를 설명했다. 할머니는 생각에 잠겨 한참 말이 없다가 입을 열었다.

"셋 다 재능 있는 청년들인 것 같구나. 오늘은 그렇고, 하룻밤 자고 내일까지 더 생각해 봐야겠다."

이날 밤 할머니는 한숨도 잠을 이루지 못했다. 불 가에 앉아 연신 담뱃대를 빨고 커피를 홀짝거렸다. 그러다 갑자기 망토를 뒤집어쓰고 천막 밖으로 나가 검은 밤하늘에 반짝이는 별을 올려다보았다. 할머니는 계시가 내리길 기다리는 사람처럼 보였다.

이윽고 밤이 물러가고 아침이 서서히 천막 마을에 찾아들었다. 아미라는 잠에서 깨어 몸을 일으키다가 할머니를 보고 깜짝 놀랐다. 할머니의 흰머리는 마구 헝클어졌고, 얼굴은 온통 깊은 주름으로 뒤덮여 있었다. 유독 작은 두 눈만이 그 어느 때보다 반짝거렸다.

"할미는 너를 내 자식만큼 귀하게 길렀다. 넌 이 사막에서 가장 어여쁜 처녀야. 너를 데려갈 때 치르는 신부 대금도 그 아리따움만큼 귀한 것이어야 마땅하겠지!"

할머니는 잠시 입을 다물었다가 이내 말을 이었다.

"낙타니 금화니 은화니 하는 것들은 값비싸지만 결국엔 부질없기만 하단다!"

할머니는 머릿수건을 고쳐 썼다.

"아미라, 잘 들으렴! 너를 아내로 맞고 싶은 사람한테 아름다운 이야기를 하나 들려 달라고 하면 어떻겠니?"

"이야기요?"

아미라는 깜짝 놀라 되물었다.

"그래, 이야기. 좋은 이야기는 결코 빛이 바래지 않지! 그런 이야기는 사람의 심금을 울리고 다음 세대로 계속해서 전해진단다."

"오, 알라여! 할머니는 어쩜 그렇게 지혜로우세요?"

아미라는 할머니를 힘껏 껴안았다.

"이 할미 말을 한번 믿어 보렴. 할미 나이가 되도록 쌓인 경험은 결코 헛되지 않단다. 밤이 되어 네 옆에 누운 남자의 머릿속이 온통 낙타와 돈 생각으로 꽉 차 있다면, 그 남자랑 사는 게 얼마나 지겹겠니. 그렇지만 남편이 멋진 이야기를 지어내서 재미있게 들려준다면 기분 좋게 잠들 수 있지. 재미난 이야기를 듣는 것보다 더 즐거운 일이 또 어디 있던?"

"할머니 말이 맞아요! 가장 멋진 이야기를 들려주는 남자야말로 제 신랑이 될 만한 사람이에요!"

할머니와 아미라는 동시에 고개를 끄덕였다.

"자, 그럼 이제 남은 세 청년한테 봄까지 시간을 주려무나. 그러고서 자기들이 생각한 얘기를 들려 달라고 하렴!"

할머니는 남아 있는 세 개의 구슬을 지그시 내려다보았다.

아미라는 세 명의 구혼자에게 곧장 자신의 뜻을 전했다. 그해 겨울 아미라의 부족은 원래 있던 곳에서 천막을 거두고 풀이 더 많이 나는 초원으로 옮겨 가기로 하였다. 겨우내 가축이 많이 불어나 새로운 땅이 필요했다. 그해 겨울 아미라도 반 뼘이나 키가 자랐다.

새해가 시작되었다. 햇살이 조금씩 따스해지고 얼었던 땅이 풀리자 부족 사람들은 다시 예전 마을 터로 돌아왔다. 새싹이 흙을 뚫고 솟아올랐고, 새끼 염소들은 살이 올라 튼튼해졌다. 봄이 되자 여느 때처럼 여기저기서 혼인잔치가 열렸다. 아미라의 부족도 큰 잔치를 벌였다. 샤이크의 아들 가운데 하나가 신부를 맞았기 때문이다.

부족 사람들 모두가 잔치를 치르기 위해 바삐 움직였다. 이럴 때 가장 신이 나는 건 도둑과 연인들이다. 사람들이 커다랗게 세워진 잔치 천막 앞에서 춤추고 노래하며 노느라 분주한 사이, 아미라와 탈랄은 야자나무 숲에서 몰래 만났다.

"여기 야자나무 아래에서 내 이야기를 들려주고 싶어!"

탈랄이 작은 목소리로 속삭였다.

"옛날부터 야자나무 숲은 신성하다고들 하잖아."

아미라는 조심스레 주변을 둘러보았다. 다행히 아무도 보이지 않았다. 멀리서 떠들썩한 노랫소리와 웃음소리가 희미하게 들려왔다. 아미라는 편안히 야자나무에 등을 기댔고, 탈랄은 아미라를 마주 보고 모래밭에 앉았다.

"자, 탈랄. 이야기를 들려줘!"

바다에서 나는 개미

때는 한여름의 어느 날이었어. 늙은 이발사 라지크는 긴 가위를 손에 들고 염소들의 털을 깎을 참이었지. 우리 사내아이들은 염소 털 깎는 날을 좋아하지 않았어. 염소 털을 깎으려면 염소가 움직이지 않게 꽉 붙들고 있어야 하거든. 우리 집 나이 든 암염소는 털 깎을 때면 유달리 참을성이 없어서 항상 맨 뒤로 차례가 밀려. 한 번은 이 녀석이 성질을 못 참고 엉덩이를 흔드는 바람에 꼬리 끝이 가위에 잘린 적도 있었어.

어쨌든 염소들 털을 다 깎고 나면 다음은 우리 차례야. 우리 역시 머리 깎는 걸 무서워했지. 우리 집 암염소만큼이나 우리한테도 머리카락 깎는 일은 정말 곤욕이었거든. 어린 이브라힘은 머리를 깎다가 수탉을 쳐다보려고 몸을 돌리는 바람에 귀를 베이기도 했어. 그때 그 녀석이 내지른 비명 소리가 아직도 귀에 생생해. 염소 털을 깎는 날, 머리털에 가위질을 당하지 않고 넘어가기란 낙타가 바늘구멍 지나기만큼 어려운 일이지.

늙은 라지크는 항상 이런 말로 우리를 진정시켰어.

"나는 세상에서 가장 뛰어난 이발사란다. 이 나이 먹도록 단 한 번도 염소 꼬리에 상처를 내거나 사람 귀를 벤 적이 없으니까!"

라지크는 정말로 신중한 이발사이긴 했어. 하지만 그가 할 줄 아는 머리 모양은 단 두 가지뿐이었지. 이름하여 첫 번째가 보름달, 두 번째가 반달이야. 라지크는 염소 털은 모조리 보름달 모양으로 깎아. 온 몸의 털을 깡그리 자른다는 소리지. 천막에 이어 붙일 긴 천 한 폭을 짜려면 염소 털이 많이 필요하니까. 또 보름달 모양은 염소젖을 짤 때 더할 나위 없이 편하기도 하고.

반면 사내아이들은 모두 반달 모양으로 머리를 깎아. 먼저 옆머리를 바짝 올려붙여 깎고 나머지 머리는 약간 길게 놔두지. 라지크는 우리 머리를 깎을 때마다 이렇게 말했어.

"이 반달 모양은 아주 편하지! 머리 꼭대기에 지붕이 있으니 햇볕도 가려지고, 옆머리를 깔끔하게 깎아 내니까 이가 숨을 구석도 없거든!"

라지크는 그날 길고 고된 하루를 보냈어. 염소 털을 깎자마자 사내아이들의 머리까지 깎느라 저녁이 되었을 때는 손에 물집이 잡힐 정도였어. 어서 일을 끝내고 샤이크의 천막에 앉아 향기로운 커피와 담배를 즐기고 싶은 생각이 간절했지.

이날 저녁 우리 천막 앞에는 염소 털이 산처럼 쌓였어. 천막 한 폭을 새로 갈아야 했던 어머니는 흐뭇한 표정으로 염소 털을 손질했어. 지난 겨울에 비가 많이 와서 천막 뒤쪽에 곰팡이가 슬었는데 그리로 물이 새는 바람에 이불이 자주 젖곤 했거든.

라지크가 마지막 반달 모양 머리를 완성하자 우리는 다 함께 몰려가 놀았어. 염소 털로 수염을 만들어 붙이면 재미있는데, 애들한테는 흰 염소 털이 가장 인기가 좋아.

어머니는 우리가 노는 걸 지켜보고 계셨지. 그러다 새하얀 염소 털 수염을 달고 있던 어린 하산의 어깨를 톡톡 치셨어.

"그 수염을 다니 넌 이제 우리 부족에서 가장 나이가 많은 장로가 되었구나! 그렇게 긴 수염을 가진 사람은 우리 부족에 너밖에 없을걸!"

어머니는 소리 내어 웃으셨어.

"자, 수사자들아! 이제 너희들 수염을 내놓을 때구나! 올 겨울에 젖은 이불을 덮고 떨면서 자지 않으려면 말야."

우리는 선뜻 얼굴에서 가짜 수염을 떼어 어머니께 돌려드렸지.

마을 여자들이 하나둘씩 우리 집으로 모여들었어. 여자들은 천 짜는 일을 돕기 위해서 각자 물레와 막대기를 들고 왔어. 보름밤 휘영청 뜬 달빛 속에서 여자들은 염소 털을 손질했어. 막대기를 연거푸 내리치자 쌓아 놓은 털 더미에서 먼지가 부옇게 피어올랐어. 여자들은 콜록콜록 기침을 해 댔지. 보름달이 천막 지붕 위로 높이 솟아오를 때쯤 여자들은 막대기를 내려놓고 하나둘씩 솔을 집어 들었어.

"염소 털이 꼭 새색시 머리카락처럼 깨끗하고 가늘어요."

우리 옆집에 사는 아이샤가 털을 솔질하며 감탄했어.

"그러게! 올해는 염소들이 풀을 배부르게 먹어서 그런가 봐. 털이 숱도 많고 길이도 길어."

살마가 아이샤 말에 장단을 맞췄어.

솔질이 다 끝나자 여자들은 털을 떼어 내 수박만 한 크기로 둥글게 말았어. 꼭 공처럼. 나이 든 여자들은 이 털 공을 무릎 받치는 데 써. 아이들은 폭신폭신한 공을 모래 위에 굴리며 가지고 놀지만 말야.

염소 털에서 실을 뽑을 차례가 되자 물레들이 여기저기서 팽이처럼 빠르게 돌기 시작했어.

"천이 얼마나 길어야 하죠?"

차드라가 우리 어머니에게 물었지.

"머리 마흔 바퀴만큼이야. 앞서 쓰던 천막하고 똑같아."

어머니가 대답했어.

자인압 할머니는 우리 부족에서 가장 머리가 크지. 그래서 할머니 머리를 천막 천과 양탄자 길이를 재는 자로 삼곤 해. 심지어 이웃 부족에 사는 여자들도 할머니를 찾아와. 늘 손님이 끊이지 않아서인지 이따금 할머니는 머리가 아프다고 불평하기도 해.

여자들은 금세공사의 저울이나 포목상의 줄자보다 자인압 할머니의 머리를 더 믿었어.

“자인압 할머니 머리는 언제나 딱 맞아! 새 천막 천하고 예전 것하고 길이가 똑같거든!”

여자들이 기뻐하면, 자인압 할머니도 금니를 드러내며 흐뭇한 웃음을 지었어.

우리 어머니도 자인압 할머니한테 방금 자아낸 실을 건네고 길이를 재 달라고 부탁했어. 할머니는 자기 머리에 실을 둘러 가며 길이를 재기 시작했지. 이윽고 할머니는 실을 머리에서 풀어 한쪽에 내려놓았어.

“자, 머리 둘레 마흔 번! 예전 천막 천하고 똑같아!”

자인압 할머니는 부족 사람들의 천막 치수를 모두 알고 있지.

잠시 뒤 차드라와 어머니는 길이를 잰 실 양 끝을 붙들고 예전 천막 천과 길이가 같은지 재어 보았어. 그런데 갑자기 차드라가 자인압 할머니를 향해 짓궂은 목소리로 외치는 거야.

“어머, 자인압 할머니! 길이가 달라졌어요! 머리가 줄어들기라도 한 거예요?”

자인압 할머니는 깜짝 놀랐어.

“그럴 리가 없는데…… 실을 다시 줘 봐!”

할머니는 다시 머리에 돌려 가며 실 길이를 재었어.

“서른아홉 번이잖아! 내 이만큼 오래 살면서 길이를 잘못 잰 적은 단 한 번도 없었어. 이런 일이 생기다니 정말 말도 안 돼!”

자인압 할머니는 믿을 수 없다는 듯이 고개를 흔들었어.

그때 하산이 푸하하 참았던 웃음을 터뜨렸지.

"요 쥐방울만 한 여우 녀석!"

할머니가 하산에게 호통을 쳤어.

"죄송해요. 제가 머리 한 둘레만큼 실을 짧게 만들었어요!"

어린 하산은 담요 밑으로 쏙 기어 들어가 버렸어.

자인압 할머니는 작은 부젓가락으로 모닥불 속에서 불붙은 낙타 똥 하나를 집어 담뱃대에 불을 붙였어. 할머니는 빠르게 몇 모금을 빨더니 공기 중으로 뭉게뭉게 연기를 뿜어냈어. 여자들은 물레 돌리기를 계속했지.

"천막 안주인이 재미있는 얘기를 좀 할 때가 아닌가? 오늘 난 머리를 너무 써서 느긋하게 즐기고 싶다네."

자인압 할머니가 말을 꺼냈어.

"그러게요. 재미있는 이야기를 들으면 할머니 머리도 편안해지겠지요?"

차드라가 맞장구를 쳤어. 어머니는 고개를 끄덕였지. 그때 담요를 방패 삼아 숨어 있던 하산이 얼굴을 쏙 내밀었어.

"쥐방울만 한 여우도 이리 나와 얘기를 들어도 좋아."

자인압 할머니가 능청스레 말했어. 어머니는 워낙 유명한 이야기꾼이라서 우리는 다 같이 이야기가 어서 시작되길 기다렸어.

"옛날이야기에 커피가 빠지면 안 되지! 커피는 머리를 맑게 해 주니까!"

어머니가 말을 꺼내기가 무섭게 말린 낙타 똥이 모닥불로 던져지고, 커피콩이 프라이팬에서 다글다글 볶아졌어. 한쪽에서 볶은 커피콩을 절구에 넣고 빻는 사이, 다른 쪽에서는 긴 주둥이가 달린 낡은 주전자를 불꽃이 일렁이는 낙타 똥 위에 얹었지. 얼마 안 있어 주전자에서 보글거리는 소리와 함께 커피향이 물씬 피어올랐어. 여인들 사이에 첫 잔이 돌았지. 아이들한테는 살마가 패랭이꽃으로 달착지근한 차를 끓여 주었어.

여인들은 잠시 물레 돌리기를 멈추고 검고 뜨거운 커피를 즐겼어. 그러면서도 눈은 이야기를 들려줄 주인공에게 향해 있었어.어머니는 커피를 한 모금 후루룩 마시고서 이야기를 시작했어.

"오늘은 어느 부족의 샤이크와 바다에서 나는 개미에 대한 얘기를 할게요. 방금 물레를 돌리다가 생각났거든요. 자, 이제 시작할게요.

알다시피, 가자 시는 온갖 색깔과 모양의 양탄자로 유명한 곳이지요. 옛날부터 우리 베두인은 이 도시에서 열리는 큰 시장을 곧잘 찾았어요.

예전에는 다른 부족의 카라반들도 가자를 꼭 들렀지요. 카라반들은 머나먼 나라에서 커피와 천, 양념, 향신료와 같은 값진 물건들을 가득 싣고 '향신료의 길'을 지나 가자까지 왔어요.

내 결혼식 날을 잡고서 아버지는 가자에 있는 큰 시장에 나를 데리고 갔어요. 거기서 금귀걸이며 팔찌, 비단, 망토 따위를 사 주셨지요. 그때 전 태어나 처음으로 바다의 푸른 물결도 봤어요.

아주 오래전 이 도시에 새 통치자, 그러니까 파샤 한 명이 부임했어요. 그는 공직에 오르자마자 도시의 온갖 골목과 구석을 둘러

보았어요. 항구, 직조 공장, 시장, 어디든 가리지 않고 샅샅이 살폈지요. 파샤는 수많은 베두인과 낙타가 도시에 와서 머무는 모습에 깊은 인상을 받았어요. 그들은 파샤의 어린 시절과 어머니가 들려주셨던 이야기를 떠올리게 했거든요. 파샤의 어머니는 그에게 '사막의 아들'이라 불리는 베두인에 대한 이야기를 자주 해 주었어요. 밤에 아들이 잠자리에 들지 않으려고 하면 이렇게 겁을 주곤 했지요.

'어서 이불 속에 들어가거라! 안 그러면 베두인들이 와서 너를 잡아갈지도 몰라!'

그 말은 효과가 있었죠. 어린 사내아이는 화들짝 놀라서 담요를 뒤집어썼으니까요.

파샤는 낙타 시장에서 베두인들과 잡담을 나누다 보니 어린 시절의 기억들이 새록새록 떠올랐어요. 그는 사막의 종족한테서 이런저런 이야기를 듣는 것이 좋았고, 점점 그들을 신뢰하게 되었어요. 나중에는 일주일마다 열리는 낙타 시장에 나가는 것이 습관이 될 정도였답니다.

어느 날 파샤는 베란다에 앉아 혼잣말로 중얼거렸어요.

'베두인들은 낙타와 양을 이 도시로 데려오고 대신 천과 커피, 장신구 따위를 사막으로 가지고 나가지. 베두인과의 교역은 우리 도시에 더없이 중요한 일이야. 베두인의 지도자들을 초대해 극진히 대접하고 지혜로운 이야기를 해 달라고 청해야겠군.'

파샤는 즉시 베두인의 마을에 전갈을 보냈어요. 파샤의 사신은 노새를 타고 이 마을 저 마을로 다니며 샤이크들에게 초대의 뜻을 전했지요. 샤이크들은 반가워하며 초대에 응했어요.

'귀하의 넓으신 아량을 명예로이 받아들이리다.'

그때부터 샤이크들이 모인 큰 천막에서는 파샤를 방문하는 일이 가장 큰 화젯거리가 되었어요. 베두인의 족장들은 불 가에 모여 앉기만 하면 파샤에게 선물로 무엇을 가져갈지 한밤중까지 쉬지 않고 의논했지요.

'명예롭게 기억될 만한 것을 선물해야 하오.'

장로 중 한 사람이 말했어요.

'내 낙타는 지난번 경주에서 일등을 했지. 이 정도로 값어치 있는 낙타라면 파샤의 마음에 반드시 들 겁니다.'

다른 사람이 반대하고 나섰지요.

'파샤가 경주 낙타로 대체 뭘 하겠소? 시장의 그 좁디좁은 골목길에서 낙타 경주라도 벌이라는 말이오?'

'내게는 증조부께서 물려주신 훌륭한 단검이 있소. 은으로 도금을 하고 진주가 여러 개 박혀 있지. 파샤가 그걸 받으면 아주 뿌듯해하지 않겠소?'

'파샤는 자기 호위 무사들로 둘러싸여 있는데 뭐하러 단검 같은 걸 차겠소?'

다른 사람들의 의견을 듣고만 있던 한 샤이크가 나섰어요.

'내게 괜찮은 생각이 있습니다. 아라비아산 암말은 어느 시장에 가도 늘 비싼 값에 팔리지요. 내 암말은 고귀한 혈통을 타고난

데다 주인을 결코 배신하지 않소. 싸움터에서 죽을 뻔한 나를 구해 낸 암말이오.'

'그런 암말을 내놓겠다니 참으로 통이 크시오. 그런 선물이라면 술탄이라도 영예롭게 여길 거요.'

다른 샤이크들이 모두 그를 칭찬했어요.

다음 날 여행을 떠날 채비로 온 마을이 북적댔어요. 물을 가득 채운 자루가 수도 없이 우물에서 마을로 옮겨졌지요. 아낙네들은 남정네들이 입고 갈 옷과 두건을 빠느라 바쁘게 움직였어요. 샤이크들은 수염을 다듬고 발을 문질러 깨끗이 닦은 다음 길고 검은 머리를 단정하게 땋아 내렸구요. 눈에는 카얄(옛날 인도와 중동 지방에서 눈 주변을 칠하는 화장 도구로 쓴 기름 덩어리 혹은 그을음)을 칠했답니다.

이튿날이 되자 샤이크들은 긴 카라반을 꾸려 길을 떠났어요. 행렬의 맨 앞에는 모든 샤이크들의 우두머리가 앞장섰지요.

그사이 파샤는 요리사를 불러오도록 명했어요.

'무스타파!'

'말씀하십시오, 에펜디('각하'라는 뜻의 터키어)!'

'사막에서 손님들이 오실 것이다. 내가 베두인 샤이크들을 초대했다. 손님들께 세계 최고의 진미를 대접하고 싶구나!'

'분부 받들겠습니다. 소인이 최고의 요리 솜씨를 보여 드리지요. 자비로우신 파샤의 내빈들께서 손까지 핥아 드실 만큼 맛있는 음식을 준비하겠습니다.'

그는 깊숙이 절을 하고는 자리를 떴어요.

무스타파는 부엌으로 가 창틀에 몸을 기대고 밖을 내다보았어
요. 수많은 고기잡이 배들이 보였고 파도 소리가 그칠 줄 모르고
귓전에 부딪쳤죠. 그는 고개를 이리저리 갸우뚱거리며 골똘히 생
각에 잠겼어요.

'어떤 음식을 내놓아야 사막의 자손들을 감동시킬 수 있을까?
낙타고기를 요리하는 법은 배운 적도 없고, 요리 책에도 나와 있
지 않아. 양고기는 그들도 질릴 만큼 먹었을 테고…….'

무스타파가 고민을 거듭하는 동안 파샤는 함맘(중동의 목욕탕)에 들
어갔어요. 목욕을 하고 안마를 받은 뒤 향수를 온몸에 뿌렸어요.
다음엔 비단옷을 차려 입고 페즈(술 달린 붉은 색의 원추형 모자)를 썼고요.
그리고 자신의 접견실인 디완에 가서 앉았지요. 시종이 물 담배를
대령하자 파샤는 긴 관 끝에 입을 대고 느긋하게 담배를 피우기
시작했어요.

담뱃대 끝에서 타 들어가던 불빛이 채 꺼지기도 전에, 시종 하
나가 디완으로 달려 들어왔어요.

'카라반입니다! 낙타를 탄 사람들이 오고 있습니다!'

시종은 당황한 나머지 말까지 더듬었죠.

'진정해라, 아지즈! 그들이 바로 우리가 맞을 손님이시다.'

파샤가 웃음을 머금고 말했어요.

'아지즈! 너도 어머니한테서 베두인들이 와서 잡아가기 전에
어서 잠자리에 들라는 소리를 듣고 자랐느냐?'

아지즈는 얼굴을 붉혔지요.

　　베두인의 카라반들은 드디어 파샤의 집 앞에 도착했어요.

　　'아흘란 와 사흘란(환영한다는 뜻의 아랍어 인사), 손님을 진심으로 환영합니다! 여러분의 방문은 저와 이 도시에 크나큰 영광입니다.'

　　낙타가 무릎을 꿇자 샤이크들이 땅에 내려섰어요. 파샤는 한 사람 한 사람과 악수하며 다정하게 인사를 나누었지요.

　　파샤는 샤이크들을 디완으로 안내했어요. 모두에게 커피가 한 잔씩 돌아갔을 무렵 아까 그 시종이 다시 숨을 헐떡이며 달려 들어왔어요.

　　'에펜디! 낙타들이! 낙타들이 정원에서 제 아티초크와 오이를 마구 씹어 먹고 있습니다. 지나가던 하녀는 늙은 낙타 한 마리한테 거의 물릴 뻔했습니다!'

　　'걱정 마라, 아지즈!'

　　파샤가 그를 안심시키며 동전 몇 닢을 내밀었죠.

　　'자, 이걸 가지고 가서 낙타에게 줄 먹이를 마련해 오너라!'

　　샤이크들은 그 광경을 보고 빙그레 웃었어요.

　　우두머리 샤이크가 자신들을 초대한 파샤를 향해 대표로 감사의 인사를 전했지요.

　　'알라께서 당신의 친절함을 기억하시고 만수무강을 허락하시길! 우리는 초대를 받고 기꺼운 마음으로 이 자리에 왔습니다. 예부터 우리 부족은 가자 시와 우호적인 관계를 맺어 왔습니다. 우리 선조들은 가자의 큰 시장을 꾸준히 들러 낙타와 소금을 팔았습니다. 그리고 이 도시에서 나는 온갖 귀한 것들로 안장을 가득 채

워 돌아가곤 했습니다.'

우두머리 샤이크는 잠시 쉬었다가 다시 말을 이었어요.

'우리 베두인족과 이 도시의 동맹을 기리는 뜻에서 존경을 담은 선물을 하나 가져왔습니다. 우리가 드리는 순종 아라비아산 암말이 마음에 드실지 모르겠습니다.'

우두머리 샤이크가 눈짓을 하자 샤이크 하나가 일어나 말을 데려왔어요.

파샤는 깊은 감명을 받았답니다. 암말의 털과 갈기는 검은 비단처럼 윤기가 흘렀고 긴 꼬리는 땅을 쓸 정도였지요. 이마와 발목에는 흰 무늬가 있었구요.

파샤는 일어서서 감사의 뜻을 전했어요.

'참으로 고귀한 선물이오. 이 우아한 목덜미가 내게 행운을 가져다 줄 거란 예감이 듭니다. 여러분이 주신 암말을 내 눈처럼 소중히 보살피겠소. 다시 한 번 귀한 선물을 주신 사막의 자손들에게 깊은 감사를 드리는 바입니다.'

파샤가 암말을 살펴보며 감탄하고 있는 사이 말에 대해 잘 아는 샤이크가 입을 열었지요.

'저희 아버지는 이름난 말 조련사였답니다. 말에 대해서라면 그분보다 더 많이 아는 사람이 세상 어디에도 없을 것이라 자신할 수 있습니다. 이 암말은 아라비아 품종 중에서도 그 유명한 마클라데예 혈통입니다. 말은 늘 귀하고 가치 있는 동물이지요. 우리 선조들께서도 말씀하시길 베두인이 절대 빌려 주지 않을 세 가지

가 있다면 아내, 검, 그리고 말이라고 하셨습니다.'

파샤는 웃으며 고개를 끄덕였어요. 그 샤이크는 파샤에게 아라비아산 말을 키우는 방법에 대해 더 이야기해 주었어요.

순종 아라비아 암말을 마구간으로 들여보낸 뒤, 파샤는 몇 가지 과자를 내놓으며 한 번 더 커피를 권했어요. 싱그러운 바닷바람이 디완의 공기를 시원하게 바꿔 주었고, 손님들은 아늑한 느낌에 몸을 맡겼지요.

잠시 뒤 나이 많은 이야기꾼 하나가 이야기를 시작했어요. 파샤는 가슴을 두근거리며 이야기에 흠뻑 빠져들었고요. 이야기꾼은 한 이야기가 끝나면 또 다른 이야기를 꺼냈지요. 노인인데도 결코 지치지 않았어요. 긴 목걸이에서 구슬이 하나하나 미끄러지듯 이야기는 끝없이 그의 입에서 굴러 떨어졌어요. 시간은 물처럼 흘러갔지요.

'저 이야기꾼이 파샤의 마음을 완전히 사로잡았군!'

판관이 우두머리 샤이크의 귀에 대고 속삭였어요.

'저 어른은 깊은 우물에서 물을 길어 올리듯 이야기 샘에서 끊임없이 이야기를 퍼 올리지. 아마 저 이야기를 다 듣다가는 우리는 오늘 하루 종일 아무 것도 못 먹고 말걸세! 배 속에서 아까부터 먹을 것을 달라고 아우성이군.'

'자네 배만 그런 게 아냐! 저쪽에 앉은 나이 든 샤이크의 배 속에서 나는 으르렁 소리가 들리지 않나?'

그들이 이런 이야기를 나누고 있을 때 이야기꾼은 막 향신료 장수 이야기를 끝마친 참이었어요. 그때 파샤의 요리사 무스타파가 모습을 드러냈지요. 그를 보자 판관과 우두머리 샤이크는 반가운 마음이 들었어요.

'식사가 준비되었습니다!'

파샤는 자리에서 일어나 손님들에게 청했답니다.

'귀하신 손님들을 저희 식당으로 모시고자 합니다.'

손님들은 두 번 권할 것도 없이 자리에서 벌떡 일어났어요. 그리고 옷매무새를 단정히 한 뒤 파샤의 뒤를 따랐지요.

넓은 식당은 눈이 부실 정도로 화려했어요. 길게 늘어선 식탁 위에는 무늬가 은은하게 드러난 하얀 식탁보가 깔려 있었어요. 은사발과 은접시, 은수저, 금으로 테를 두른 도자기가 손님들을 향해 찬란한 빛을 반사하고 있었지요. 패랭이꽃, 재스민, 장미를 묶은 꽃다발에서 퍼져 나오는 향기가 방 안 가득 넘쳐 났어요.

뿌듯한 표정으로 파샤는 요리사의 어깨에 한 손을 얹으며 손님들에게 말했어요.

'여러분께 제 요리사 무스타파를 소개할까 합니다. 아주 유명한 학교에서 요리를 배우고 온 훌륭한 요리사이지요. 이 친구의 요리 솜씨를 기대하셔도 좋을 겁니다!'

파샤는 요리사를 돌아보았어요.

'자, 무스타파. 자네가 어떤 요리를 준비했는지 궁금하군.'

자신감 넘치는 걸음걸이로 식탁에 다가간 요리사는 준비한 요리를 하나씩 선보였습니다. 샤이크들도 그의 뒤를 따라 줄지어 식탁 앞으로 갔지요.

'여기 이것은 바닷가재, 저쪽 것은 조개 요리입니다. 이건 튀긴 서대 요리, 저건 불에 구운 정어리, 그리고 상어 지느러미로 만든 향긋한 수프도 마련했습니다.'

그는 잠시 멈추었다가 말을 이었어요.

'바다의 온갖 귀한 진미만을 모아 여러분 앞에 대령했습니다.'

파샤의 얼굴이 자랑스러움으로 밝게 빛났지요. 그런데 온갖 해물 요리가 담긴 은쟁반을 본 샤이크들은 눈이 휘둥그레졌어요. 몇 사람은 불쾌한 표정으로 코를 찡그리기까지 했죠.

파샤는 샤이크들의 침묵이 무엇을 뜻하는지 눈치채지 못하고 외쳤어요.

'무스타파, 오늘 자네는 스스로의 실력을 능가할 만큼 훌륭한 요리를 만들었네!'

'여기 차린 요리들은 술탄의 식탁에도 올린 적이 있습니다.'

요리사는 설명을 덧붙이며 깊이 허리를 숙여 절하였지요.

그런데 샤이크들은 마치 한자리에 못 박힌 듯 가만히 서 있기만 하지 뭐예요. 이윽고 우두머리 샤이크가 처음으로 입을 열었어요.

'대체 이 뱀 나부랭이는 어디서 주워 온 건가?'

요리사는 깜짝 놀라 몸이 굳어지고 말았어요.

'오, 존귀하신 샤이크여! 그것은 뱀이 아닙니다.'

무스타파는 더듬거리며 겨우 대답했어요.

'갓 잡아 온 싱싱한 장어입니다!'

그는 도움을 요청하듯 파샤를 쳐다보았어요. 파샤는 즉시 쟁반에서 장어 한 마리를 들어 올리며 이렇게 외쳤죠.

'장어야말로 최고의 요리지요!'

그러나 샤이크들의 표정에는 미심쩍은 빛이 역력했어요. 파샤는 재빨리 다른 쟁반을 집어 들고 쾌활하게 말했어요.

'이 작고 연한 게를 좀 보십시오. 얼마나 맛이 훌륭한지 모릅니다. 한번 드셔 보시면 아실 겁니다.'

우두머리 샤이크는 미간을 잔뜩 찌푸렸어요.

'이런 벌레를 먹으라고? 우리는 사막의 자손들이다! 우리는 바다에서 난 개미 따위는 절대 먹지 않아!'

우두머리 샤이크는 이 말을 내뱉고서 빳빳이 고개를 쳐든 채 식당을 떠나 버렸어요. 다른 샤이크들도 뒤를 따랐지요. 그들은 그 길로 곧장 시장으로 달려가 푸줏간을 찾았어요. 우두머리 샤이크는 큰 소리로 음식을 시켰지요.

'여기 양 두 마리만 얼른 구워 주시오! 서두르시오! 우린 몹시 배가 고프니까!'"

어머니가 이야기를 마치자 사람들 모두 웃음을 터뜨렸어. 자인 압 할머니는 큰 머리를 흔들며 말했지.

"손님을 초대한 높은 분께서 사막의 관습에는 영 서툴렀던 모양이야."

그러고는 또 한마디를 덧붙였어.

"그 가엾은 요리사는 분명 좋은 뜻에서 한 일이었을 텐데!"

탈랄의 이야기를 듣고 난 얼마 뒤, 이번에는 칼릴이 아미라에게
이야기를 해 주겠다고 전해 왔다.

약속한 날 저녁이 되자 아미라는 사람들의 눈을 피해 언덕 기슭
으로 향했다. 칼릴은 벌써 와 기다리고 있었다. 칼릴은 모래땅에
지팡이를 꽂고 그 위에 넓은 망토를 걸쳐 작은 간이 천막을 만들
어 놓았다. 천막 옆에서 목이 빠지게 기다리던 칼릴은 아미라를
반가이 맞으며 말했다.

"아미라, 여기야. 이 천막은 내가 세운 꿈꾸는 천막이야. 여기
앉아 내 이야기에 귀를 기울여 줄래?"

바닥에는 작은 양탄자까지 깔려 있었다.

"여기 앉아."

칼릴은 아미라에게 자리를 권하고 군것질거리로 말린 대추야자
와 콩을 내놓았다. 아미라는 기대에 잔뜩 부풀었다.

"이 꿈꾸는 천막에서 네가 어떤 얘기를 들려줄지 궁금한걸? 자,
어서 시작해!"

축복의 땅 아라비아의 염소들

어느 부족이 사는 땅에 두 해 동안이나 비가 내리지 않았대. 부족 남자들은 극심한 가뭄에 대해 의논을 하려고 샤이크의 천막에 모여 앉았어.

"이 저주받은 가뭄은 끝날 줄을 모르는군! 내 염소들이 모두 굶어 죽기 직전이오. 가축들을 이 계곡 저 계곡 사방으로 데리고 다녀 봤지만 허사였소. 어디에도 풀이 자라는 땅이 없소!"

염소치기가 괴로움을 털어놓자 다른 남자들도 거들고 나섰어.

"염소들이 도무지 젖을 내지 않소. 오늘도 새끼 염소 세 마리가 죽었소. 우리 어머니는 치즈를 만들 때 쓰는 주머니를 일찌감치 치워 버리셨소. 어머니가 만든 고소한 염소젖 치즈를 마지막으로 맛본 게 벌써 이 년 전 일이오!"

샤이크 자예드는 남자들의 흥분을 가라앉히려고 애를 썼어.

"예로부터 예멘은 기름지고 풍족하기로 이름난 땅이오. 아라비아에서 커피 농사가 가장 잘되는 것만 봐도 알지 않소. 비가 충분히 와서 식물이든 동물이든 무럭무럭 잘 자라지. 괜히 우리 땅을 축복받은 아라비아라고 부르는 게 아니오. 더 샅샅이 찾아보면 분명히 가축들을 먹일 풀밭을 찾을 수 있을 게요."

장로는 부족의 길잡이들을 바라보며 말했어.

"우리 모두의 희망은 자네들에게 달려 있네. 자네들만이 우리 가축들을 살릴 수 있어!"

천막 안에는 침묵이 감돌았지. 장로와 눈이 마주친 사내들 중 한 사람이 헛기침을 한 번 하고서 대답했어.

"부족을 위해서라면 내일 당장이라도 목초지를 찾아 길을 떠나겠습니다."

그러자 모두 표정이 밝아졌어.

다음 날 아침 세 명의 길잡이들은 낙타에 안장과 짐을 얹고 떠날 채비를 했어. 안장주머니에는 대추야자를 잔뜩 담았고, 팽팽하게 채운 물 부대도 낙타 등에 실었지. 그들은 안장 옆에 무기 몇 점도 동여맸어. 모든 부족 사람들이 밖으로 나와 세 여행자를 묵묵히 지켜보았어.

하산, 이스마엘, 하르프. 이렇게 세 사람은 가족과 친지들에게 작별 인사를 한 뒤 낙타에 올랐어. 이윽고 낙타들이 움직이기 시작하자 샤이크 자예드가 큰 소리로 외쳤어.

"알라와 조상들의 은총이 자네들의 여정에 함께하길! 우리 모두 여기서 기쁜 소식을 기다리겠네!"

부족 사람들은 그들이 계곡 너머로 사라질 때까지 뒷모습을 눈으로 좇았지.

가뭄은 사람뿐 아니라 동물들에게도 괴로운 것이었어. 암염소 한 마리가 한숨을 내쉬며 말했어.

"배가 텅 비었어. 새끼들에게 줄 젖이 나오질 않아. 파티마가 날 좀 내버려 두면 좋으련만. 자식들 주겠다고 내 젖을 어찌나 열심히 짜던지……. 그런데 어디 뭐가 나와야 말이지."

늙은 암염소가 젊은 염소를 타일렀어.

"이보게, 우리 염소들이야말로 양들과 달리 참을성 많고 겸손한 동물이 아닌가."

늙은 염소는 잠시 말을 멈추고 마른 목을 쭉 뽑더니 주둥이에 넣었던 썩은 지푸라기를 멀리 뱉어 냈어.

"우린 버릇없는 양들하고는 달라. 그것들은 도회지 사람들처럼 허약해 빠진데다, 손도 많이 가고 먹이도 많이 먹는 시원찮은 동물이야!"

늙은 염소는 말을 이었어.

"그건 그렇고 좋은 소식이 있어! 어제 샤이크의 천막에서 남정네들 얘기를 엿들었는데 말야. 오늘 아침 길잡이들이 풀밭을 찾으러 떠났다고 하더군!"

그러자 숫염소가 맞장구를 쳤어.

“맞아. 나도 세 사람이 낙타를 타고 마을을 떠나는 걸 봤어.”

그 뒤로 며칠이 지나고 몇 주일이 흐르는 사이 마을의 가축 수는 점점 줄어들었어. 밤이면 목동들이 불 가에 모여 앉아 탄식하는 소리가 들려왔지. 염소들 젖이 홀쭉해지고 축 처져서 속 빈 주머니 같다고 말이야. 아이들은 마실 것을 달라고 졸랐지만 임마들도 말라 버린 염소젖을 어찌할 방도가 없었어. 마을의 분위기는 점점 무거워졌어.

“길잡이들도 아직 돌아오지 않은 마당에 우리가 할 수 있는 일은 달리 없소. 그들은 이 근방 지리에 훤하니 희망을 갖고 기다려 봅시다!”

샤이크 자예드는 부족 사람들을 격려했지.

“이제 곧 세 번째 보름이 다가올 텐데, 길잡이들은 아직도 감감무소식이니! 대체 얼마나 더 기다려야 한단 말입니까? 내 염소들이 죽어 가고 있어요!”

한 남자가 안달을 했어.

“염소라고요? 당신은 그저 염소 생각만 하지!”

길잡이 하산의 아들이 버럭 성을 냈어. 그의 두 눈은 분노로 불꽃이 튀는 듯했어.

“우리 아버지 하산은 이스마엘, 하르프와 함께 집을 떠나 고된 여행을 하고 있소! 그 일이 얼마나 위험한지 알고나 있소? 지금까지 길잡이들이 이렇게 오랫동안 돌아오지 않은 적이 없었소! 어쩌면 무슨 일이 생겼는지도 모른단 말이오!”

“진정하게, 젊은이! 인내야말로 지혜로운 미덕이 아닌가.”

판관이 성마른 청년을 달랬지.

“우리의 길잡이들은 누구보다 용감한 사내들이야. 그리고 우리 부족은 어느 누구한테도 피의 복수를 부를 만한 일은 저지르지 않았단다. 분명 그들은 아주 먼 곳까지 나갔을 거야.”

“다들 걱정 마시게나.”

샤이크가 끼어들었어.

“그들은 얼마 안 있어 반드시 돌아올 걸세.”

며칠이 더 흘렀어. 부족 사람들은 기다리고 또 기다렸지. 어느 날 밤, 남자 여럿이 샤이크의 천막에 모여 불 가에 멍하니 앉아 있는데 천막 안으로 한 여인이 들어섰어.

“어서 오시오, 누추한 천막을 찾아 주신 것을 환영하오!”

샤이크 자예드는 여인에게 인사를 건넸어.

“헌데 무슨 일로 오셨소?”

여인은 자신의 꿈 이야기를 하기 시작했지.

“오늘 낮에 집안일을 마치고 깜박 잠이 들었지요. 그런데 꿈에서 제 남편 하산이 긴 여행에서 돌아오는 걸 봤어요. 그는 흰옷을 입고 있었답니다.”

“당신 꿈 이야기를 들으니 마음이 환해지는구려. 흰옷은 풍성한 초원을 암시한다오. 알라와 조상님의 이름으로 당신의 장수를 비오! 부디 당신의 꿈이 이루어지길 진심으로 기원하오!”

장로가 좋은 꿈을 꾼 여인을 축복했지.

하산의 아내가 꾼 꿈 이야기는 들불처럼 마을 전체로 퍼져 나갔고, 마을 사람들은 금세 희망에 부풀었어.

다음 날 새벽, 검은 천막 위로 황금빛 햇살이 눈부시게 쏟아졌어. 천막마다 불을 피우고 아침 커피를 준비하기 시작했지. 부족 사람들 모두가 벌써 꿈 얘기를 몇 번이나 하고 또 한 뒤였어.

"자, 어린 사자들아! 오늘은 저 언덕에 올라가서 낙타를 탄 길잡이들이 오지 않는지 잘 살펴보거라!"

샤이크 자예드는 아이들에게 건포도를 나눠 주며 망을 보게 했어. 아이들은 우르르 몰려 나갔어. 조금 큰 아이들은 언덕 위로 올라갔고, 어린 녀석들은 돌멩이를 쌓고 그 위에 올라섰지. 아주 어린 꼬마들은 까치발을 하고서 목을 한껏 빼고 바깥을 쳐다보았고.

샤이크는 커피콩을 볶으며 말하기 시작했어.

"길잡이들은 커피가 무척 그리울 거야. 특히 이스마엘은 혼자서 한 주전자를 다 비울 만큼 커피를 좋아하지."

해가 천막 앞 버팀대 위에 딱 걸렸을 때였어. 아이들이 외치는 소리가 마을에 울려 퍼졌지. 지평선에 길잡이들의 모습이 나타난 거야.

"길잡이들이에요! 길잡이들이 돌아왔어요!"

"오, 알라여! 여인의 꿈이 정확히 맞았군! 예멘의 이름난 예언자 자르카 알 야마마가 울고 가겠어!"

시인은 탄성을 내질렀어.

환영 노래가 요란스럽게 울리는 가운데 낙타를 탄 세 길잡이들이 마을에 도착했어. 남자들은 이제 막 낙타에서 내린 길잡이들을 둘러싸고 질문을 퍼부었어.

"그래, 어떻게 됐소? 초원을 찾았소?"

"초원! 그래요, 초원을 찾았소! 가축들은 이제 살았소!"

이스마엘은 이렇게 외치고는 두건을 벗어 탈탈 흔들어 먼지를 떨어냈어.

반가운 소식은 순식간에 부족 사람들에게 퍼져 나갔어. 샤이크는 길잡이들을 자신의 천막으로 맞아들였어.

"이제 가축들을 살릴 수 있습니다. 푸른 목초지를 찾아냈습니다. 그곳에서는 새끼 염소들도 무럭무럭 자랄 테고, 어미 염소들도 터질 듯 부풀어 오른 젖을 짜 달라고 아우성을 칠 겁니다. 우리 모두가 먹고도 남을 정도로 염소젖이 넘쳐 나게 될 땅을 찾았습니다."

하산은 들뜬 목소리로 말하며 지친 다리를 쭉 뻗었어. 샤이크는 주둥이가 긴 주전자를 집어 들었지.

"자네들 모두 진한 커피 한 잔씩을 상으로 받아야겠군그래."

신이 나서 덩실덩실 춤을 추던 부족 남자들이 돌아온 길잡이들 곁으로 와 앉았어.

"그 초원이 어디쯤 있지요?"

한 젊은이가 물었어.

"여기서 멀리 떨어진 곳이라오. 우리는 사바 여왕(예멘의 옛 왕이라고 불리는 여왕)의 왕국을 사방팔방 뒤지고 다녔는데 마리브 제방의 폐허를 지나서야 그 초원을 발견했소. 오랜 수소문 끝에 만난 한 부족이 우리에게 자신들의 땅에 와서 염소를 길러도 좋다고 허락해 주었소.”

“언제 천막을 걷고 길을 떠날 예정이지요?”

젊은이가 샤이크에게 물었어.

“내일 아침 당장! 우선 길잡이들은 자신의 천막으로 돌아가 지친 몸을 쉬도록 하시오. 내일 부족 모두를 이끌고 다시 먼 길을 떠나야 하니까!”

길잡이들은 곧 아내와 만났지.

“당신 걱정 많이 했어요.”

하산이 천막 안으로 들어서자 그의 아내가 말했어.

“이번 여행은 참으로 길고 힘들었소. 대추야자는 떨어져 가고 물도 거의 바닥을 보일 지경이었지. 강도들이 낙타를 노려 위험하기도 했지만 결국 우리가 멀리 쫓아냈어.”

하산은 자랑스럽게 가슴을 내밀고 험난했던 여행 이야기를 들려주었어.

“솔로 몸을 문질러 씻어 줄게요. 그러고 나서 자리에 누워 편히 쉬세요.”

아내는 남편의 땋은 머리를 부드럽게 쓰다듬어 주었어.

염소치기들은 그날 내내 태양이 동에서 남으로, 다시 서로 기우는 모습을 조바심 내며 지켜보았어. 그들한테는 이날 하루가 그 어떤 날보다도 길게 느껴졌지. 이윽고 지평선 너머로 해가 가라앉

84

자 부족 사람들은 다 같이 안도의 숨을 내쉬었어. 밤이 되어도 눈을 붙이려는 사람은 아무도 없었어. 아낙네들은 노래하고 남정네들은 춤을 추었어. 아이들조차 잠자리에 들지 않았지 뭐야. 기대감에 들떠 잠도 저 멀리 달아나 버린 거지.

다음 날 동이 트기도 전에 부족 사람들은 출발 준비를 시작했어. 모든 사람과 짐승과 물건이 분주히 움직였어. 누구 하나 가만히 앉아 있는 사람이 없었지. 검은 천막도 하나둘씩 걷혔지. 털썩 소리를 내며 천막 버팀대가 바닥으로 떨어지고, 개들은 큰 소리로 짖으며 이리저리 뛰어다녔어. 여자들은 땅속 깊이 고정한 천막 말뚝이 잘 빠지도록 그 자리에 물을 조금씩 흘려 넣었지. 낙타 몇 마리는 당나귀보다 더 굼뜨게 움직이는 바람에 사람들의 애를 태웠어. 짐을 싣기 위해 무릎을 꿇으라고 시켜도 꿈쩍도 않고 버티는 녀석들이 있었거든. 불 가에서는 노인들이 저마다 땅속에 파묻어 둔 금화 자루를 가져가려고 사막여우처럼 열심히 흙을 팠어.

마침내 해가 언덕 위로 솟아오르자 부족 전체로 이루어진 긴 카라반이 움직였어. 맨 앞에는 길잡이들이 섰고, 짐을 잔뜩 실은 낙타와 염소들이 그 뒤를 따랐어. 염소치기들은 노래를 부르거나 피리를 불어 동물들이 계속 앞으로 가도록 분위기를 북돋았지.

카라반은 낮에는 걷고, 밤에는 야영을 했어. 모래언덕을 몇 개나 넘고 넓은 평원을 건넜지. 하지만 초원은 아직 눈에 들어오지 않았어.

"얼마나 더 가야 하는 거지?"

늙은 숫염소가 투덜거렸어.

"다리가 견뎌 나지 않겠군. 이렇게 먼 길을 걸어 보기는 난생처음이야. 그것도 풀 한 포기 뜯어 먹지 못하고 배가 텅 빈 채로 말야. 우리는 이렇게 네 발로 걷는데 저기 늙은 하산은 낙타 위에 편하게 앉아 가다니! 이런 불공평한 일이 어디 있어!"

숫염소가 기침을 콜록콜록 해 대더니 맥없이 방귀를 뀌었어. 그러고는 한마디 덧붙였지.

"부디 저 길잡이 영감이 길을 잘못 든 게 아니길 바라자구!"

"당신 참 불평할 것도 많구려."

암염소 하나가 투덜대는 숫염소에게 쏘아붙였어.

"이봐요, 당신은 새끼들한테 젖을 줄 일도 없고, 파티마의 애들까지 걱정할 필요도 없으면서 뭐가 그리 불만이에요?"

날이 갈수록 동물들은 약해졌어. 카라반은 느릿느릿 겨우 한 발짝씩 앞으로 발걸음을 뗐어. 굶어 죽게 생긴 가축들이 하나둘 힘이 빠져 길가에 주저앉았지.

그 모습을 본 나이 지긋한 염소치기가 눈물을 흘리며 탄식했어.

"늑대와 승냥이들만 신이 나겠군. 그놈들이 집어삼키고도 남을 고기가 지천으로 널려 있으니."

"형제여."

판관이 그의 어깨를 두드리며 위로의 말을 꺼냈어.

"사막은 나름대로의 법칙을 갖고 있네. 그것은 엄격하지만 또 공정하기도 하지. 저 들짐승들도 살아남아야 하긴 우리와 마찬가

지네. 지금은 승냥이들이 웃고 자네가 울지만, 얼마 안 있어 바람의 방향은 다시 바뀔 걸세. 자네가 웃고 승냥이들이 울부짖는 날이 분명 올 거야. 그리고 이제 초원에 닿기만 하면 자네의 염소 떼는 눈 깜짝할 새에 몇 배로 불어날 걸세!"

길을 떠난 지 열하루째 되던 날, 저 멀리서 감도는 푸른빛이 사람들의 눈에 들어왔어. 다들 눈을 비볐지.

"이제 조금만 더 가면 도착이오!"

이스마엘이 낙타에 탄 채 큰 소리로 외쳤어.

"저 산 능선이 보이시오?"

남자들은 마법에 걸린 듯 넋을 빼놓고 멀리서 아른대는 푸른 초원을 쳐다보았지. 여자들은 노래를 흥얼거리기 시작했고.

앞으로 나아갈수록 푸른빛은 더욱 선명해졌어.

"저 산등성이 뒤쪽에 우리 천막을 치면 되겠군!"

샤이크 자예드가 축복받은 아라비아 땅 저 너머를 손가락으로 가리켰어. 카라반은 산기슭에서 멈췄어. 염소치기들은 염소 떼를 몰고 곧장 풀밭으로 향했고, 나머지 사람들은 힘을 합쳐 천막을 세웠지. 무성한 풀밭을 보자 젊은 염소치기 칼레드는 신이 나서 두건을 벗어 하늘로 던져 올렸어.

"여기라면 염소들도 금세 기운을 되찾을 거야! 풀이 이렇게 많으니 일 년에 두 번씩 새끼를 쳐도 되겠어!"

염소들은 이미 풀을 베어 물고 열심히 씹어 대고 있었어. 그 가운데 암염소 한 마리는 죽어 버린 새끼가 떠올라 한숨을 쉬었어.

"이 맛난 풀도 못 먹고 죽은 내 새끼……."

옆에 있던 염소가 위로를 했어.

"넌 아직 젊으니까 앞으로 새끼를 많이 낳을 수 있어!"

그러면서 속으로 생각했지.

'이제부터 숫염소가 좀 힘들어지겠군. 젊은 암염소들이 가만히 내버려 두지 않을 테니까.'

천막을 다 세운 남자들은 샤이크의 천막에 모였어. 열린 천막 입구를 통해 안에서도 풀을 뜯는 염소들을 볼 수 있었어. 샤이크 자예드는 흡족한 표정으로 고개를 연신 끄덕였지. 그리고 주변을 두리번거리며 중얼거렸어.

"커피 주전자가 어디 있더라?"

그는 안장주머니를 잠깐 뒤적거리더니 주전자를 찾아 꺼냈어.

여자들은 아이들에게 마른 염소 똥을 주워 오게 해서 한데 모았어. 부족의 장로가 불을 지폈지. 환한 빛을 내며 불꽃이 일자 장로는 프라이팬에 커피콩을 넣고 잘 볶았어. 볶은 커피콩은 절구에서 잘게 빻았지. 공이가 절구 바닥을 콩콩 찧는 소리에 맞춰 시인이 노래를 불렀어. 시인의 노래는 근방의 산자락에 부딪혀 은은한 메아리로 사방에 울려 퍼졌어.

그 소리는 옆 마을에까지 들렸어.

"이건 처음 듣는 박자인데?"

나이 든 마을 사람 하나가 말했어.

"풀밭을 찾아온 부족이 도착했군요. 찾아가서 환영 인사를 합시다! 그들도 이제 우리 이웃이니까요."

그 마을의 샤이크가 서둘러 자리에서 일어섰지.

샤이크와 부족의 장로들이 새로운 이웃을 찾아오고 있을 때, 어느덧 불 위에서는 향신료가 든 커피가 끓어올랐어. 진한 향기가 천막 안을 가득 채웠지.

"여기 커피 위에 큰 거품들이 떠오르는 게 보이는가? 이제 곧 손님이 찾아올 것 같네!"

시인이 기대에 차서 외쳤어.

샤이크 자예드와 남자들은 다 끓은 커피가 주전자 바닥으로 가라앉길 기다렸지. 그때 천막 안으로 손님들이 들어섰어.

"이분들이 바로 자신들의 땅에서 가축을 키우도록 허락해 준 샤이크와 장로들입니다."

하산이 그들을 맞으며 부족 사람들에게 소개했어.

"환영합니다! 제 천막을 찾아주셔서 진심으로 감사합니다!"

샤이크 자예드가 환한 표정으로 인사했어.

즉시 화려한 접대용 양탄자가 새로 깔렸고, 손님들은 그 위에 자리를 잡았어.

"커피에 떠오른 거품이 여러분의 방문을 미리 알려 주었소!"

샤이크 자예드가 먼저 대화의 물꼬를 텄어.

"절구 소리가 우리가 있는 곳까지 들려왔습니다. 우리 부족의 땅에 오신 여러분과 여러분의 가축들을 진심으로 환영합니다!"

손님들 가운데 한 사람이 샤이크 자예드의 말을 받았지.

"오 형제여, 당신의 넓은 가슴과 너그러운 약속이 우리가 키우는 짐승들에게 새 생명을 선사했습니다. 가축을 먹일 수 있도록 허락해 준 여러분에게 깊은 감사를 드립니다. 다른 부족들은 우리의 청을 거절했답니다."

나이 많은 길잡이 하산이 공손히 인사를 건넸어.

주전자 안의 커피가 바닥으로 가라앉자, 장로가 주전자를 높이 들고 커피를 잔에 따랐어. 주전자 주둥이에서 잔까지 긴 곡선이 그려졌지. 장로는 세 모금으로 나눠 커피를 마셨어. 자리에 있던 모든 남자들이 그를 바라봤어.

"커피가 진하게 잘 되었소. 단 한 모금에도 머리가 한결 맑아지는구려."

이윽고 손님들의 잔에도 커피가 채워졌어. 연이어 세 잔을 마신 손님들은 장로가 커피를 더 권했지만 모두 정중히 사양했어. 손님들이 커피를 다 들고 난 다음에야, 그들을 맞이한 부족의 남자들도 잔에 커피를 따라 마셨지.

아버지의 무릎에 앉아 손님들을 보고 있던 꼬마가 아버지에게 물었어.

"왜 손님들이 다 커피를 세 잔씩밖에 안 마셔요?"

아버지는 아들을 기특하게 바라보며 이유를 설명해 주었어.

"그게 관습이란다. 첫 잔은 손님의 잔이지. 손님은 첫 잔을 마심으로써 진짜 손님이 되는 거야. 무슨 말이냐 하면, 손님이 그 공동체의 한 사람으로 받아들여졌고, 주인은 손님의 생명과 안전을 보살필 책임이 있다는 뜻이지. 손님이 도둑을 맞으면 천막의 주인이 그 피해를 갚아 주어야 한단다. 샤이크의 천막에 온 손님이 마음이 편하다면 두 번째 잔을 들지. 그 잔은 즐거움의 잔이라고 한단다. 손님은 주인의 친절과 너그러움을 즐기는 거야. 이어지는 세 번째 잔은 검의 잔이란다. 이 잔은 손님의 책임을 말하지. 세 번째 잔을 마신 손님은 천막 주인이 위험에 빠지거나 습격을 당했을 때, 그의 편에 서야 할 의무가 있단다. 손님과 주인이 형제로 맺어지는 거지. 만약 손님이 세 번째 잔을 사양하면 겁쟁이로 낙인찍히고 말아. 자기 이득만 챙기고 책임은 피하려고 하는 비겁한 사람 말이야. 그리고 예의를 지키는 손님이라면 검의 잔을 마시고 난 뒤 이제 충분히 마셨다는 뜻을 전해야 해. 그 표시를 빨리하지 않으면 주인이 네 번째 잔을 또 따르게 되지. 이 잔은 몰염치의 잔이란다. 내 아들아, 예의 바른 손님은 자기뿐만 아니라 다른 손님이나 주인 생각도 해야 하는 거야. 혼자서 한 주전자를 다 마셔 버리면 안 되니까. 그렇지?"

샤이크 자예드는 어린아이의 머리를 쓰다듬었어.

"내가 더 늙으면, 그땐 네가 손님들에게 커피를 끓여 드리게 될 거다."

둘러앉은 사람들이 모두 고개를 끄덕였어. 손님 가운데 한 사람이 주머니에서 말린 대추야자 몇 알을 꺼내어 아이에게 주었지. 그러고는 샤이크 자예드에게 말했어.

"저희는 여러분이 주신 커피를 마셨습니다. 여러분과 저희가 함께 마신 커피 주전자가 우리 앞에 놓여 있습니다. 이제 저희는 여러분의 적을 향해 언제든 검을 빼 들 것입니다."

남자들은 그 뒤로도 한참 동안 방금 끝마친 여행이며 초원, 염소, 커피에 대한 이야기를 나누었지.

산등성이 너머로 태양이 가라앉자 염소를 끌고 나갔던 염소치기들도 천막으로 돌아왔어. 그들은 샤이크의 천막에 와 있는 손님들과 반갑게 인사를 나누었어.

"알라께서 당신들의 땅을 풍요롭게 살찌우셨더군요. 굶주렸던 가엾은 염소들이 무척 오랜만에 배불리 풀을 뜯었답니다."

샤이크는 귀한 손님들을 맞이하는 뜻에서 염소 세 마리를 잡았어. 고기를 넣은 큰솥이 모닥불에 걸렸지.

이윽고 보름달이 떠오르고, 은색 달빛 아래 한가로이 풀을 뜯는 가축들의 모습이 드러나자 사람들은 몸과 마음에 쌓인 피로가 씻은 듯이 사라지는 것 같았어. 바스락거리며 모닥불이 타고 솥에서는 보글보글 맛있는 소리가 났지. 구수한 음식 냄새가 사방으로 퍼졌어. 사람들의 입안에 군침이 가득 고인 건 두말할 필요가 없지. 고기가 다 익자 크고 둥근 접시에 피타빵을 놓고 국물을 부은 뒤 고기를 얹었어. 마지막으로 사프란으로 향을 내어 녹인 버터를 그 위에 뿌렸지. 젊은 청년들이 어깨에 접시를 얹고 샤이크의 천막으로 날랐어.

음식이 도착하자 부족 남자들은 손님들에게 권했어.

"부디 입맛에 맞기를 바랍니다."

　손님들이 머뭇대며 예의를 차리자 부족 사람들은 연한 고기를 손님들 쪽으로 밀어 주며 다시 한 번 권했어. 손님들이 배불리 먹고 나자 샤이크 자예드는 남은 음식을 다른 천막에 나눠 주었지.

　푸짐한 저녁 식사가 끝난 뒤, 샤이크는 한 번 더 커피를 끓여 손님들을 대접했어. 그리고 시인에게 노래를 청했지.

　"배도 채웠고 커피도 마셨으니, 이제 자네의 음악이 우리의 가슴을 어루만져 줄 차례네."

　"자리를 빛내 주신 손님 모두를 환영합니다. 천 번 만 번 환영합니다!"

　시인은 손님들에게 환영 인사를 올리고서 천막 버팀대에 걸려 있던 라바바(아라비아의 전통 현악기)를 내렸어. 악기의 겉가죽을 부드럽게 만들기 위해 잠시 불 가까이에 세워 두었지. 시인은 호주머니에서 송진을 조금 꺼내 말총으로 만든 현에 문질렀어. 담배를 한 모금 깊게 빨고 나서 드디어 연주가 시작되었지. 그의 악기에서 흘러나온 소리는 주변 천막들까지 은은하게 울려 퍼졌어. 아낙네들은 하던 일을 잠시 멈추고 감미로운 선율에 귀를 기울였어. 듣기만 해도 피로가 사라지는 것 같았지.

　잠시 뒤 시인은 악기의 선율에 자신의 목소리를 싣기 시작했어. 너그러운 손님들의 부족을 칭송하고, 비옥한 초원과 커피 농장의 풍요를 기리는 노래였지.

　손님들은 샤이크 자예드의 천막에서 편하고 느긋한 저녁 시간을 보냈어. 라바바와 시와 아름다운 곡조가 밤늦도록 이어졌어.

마침내 손님들은 융숭한 대접을 베풀어 준 샤이크와 남자들에게 자신들의 마을도 꼭 찾아달라고 초대한 뒤, 정중히 작별 인사를 하고 돌아갔어.

다음 날 아침 젊은 염소치기 칼레드는 염소들을 이끌고 들판으로 나가려고 했어. 그때 어머니가 그를 불렀지.

"애야, 이 늙은 암염소는 젖도 안 나오고 새끼도 더 치지 못하는 것 같구나. 만약 손님이 오시면 이 염소부터 잡아 대접하자꾸나!"

그 말을 들은 암염소는 무서워서 벌벌 떨었어. 다른 염소들의 뒤를 따라 가며 '오늘부터는 특별히 좋은 먹이를 찾아 먹어야겠어.'라고 생각했지. 그렇지 않으면 영락없이 펄펄 끓는 솥 안에 들어가게 될 테니까!

칼레드의 염소 떼가 언덕에 도착하자 늙은 암염소는 무얼 먹을까 열심히 찾아다니기 시작했어. 이 풀 저 풀 기웃거려도 보고, 바위에서 바위로 펄쩍펄쩍 뛰어다니기도 했지.

"왜 그래요? 이 풀들이 맛이 없어요?"

한 젊은 염소가 물었지.

"난 나이가 들어서 특별히 부드러운 잎사귀가 아니면 안 돼!"

염소들이 이곳저곳에서 저마다 부지런히 풀을 뜯고 있을 때 칼레드는 피리를 불었어. 멀리 자기 부족의 검은 천막들이 눈에 들어왔지. 화창한 아침 햇살이 평화로이 천막 마을을 비추고 있었어. 천막마다 천장에 뚫린 구멍으로 김이 피어올랐지.

칼레드는 곧 피리를 내려놓고 이 꽃 저 꽃 날아다니는 꿀벌의

잉잉대는 날갯짓 소리에 귀를 기울였어. 머릿속에 벌집 가득 담겨 있을 꿀이 떠오르자 침이 고였어.

'달콤한 꿀을 언제 마지막으로 맛보았더라?'

칼레드는 생각도 안 나는 옛일을 떠올리며 꿀맛을 상상했지.

염소치기가 상상에 빠져 있는 동안, 늙은 염소는 희한한 잎사귀를 발견했어. 커다란 바위에 반쯤 가려진 구멍에서 뻗어 나온 나무는 가지마다 창날 모양으로 생긴 이파리가 붙어 있었지. 늙은 염소는 코를 대고 킁킁 냄새를 맡아본 뒤 조심스레 잎사귀를 핥아 보았어. 잎을 조금 뜯어서 먹어 보니 약간 쌉쌀하긴 했지만 맛이 꽤 괜찮았어. 염소는 더 이상 망설이지 않고 마음껏 잎을 뜯어 먹었지.

배가 부르도록 풀을 먹고 나자 염소는 한결 명랑해졌어. 몸이 가볍고 산뜻한 게 꼭 새끼 염소라도 된 것 같지 뭐야. 염소는 바위 사이를 폴짝폴짝 뛰어다니다가 숫염소를 찾아 나섰어. 숫염소는 바위 아래 그늘진 곳에서 반쯤 눈을 감고 사지를 쭉 뻗은 채 풀 한 포기를 질경질경 씹고 있었지.

늙은 염소는 숫염소에게 다가가 은근슬쩍 장난을 걸었어. 그러자 숫염소가 벌컥 화를 냈어.

"날 좀 내버려 둬! 난 이제 젊었을 때와는 달라! 늙었다구!"

"그래서 어쨌다는 건데? 예전엔 나랑 잘 놀았잖아. 그런데 이제는 젊은 암컷들한테만 눈길을 주더군!"

늙은 염소가 퉁명스럽게 대꾸했어. 하지만 곧 수컷의 목을 간질이며 말했어.

"나도 다시 새끼를 낳고 싶어. 그렇지 않으면 끓는 물에 풍덩 빠지고 말 거야!"

"네가 어디에 빠지든 나랑 상관없어!"

수컷은 신경질을 부렸어.

"난 이제 기운이 없어. 힘들어서 혀가 축 늘어진 게 안 보여?"

젊은 암컷들은 무슨 일인가 싶어 귀를 쫑긋 세웠어.

"숫염소가 가엾어! 기껏 바위 아래서 쉬고 있는데…… 저 정신 나간 늙은 염소가 놀아 달라고 덤비잖아!"

"저 늙은이는 옛날에 수컷이랑 실컷 놀아났다구! 이젠 우리 차례야!"

젊은 암컷들이 늙은 염소를 비아냥거리는 동안, 늙은 염소는 조금씩 몸이 피곤해지는 것 같았어. 네 다리가 납처럼 무겁고 제자리에 가만히 서 있는 것조차 힘이 들었지. 늙은 염소는 힘겹게 야자나무 그늘로 가 털썩 드러누웠어. 몸을 일으키려고 애써 봤지만 소용이 없었어. 오히려 땅속 깊이 가라앉는 것 같았지.

"방금 전까지는 기운이 펄펄 넘쳐 나더니!"

한 암컷이 잔뜩 비꼬는 말투로 쏘아붙였어.

늙은 염소를 안쓰럽게 본 다른 암컷은 야자나무 밑으로 다가와 물었지.

"무슨 일 있어요? 어디 아픈 건가요, 아니면 저 게으름뱅이 수컷이 같이 안 놀아 줘서 기분이 상한 거예요?"

"아픈 건 아냐. 그냥 잠시 기운이 빠져서 그런 거야."

늙은 염소가 축 늘어진 채 대답했어.

"염소치기가 깨어나서 당신이 이렇게 기운 없는 걸 보면 당신은 곧 잡아먹히게 될 텐데……."

젊은 암컷은 늙은 염소를 걱정했어.

"걱정할 것 없어! 금방 기운을 차릴 거야. 게다가 저 인간은 지금 코까지 골면서 자잖아. 깨어나려면 아직 멀었어."

늙은 염소는 이렇게 둘러대고는 신기한 나뭇잎에 대해서는 입도 뻥끗하지 않았어.

해가 기울어 산꼭대기에만 겨우 햇살이 걸리자 염소치기는 염소들을 몰아 집으로 향했어. 늙은 암염소가 이리 뛰고 저리 뛰며 수컷에게 장난을 거는 모습이 눈에 들어왔지. 염소치기는 속으로 저게 웬일인가 싶었지만 그냥 어깨를 한 번 으쓱하고는 더 이상 신경 쓰지 않았어.

그날 밤 늙은 염소는 몰래 숫염소를 찾아갔어. 살금살금 천막 줄을 뛰어넘고 다른 동물들이 잠에서 깨지 않도록 조심스레 걸음을 옮기면서 속으로 생각했지.

'신기한 잎사귀를 알려 주면 분명 나를 상대해 줄 거야.'

숫염소는 땅이 우묵하게 패인 곳에서 다른 염소들과 약간 떨어져 자고 있었어. 아주 깊이 잠들어 있었지. 늙은 염소는 뿔로 수컷의 엉덩이를 간질였어. 깜짝 놀라 잠에서 깬 수컷은 눈앞에 늙은 염소가 보이자 부아가 났어.

“이제는 아예 잠도 못 자게 할 셈이야? 어떻게 내 잠자리를 찾아낸 거야?”

숫염소는 투덜거리며 옆으로 돌아누웠지.

“네 냄새를 쫓아왔지! 내 말 좀 들어 봐. 너한테 뭘 해 달라는 게 아냐. 그저 너한테 커다란 비밀을 알려 주려고 온 거야.”

수컷은 목을 길게 빼며 물었어.

“비밀? 무슨 비밀?”

“오늘 말이야, 내 평생 먹어 본 중에서 가장 맛있는 잎사귀를 찾았어. 넌 이제 예전만큼 힘이 넘치지 않지? 늙어서 그렇다고 포기하고 있겠지만 방법이 있어! 그 잎사귀를 먹으면 원기를 되찾을 수 있거든. 나랑 놀아 주면 그 나무를 보여 줄게. 나밖에 모르는 거야. 염소치기도 모른다구.”

수컷은 갑자기 잠이 확 달아났어.

“그래? 정말 궁금하군. 대체 뭔데 그래? 제대로 말 좀 해 봐!”

“쉿, 조용히 해! 다른 염소들이 다 깨잖아.”

늙은 염소는 수컷을 나무랐어. 그러고는 한껏 소리를 낮췄지.

“다른 염소들한테는 절대 말 안 한다고 약속할 수 있어?”

숫염소는 얼른 고개를 끄덕였어. 늙은 염소는 한쪽 눈을 찡긋하고는 말했어.

“그럼 내일 그 달콤한 잎사귀를 너한테 보여 줄게.”

“알았어. 자, 여기 내 옆에 와서 누워. 이제 잠 좀 자자!”

숫염소는 늘어지게 하품을 했어.

다음 날 아침 늙은 염소는 수컷 둘레를 경중경중 뛰어다녔어. 수컷은 내버려 두었지. 그러다 갑자기 늙은 염소의 등에 올라타지 뭐야. 젊은 암컷들은 자기들 눈을 믿을 수가 없었어.

"이봐요, 당신은 벌써 새끼를 실컷 낳았잖아요? 이제는 우리 차례라고요!"

젊은 암컷들은 늙은 염소에게 따졌어. 하지만 늙은 염소는 누가 뭐라 하든 개의치 않았지.

염소치기는 수컷이 하는 짓에 흡족해졌어. 염소들이 예전처럼 금방 다시 수가 불어날 거라는 희망이 생겼거든.

풀밭에 다다르자 늙은 암컷은 수컷을 데리고 비밀 장소로 갔어. 두 염소는 자갈밭과 툭 튀어나온 바위를 건너 나무가 자라난 구멍 앞에 도착했지.

"이 나무는 나도 처음 보는 건데."

수컷은 킁킁거리며 냄새를 맡아 보았어. 두 마리는 곧 함께 잎사귀를 뜯기 시작했지. 늙은 염소는 숫염소에게 주의를 주었어.

"한꺼번에 너무 많이 먹지 마. 그랬다간 배탈이 날 거야!"

실컷 잎을 뜯어 먹은 뒤 두 염소는 아무 일 없었다는 듯 다른 염소들이 있는 곳으로 돌아왔어. 얼마 지나지 않아 숫염소도 기분이 들뜨기 시작했지. 숫염소는 이리저리 펄쩍펄쩍 뛰어다니고, 늙은 암염소와 기분 좋게 장난을 쳤어.

염소치기 칼레드는 눈앞에 벌어진 광경에 얼이 빠지고 말았어.

'저 늙은 염소가 꽁무니에 불이라도 붙었나? 저렇게 기운차게 뛰어다니다니 대체 어떻게 된 거야? 게다가 수컷도 마찬가지고. 이상한데? 왜 젊은 암컷들이 아니라 저 늙은 염소랑 노는 거지?'

염소치기는 이해할 수 없었지. 그런데 시간이 좀 지나자 두 염소가 아까와는 딴판으로 굼뜨게 움직이는 거야. 두 마리는 야자나무 그늘로 가 눕더니 이내 잠에 빠져들었어.

"이 염소들이 오늘따라 왜 이러는지 도무지 알 수가 없군!"

칼레드는 어리둥절했어.

밤이 되어 늙은 염소가 다시 찾아오자 수컷은 귀찮아하면서 내쫓았어.

"이제 좀 그만해! 오늘 하루 종일 너하고만 놀았잖아. 젊은 암컷들이 너 때문에 나한테 잔뜩 골이 나 있다구!"

수컷은 성질을 부리며 휙 돌아눕더니 곧바로 코를 골았어.

다음 날 아침이 되자 늙은 염소가 걱정했던 일이 벌어지고 말았어. 수컷은 비밀을 가슴속에 간직할 짐승이 아니었어. 풀밭에 도착하자 숫염소는 자기가 마음에 두고 있던 젊은 암컷에게 살그머니 다가갔어.

"골내지 말고 내 말을 좀 들어 봐."

수컷은 암컷의 귀에 대고 소곤소곤 말을 건넸지.

"어제 늙은 염소랑 놀았던 건 굉장한 비밀을 알려 줘서야. 그 늙은이가 엄청나게 맛있는 잎사귀를 찾아냈거든."

"거짓말하지 마! 수컷들은 암컷이랑 새끼를 만들지 못하면 슬슬 그런 식으로 거짓말을 한다지?"

젊은 암컷이 쏘아붙였어.

"거짓말 아냐! 그만 화 풀고 다정하게 굴어 줘. 그게 뭔지 가르쳐 줄게. 저 늙은이를 쫓아내고 너랑 나랑 둘이서만 그 잎을 먹자. 그리고 재미있게 노는 거야. 어때, 응?"

암컷이 누그러지는 기색을 보이자 숫염소는 신비한 나무가 자라는 곳으로 암컷을 데려갔어. 먼저 그곳에 가 있던 늙은 염소는 수컷이 뿔로 위협하자 밀려날 수밖에 없었지. 수컷과 젊은 암컷은 마음껏 풀을 뜯어 먹었어. 욕심에 눈이 먼 수컷의 입에서 침이 질질 흘러내렸어. 정신없이 잎을 씹던 수컷은 갑자기 배가 아픈지 먹는 것을 멈췄지.

"이 멍청이! 내가 한꺼번에 너무 많이 먹지 말라고 경고했지?"

늙은 염소는 수컷을 비웃으며 마구 퍼부었어.

"너 같은 욕심쟁이 먹보는 내……."

"조용히 못 해!"

수컷이 소리쳤지만 늙은 염소는 멈추지 않았어.

"넌 좀 더 주둥이를 조심해야 해! 이제 다들 우리 비밀을 알게 될 거야. 그럼 우리가 먹을 잎사귀는 한 장도 안 남을걸! 너는 약속을 지키지 않은 벌을 받게 될 거야!"

수컷은 늙은 염소의 경고를 귓등으로 흘려버렸어. 날마다 다른 암컷에게 비밀을 말한 거야. 매일 새로운 암컷과 함께 신기한 잎사귀를 뜯어 먹고는 좋아라 뛰어놀았지. 나중에는 염소란 염소는 죄다 신비한 나무에 대해 알게 되었어.

어느 날 칼레드가 여느 때처럼 야자나무 그늘에서 낮잠을 즐기고 있을 때였어. 그는 갑자기 배에 큰 충격을 받고 벌떡 깨어 일어났어. 새끼 염소 한 마리가 칼레드의 배 위로 펄쩍 뛰어올랐거든. 깜짝 놀란 칼레드는 잠이 덜 깬 상태에서 눈을 비볐어. 그런데 염소들이 죄다 펄쩍펄쩍 뛰어다니고 있지 뭐야. 염소들은 큰 소리로 울기도 하고 곡예를 하듯 공중으로 튀어 오르기도 했어. 그러다 시간이 조금 흐르자 염소들은 하나같이 야자나무 그늘로 기어 들어가 네 다리를 뻗고 드러눕는 게 아니겠어? 곧 여기저기서 염소들의 코고는 소리가 들려왔어.

칼레드는 세상이 갑자기 변해 버린 것 같았어. 염소들이 처음엔 어처구니없을 만큼 기운이 남아돌아 난리더니, 채 몇 분도 지나지 않아 바닥에 쓰러져 꾸벅꾸벅 졸다니! 믿을 수가 없었지. 칼레드는 궁리에 궁리를 거듭했지만 도무지 수수께끼를 풀 수가 없었어.

마을로 돌아온 칼레드는 천막에 들어서자마자 어머니에게 낮에 있었던 일을 이야기했어.

"염소들이 새 풀밭을 만나니까 너무 좋아서 그런 걸 게다. 너, 염소들이 아주 오랫동안 굶주렸던 걸 벌써 잊었니?"

어머니는 길게 땋은 아들의 검은 머리를 쓰다듬으며 타일렀어.

"그 때문이 아닌 것 같아서 그래요!"

"염소들이 먹을 게 없어 배가 푹 꺼졌을 때는 불쌍하다고 울더니 이제 그것들이 춤추고 뛰어논다고 불평을 하는 게냐?"

어머니는 웃음을 터뜨렸어.

"혹시 너 오늘 너무 독한 담배를 말아 피운 거 아니니? 염소가 아니라 네 기분이 들떠서 잘못 본 게 아니냐?"

"조상님의 영혼에 맹세하건대 오늘 담배는 한 모금도 피우지 않았어요!"

"어디 그럼 내일도 염소들이 오늘같이 날뛰는지 한번 보자꾸나. 자, 여기 염소젖 좀 마시고 바삭바삭한 빵 좀 들렴. 그리고 양탄자에 누워 좀 쉬려무나."

잠자리에 누웠지만 칼레드는 좀체 잠이 오지 않았어. 이리저리 뒤척이며 뜬눈으로 밤을 새웠지.

날이 밝자마자 칼레드는 서둘러 염소들을 끌고 출발하려 했어. 그러나 어머니가 그를 붙잡았어.

"이슬에 젖은 풀을 염소한테 먹이면 설사를 한단다."

어머니의 충고대로 칼레드는 따스한 햇살이 내리쬐고 안개가 걷히고서야 염소들을 데리고 초원으로 향했어.

이날도 어제처럼 염소들은 한바탕 난리를 쳤지. 처음엔 춤을 추면서 뛰어다니더니 다음에는 이리저리 비틀댔어. 나중에는 보릿자루마냥 땅에 축 늘어져 잠에 빠져 버렸고.

칼레드는 기가 막혔어.

"난 담배도 안 피웠고, 환상을 보지도 않았어! 이놈의 풀밭에 마법이라도 걸려 있는 거 아냐?"

하지만 대체 무엇 때문에 이런 일이 생기는지 염소치기 칼레드는 알 수가 없었어. 저녁이 되어 천막으로 돌아온 칼레드는 오늘

본 것을 다시 어머니에게 털어놓았어.

어머니는 두 손을 들어 올리더니 하늘을 올려다보았어.

"알라와 조상님이시여, 우리 염소들을 악마의 손길로부터 보호하소서! 그리고 제 아들 칼레드가 화를 입지 않게 지켜 주소서!"

이날 밤도 칼레드는 잠을 이루지 못했어.

"나도 염소들처럼 행복해 봤으면 좋겠군! 분명 원인은 그 풀밭에 있어. 내일은 다른 곳으로 염소들을 데리고 가야지. 그때도 오늘처럼 구는지 한번 봐야겠어."

다음 날 아침 칼레드는 다른 풀밭으로 염소들을 몰고 갔어. 염소들은 영 내켜하는 것 같지 않았지. 낯선 풀밭에 도착하자 늙은 염소는 혼잣말로 중얼거렸어.

"염소치기가 풀 먹이는 장소를 바꿨군. 어디에도 그 맛있는 잎사귀가 보이지 않아. 이게 다 약속을 어긴 멍청한 수컷 탓이야!"

염소들은 다들 마지못해 풀을 뜯었어. 잃어버린 식욕 탓에 저녁에 다시 마을로 돌아갈 때가 되었는데도 전혀 배부르지 않았지.

칼레드가 새로 찾아간 풀밭에서 있었던 일을 말하자 어머니는 안심하고 웃었어.

"거봐라, 애야. 네 염소들한테는 아무 문제도 없어. 오늘은 정말로 담배를 피우지 않았나 보구나!"

다음 날 칼레드는 일부러 원래의 풀밭을 찾았어. 그리고 낮잠을 자지 않고 정신을 똑바로 차린 채 염소들을 지켜보았지. 곁눈질을 하며 무슨 일이 일어나는지 가만히 기다렸어.

아니나 다를까 숫염소가 가장 먼저 어딘가로 신나게 달려갔어. 소리 없이 수컷의 뒤를 쫓은 칼레드는 바위 뒤에 몸을 숨기고 훔쳐보았어. 염소는 어떤 초록색 잎을 뜯어 먹더니, 금세 펄쩍펄쩍 뛰기 시작했어.

칼레드는 조금 더 가까이 다가갔어.

"모든 일이 바로 이 식물 때문인 게 틀림없어."

그는 잎사귀를 손가락으로 만져 보았어.

"이런 건 처음 보는데. 염소들이 먹어서 괜찮은 거라면 염소치기가 먹어도 별 탈 없을 거야."

칼레드는 싱싱한 잎사귀 몇 장을 뜯어서 입에 넣고 씹었지. 신비한 잎의 효과를 느끼기까지는 그리 오랜 시간이 걸리지 않았어. 처음엔 새처럼 몸이 가벼워지는 것 같았어. 발걸음이 날아갈 듯하고 바위 사이를 펄쩍펄쩍 건너뛰어도 힘든 줄 몰랐지. 어느새 그 역시 염소들처럼 즐거운 듯 춤을 추고 있었어. 곧 목이 말랐어. 물 부대에 입을 대고 벌컥벌컥 물을 들이켜니 정신이 더욱 또렷해지고 눈이 말똥말똥해졌지. 하지만 서서히 팔다리가 노곤해지는 거야. 한두 번 입에서 하품이 터져 나오는가 싶더니 야자나무 그늘에 누워 깊은 잠이 들었어. 염소들이랑 같이!

칼레드가 눈을 떴을 때는 이미 태양이 지평선에서 사라지려던 참이었어. 칼레드는 벌떡 일어나 서둘러 염소들을 모아 집으로 갔어. 빨리 어머니한테 이 일을 말하고 싶은 마음이 굴뚝같았거든.

이번에는 어머니도 하던 일을 멈추고 아들의 이야기에 귀를 기울었어.

"내 눈동자야, 참으로 신기하구나. 이 어미도 궁금하니 내일 그 신기한 나뭇잎을 좀 따다다오!"

다음 날 들판을 떠나기 전, 칼레드는 이파리를 몇 장 따서 담배 쌈지에 넣어 왔어. 밤이 되어 마을이 조용해지자 어머니에게 나뭇 잎을 꺼내 드렸지. 어머니는 달빛에 잎사귀를 비춰 보았어.

"정말이구나! 생전 처음 보는 이파리야! 그런데 어떻게 먹는 거니?"

"그냥 염소들이 풀을 씹듯이, 저도 이 사이에 넣고 씹었어요."

어머니는 이파리를 한 장씩 입으로 가져가 질겅질겅 씹었어. 곧 갈증이 나서 물을 마셨지. 잠시 뒤, 어머니는 왠지 모를 유쾌한 기 분이 솟아나는 걸 느꼈어.

"아들아! 이토록 기분이 산뜻해지기는 정말 오랜만이구나! 네 아버지랑 들판에서 뛰놀던 시절로 돌아간 기분이야! 알라께서 그 이의 영혼을 굽어살펴 주시길!"

"제 말을 안 믿으시더니……. 이젠 믿으시는 거죠?"

"그래, 네 말이 맞구나, 내 눈동자야. 이 잎사귀의 즙이 기적을 만드는 게 틀림없어. 굳은 뼈마디에 생기가 돌고 심장이 힘차게 뛰는구나! 다시 젊어진 기분이야!"

어머니가 반짝이는 눈빛으로 지난날을 꿈꾸듯 돌이켜 보고 있 을 때, 옆 천막에 사는 여인이 천막 입구에 얼굴을 들이밀었어.

"어서 와요, 어서 와!"

어머니는 반갑게 인사를 했어. 이웃 여인은 눈이 휘둥그레져서 어머니를 쳐다보았어.

"혹시 독한 담배라도 피웠나요? 아주 옛날에나 그랬지 요즘에는 이렇게 기운이 넘쳐나는 걸 본 적이 없는데?"

여인은 놀라서 어머니에게 물었지. 어머니는 큰 소리로 웃으며 대꾸했어.

"아유, 내가 뭐 그리 늙었다고 그러우. 기분이 아주 좋아서 그래요. 내 자기한테 비밀 한 가지 가르쳐 드릴까?"

어머니는 이웃 여인의 귀에 입을 바짝 갖다 대고 속삭였어.

"우리 아들이 들판에서 신기한 나뭇잎을 뜯어 왔지 뭐유. 그 잎사귀를 씹으니까 꼭 몇십 년은 젊어진 것 같아!"

"뭐라고요? 잎사귀요?"

"그래요, 맛이 아주 좋은 잎사귀라우! 약간 쌉쓸하지만 효과가 정말 대단해!"

어머니는 들뜬 목소리로 설명했어. 그래도 이웃 여인이 좀처럼 믿지 않자 칼레드는 지금까지 있었던 일을 하나도 빠짐없이 이야기해 주었어.

"어머나, 세상에! 어서 샤이크의 천막으로 가서 이 이야기를 하렴! 남자들은 분명 네 얘기에 귀를 기울일 게다!"

여인의 얼굴에 장난스런 웃음이 번졌어.

"내 남편도 너희 어머니처럼 원기를 되찾으면 좋을 텐데!"

칼레드는 서둘러 샤이크의 천막을 찾았어. 그리고 거기 모인 남자들에게 염소들이 발견한 나무에 대해 자세히 설명했지.

주의 깊게 이야기를 듣던 장로가 칼레드에게 말했어.

"염소들이 그 잎을 먹지 못하게 하게. 그리고 우리한테 잎사귀를 한번 가져다주지 않겠나? 정말 신비로운 효능이 있는지 알고 싶으이."

칼레드가 샤이크의 천막에서 돌아왔을 때 어머니는 벌써 깊은 잠에 빠져 있었지.

다음 날 칼레드는 염소들이 그 나무에 가까이 오지 못하도록 하고서 호주머니에 잎을 잔뜩 채웠어.

그 모습을 빠짐없이 지켜본 늙은 염소는 수컷의 엉덩이에 발길질을 했지.

"이제 다 글렀어! 내가 비밀 꼭 지키랬지? 젊은 것들 꽁무니나 쫓아다니는 수컷한테 그런 걸 바란 내가 바보지!"

숫염소도 풀이 죽어서 자기 잘못을 인정했어.

"네 말이 맞아. 그렇지만 젊은 암컷들한테도 재미난 걸 가르쳐 주고 싶었단 말이야."

"재미? 안됐지만 그놈의 재미도 이제 끝이야! 염소치기가 저 잎사귀를 먹지 못하게 우리를 자꾸 몰아내는 게 안 보여?"

저녁이 되자 칼레드는 샤이크의 천막을 찾아갔어. 부족 남자들은 모닥불에 모여 앉아 신비한 잎을 찬찬히 살펴보았어.

샤이크 자예드가 입을 열었지.

"어디 한번 확인해 봅시다."

그가 맨 먼저 잎을 집어 입속에 넣었어. 다른 남자들도 몇 장씩 입에 넣고 씹기 시작했지. 이윽고 그들은 차례차례 물 단지를 찾았어. 조금 지나자 샤이크의 눈에 생기가 돌았어.

"여러분, 난 갑자기 한없이 젊어져 마치 네 살배기 낙타처럼 힘이 솟는구려! 이 잎사귀의 즙이 내 가슴을 유쾌하고 환하게 만들어 주었나 보오!"

남자들이 두런대는 소리가 천막 한쪽을 커튼으로 가려 만든 부녀자 방까지 들렸지. 앉아서 실을 잣던 아낙네들은 귀를 쫑긋 세웠어.

"샤이크가 갑자기 기운이 펄펄 넘치나 봐!"

한 여자가 말하자 다른 여자가 받아쳤어.

"그 기운이 부디 한밤중까지 계속되어야 할 텐데!"

남자들은 다들 기분이 날아갈 듯 했지. 그들은 이런저런 이야기를 계속 지껄였어.

"이곳에 와서 염소들만 행복해진 게 아니라 우리도 이렇게 기분이 좋아졌구려!"

시인이 흥에 겨워 말했지. 샤이크 자예드도 장단을 맞췄어.

"이곳은 참 놀라운 곳이오! 염소들이 먹을 잎사귀뿐 아니라 우리가 먹을 것도 있지 않소!"

그 소리에 남자들이 와 하고 웃음을 터뜨렸어. 그들은 한동안 농담을 주고받았어. 그런데 곧 피곤해졌지. 사내들은 하나둘씩 베개를 찾더니 이내 잠에 곯아떨어졌어.

다음 날 장로는 속이 영 좋지 않았어. 하루 종일 구석진 골짜기와 천막을 부리나케 오갔지.

"어떻게 된 일이오, 형제여?"

샤이크가 걱정스레 묻자 장로는 한숨을 내쉬었어.

"이런 설사는 내 평생 처음이야. 어찌할 새도 없이 줄줄 흘러나온다니까! 도무지 참을 수가 없어!"

장로가 파리 떼 한 무리를 끌고 골짜기로 줄달음을 칠 때마다 샤이크의 천막에서는 요란한 웃음과 박수 소리가 터져 나왔지.

"오늘 저 양반이 골짜기를 전세 냈구만! 바지춤을 움켜쥐고 뛰어가는 모양새가 꼭 꽁무니에 불붙은 낙타 같지 않소?"

시인은 웃음을 터뜨리며 장로를 놀려 댔어.

그러나 땅거미가 지도록 장로의 설사는 멈추지 않았어. 부족 사람들은 슬슬 걱정이 되었지.

"대체 뭘 드신 건가요?"

수도승이 물었어.

"자네들하고 같이 양고기를 먹은 것밖에 없어."

"혹시 어제 그 잎사귀를 너무 많이 씹은 거 아닌가요?"

수도승이 다시 한 번 물었어.

"씹어? 자네들도 알다시피 난 이가 없어서 씹을 수가 없어. 그래서 이파리를 잘게 찢어서 그냥 삼켜 버렸네."

"어쩌면 그것 때문에 속이 불편하신지도 모르겠군요!"

샤이크 자예드가 말했어.

"우리들은 잎을 씹어 즙만 삼켰거든요. 잎을 통째로 삼키는 것은 염소들이나 하는 짓이에요!"

그 뒤로 사람들은 잎사귀를 삼키지 않도록 조심했어. 잎을 입에 넣고 이로 잘게 씹은 뒤, 그 즙만 빨아 먹었지. 입에 남은 찌꺼기들은 뱉어 냈어. 마지막으로 갈증을 풀고 입안을 헹궈 내기 위해 물을 마셨지.

저녁마다 부족 남자들은 샤이크의 천막에 모여 칼레드를 애타게 기다렸어. 칼레드는 작은 호주머니로는 충분치 않아서 나귀 안장주머니에다가 잎을 가득 뜯어 왔어. 해가 지고 골짜기 너머에서 나귀의 쫑긋한 귀가 보이기 시작하면 남자들은 염소치기를 멀리서부터 열렬히 반겼어.

얼마 안 가서 여자들도 볼 안 가득 잎사귀를 넣고 씹게 되었어. 샤이크의 천막 안에 있는 부녀자 방에서는 날마다 아낙들이 모여 앉아 신기한 잎사귀를 즐겼어. 가끔씩 남정네들이 장로를 두고 농담하는 소리도 엿들었지.

"그 양반, 욕심 사납게 잎사귀를 꾸역꾸역 집어넣던걸. 꼭 발정난 낙타 불알처럼 불룩해진 볼따구니 좀 보라지!"

시인이 신이 나서 우스갯소리를 지껄이자 둘러앉은 이들이 모두 왁자지껄 웃음을 터뜨렸어. 그리고 장로가 엉덩이를 붙잡고 헐레벌떡 골짜기로 내달을 때면 또 잎사귀를 삼켰구나 하고 다들 생각하게 됐지.

신비한 잎사귀는 더 이상 비밀이 아니었어. 소문은 들불처럼 빠르게 번졌거든. 손님이 찾아오면 샤이크는 으레 잎을 권했지.

어느 날 저녁 칼레드가 사람들에게 말했어.

"이제 줄기에 붙은 잎이 얼마 없어요. 그 나무 한 그루 가지고는 우리 부족 사람들 입을 다 건사할 수 없어요."

사내들의 얼굴이 순식간에 흙빛으로 변했어.

"우린 이제 신기한 잎사귀가 없으면 안 되네. 어서 뭔가 수를 써야겠어!"

그즈음 한 손님이 샤이크의 천막을 찾아왔어. 그는 커피 농장을 하는 농부였어. 부족 남자들은 그에게 조언을 구하기로 했지. 샤이크 자예드는 물었어.

"당신은 식물에 대해서 우리보다 훨씬 잘 알고 있을 거요. 이 신기한 잎사귀를 당신 밭에 심어 보면 어떻겠소?"

꾀 많고 잇속에 밝은 농부는 샤이크의 말에 귀가 솔깃했지.

"여러분이 그 이파리를 씹기 시작한 뒤부터는 커피를 잘 드시지 않더군요. 어쨌든 커피 대신 그 나무를 심어 보겠습니다. 내 땅은 기름지니 분명 잘 자랄 겁니다. 그럼 마음 놓고 잎사귀를 즐기실 수 있을 테지요."

"대단하군요. 농부들은 식물이라면 모르는 게 없다니까!"

시인이 치켜세웠어. 칼레드가 농부를 들에 데리고 나가 그 나무를 보여 주기로 했지.

다음 날 아침 농부는 노새를 타고 염소치기 칼레드를 따라 들판으로 나갔어. 칼레드는 그에게 언덕 기슭에 자라고 있는 비밀의 나무를 보여 주었어. 농부는 낯선 나무를 보고 눈을 크게 떴어. 호기심 어린 표정으로 이리저리 살피더니, 마침내 잎사귀 하나를 떼어 내어 냄새를 맡아 보았지. 이어서 그가 잎사귀를 입에 넣으려 하자 칼레드가 말렸어.

"당신더러 잎을 씹으라는 게 아니라 심으라는 소리요!"

"알았네. 알았어!"

농부는 칼레드를 안심시켰어. 그는 노새 안장에 실어 온 호미와 삽을 들고 조심스레 곁가지 하나를 파냈어.

"자네들은 이제 곧 이 잎사귀를 마음껏 즐기게 될 걸세."

부족 사람들과 약속한 대로 농부는 자기 땅에 그 나무를 심었어. 날마다 물을 주고 노새의 배설물로 거름을 치자 나무는 훌쩍 자랐지. 시간이 흐르자 밭의 절반을 뒤덮을 만큼 무성해졌어.

샤이크와 장로들은 꾸준히 밭을 찾아가 잎을 땄어. 그들은 안장 주머니 가득 잎사귀를 채워 마을로 돌아왔지. 부족 사람들이 밭을 찾아갈 때마다 농부는 새끼 염소를 한 마리씩 받았어.

이웃 농부들은 약삭빠른 동료 하나가 이상한 나무를 가져다 심은 뒤로 점점 가축 수를 불려 나가자 질투가 났어.

"이제 다들 커피를 마시지 않아. 사람들은 저 괴상한 잎으로 볼따구니를 채우기에만 급급하다고!"

"그 빌어먹을 농사꾼 녀석은 이제 늙다리 노새 대신 값비싼 암말을 타고 다니더군!"

농부들은 한 마디씩 불평을 해 댔어. 그때 한 농부가 나섰어.

"불평만 한다고 일이 해결되는 건 아닐세! 우리도 어서 그 나무를 구해 밭에 심어야 하지 않겠나?"

날이 갈수록 신비한 나무를 심는 농부들이 많아졌어. 소문은 발 없는 말을 타고 산 넘고 물 건너 이웃 나라까지 전해졌어.

날이 채 밝기도 전에 농부들은 당나귀와 노새의 등에 잎사귀를 가득 실은 자루를 싣고서 시장으로 갔지. 농부들은 잎이 담긴 자루를 새끼 염소 대신 돈을 받고 넘겼어. 막 돋아난 연한 새싹은 가장 인기가 좋았어. 점심때가 되기 전에 동이 나곤 했지.

정오 기도 시간이 되어 온 나라를 태울 듯한 더위가 찾아들면 거리며 시장은 텅 비어 한산해졌어. 사람들은 모두 그늘을 찾아 천막 안으로 들어가 신기한 잎을 씹었지.

몇 년이 지났어. 시장에 나오는 잎의 양은 점점 더 늘어났지. 커피 상인들은 장사가 안 되어 한숨을 내쉬었지만, 잎을 파는 상인들은 많은 이득을 남겼어.

아들과 함께 시장을 지나가던 한 농부가 탄식했지.

"아들아, 저기 잎을 파는 상인들이 보이느냐? 그들의 배는 자꾸만 불룩해지는데 우리는 팔지 못한 커피 자루 위에 하릴없이 쪼그리고 있구나."

아들도 고개를 끄덕였어.

"아버지, 저 작은 관목이 이 복된 땅 아라비아에서 식물의 왕이 되었어요."

아들은 아버지의 눈치를 살피며 말을 이었어.

"우리도 커피나무를 뽑아내고 그 자리에 저 나무를 심으면 어떨까요?"

"그래, 네 생각이 옳을지도 모르겠다, 얘야."

아버지와 아들은 반쯤 남은 커피 자루를 다시 나귀 등에 싣고 마을로 돌아왔어.

바로 그날 두 사람은 괭이와 톱을 들고 밭으로 나갔어. 밭에 도착하자 커피나무를 한 그루 한 그루 바라보았어. 이윽고 아들이 커피나무에 톱을 갖다 대자, 아버지는 성급히 아들을 말렸어.

"아들아, 나는 이 나무들을 내 손으로 심고 가꾸었다. 무럭무럭 키가 자라는 모습을 처음부터 지금까지 지켜봤어. 꼭 너를 키울 때처럼 말이다. 그런데 이제 내 손으로 베자니 가슴이 찢어지는 것 같구나!"

늙은 농부의 얼굴에 깊게 파인 굵은 주름 사이로 눈물이 흘러내렸어. 아들은 톱을 옆으로 치웠어. 두 사람은 묵묵히 집으로 돌아갔지.

점점 더 많은 땅이 신비로운 나무를 가꾸는 데 쓰였어. 가축들을 먹일 초원은 서서히 모자라게 되었지. 이제 염소들이 그 잎사귀를맛보는 건 오직 꿈속에서나 가능한 일이 되었어.

"내가 왜 저 바보 같은 수컷에게 비밀을 알려 줬지? 이젠 맛 좋은 잎사귀는커녕 평소에 뜯어 먹던 풀마저 먹지 못할 지경이야. 늙어 새끼도 만들지 못하는 멍청한 숫놈! 언제 틈을 봐서 저놈의 엉덩이를 뻥 차고 말 테다!"

늙은 염소가 투덜거리자 다른 염소들도 맞장구를 쳤어.

"맞아, 나도 그 맛있는 잎사귀가 몹시 먹고 싶어!"

늙은 염소는 주위를 둘러보며 말을 이었어.

"그 이파리를 발견한 건 바로 나야. 저기 건너편 밭에 그 나무들이 잔뜩 있어. 더 이상 못 참겠어. 가서 우리 몫을 먹자고!"

염소치기 칼레드가 한낮의 더위에 지쳐 꾸벅꾸벅 졸고 있을 때 염소들은 우르르 밭으로 몰려갔어. 그리고 오랜만에 마음 놓고 잎사귀를 뜯어 먹었지.

하지만 어느 틈에 나타난 파수꾼이 그 광경을 보고 말았어. 그는 화가 머리끝까지 치밀어 올라 염소들을 마구 두들겨 팼어. 염소들은 큰 소리로 울면서 사방으로 흩어졌지.

파수꾼은 잠에 빠진 칼레드를 찾아내 욕을 퍼부었어.

"이 쓸모없는 게으름뱅이 녀석아! 네 놈 염소들이 우리 밭의 귀한 잎사귀를 배가 터지도록 훔쳐 먹는지도 모르고 자빠져 잠만 자고 있느냐?"

"염소! 내 염소들이 다 어디로 갔지?"

칼레드는 깜짝 놀라 잠에서 깨어났어.

"염소가 어디로 갔냐고? 내가 흠씬 두들겨 패서 쫓아냈다!"

파수꾼이 씩씩대며 소리쳤어. 칼레드도 화가 나서 얼굴이 빨개졌어.

"맹세컨대, 내 염소들이 밭에 들어간 건 이번이 처음이오. 그런데 당신은……"

"처음이자 마지막이 되어야 할걸!"

파수꾼이 칼레드의 말을 툭 잘랐어.

"네 멍청한 염소들을 잘 감시해. 안 그러면 너까지 내 몽둥이 맛을 보게 될 테니까!"

"이봐 당신, 그 나무를 처음 발견한 게 내 염소들이란 걸 알고나 있어?"

칼레드는 지지 않고 소리쳤어.

"알 게 뭐야! 어찌됐든 밭을 지키는 게 내 일이라고!"

염소치기는 점점 더 성이 났지.

"당신들은 그저 돈주머니를 채울 생각뿐이군! 염소들이 뜯어 먹을 풀 한 포기, 땅 한 덩이조차 남겨 놓지 않고서! 이제 어디 가서 내 염소들한테 풀을 먹이란 말이오?"

"그건 내 상관할 바 아니라고 했지! 마지막 경고야. 네 염소들이나 똑바로 챙겨!"

파수꾼은 휙 돌아서 가 버렸어.

칼레드는 사방으로 달아난 염소들을 겨우 모아들인 뒤, 야자나무 그늘에 털썩 주저앉았어. 사람을 도취시키는 나무가 가득 들어찬 들판은 칼레드의 기분을 침울하게 만들었지.

그런 칼레드를 바라보던 숫염소는 늙은 염소에게 말했어.

"가장 지독한 멍청이는 바로 저 인간이야! 부족 사람들한테 비밀을 죄다 퍼뜨리고, 나중에는 농부들까지 불러들였잖아. 이제 우리가 풀 뜯을 초원은 눈 씻고 찾아봐도 없는 날이 올걸!"

짜증이 난 늙은 염소는 들은 척도 하지 않았어. 그저 혼자 중얼거릴 뿐이었지.

"저 망할 놈의 파수꾼이 내 등을 엉망으로 만들었잖아!"

늙은 염소는 상처 난 등을 밭 끄트머리에 외롭게 서 있는 커피나무에 기댔어.

"이제는 나한테 등을 기대는 거냐, 이 바보 같은 염소야!"

커피나무가 불쑥 입을 열었어.

"우리한테 불행을 가져온 건 바로 너야! 들판을 가득 메운 저 나무가 보여? 저 나무가 바로 농부가 제일 좋아하는 거라고. 그 덕에 돈지갑이 터져 나갈 지경이니, 그럴 수밖에."

커피나무는 몸을 부르르 떨었어.

"졸부 같으니라고!"

"염소나 염소치기나, 커피나무나 모두 저 망할 나무 때문에 힘들어하고 있어! 에잇!"

늙은 염소가 성을 내자 커피나무는 콧방귀를 뀌었어.

"그렇게 다짜고짜 욕을 퍼붓는다고 달라지는 게 뭐 있어? 좋은 시절은 이제 다 지나갔어. 복 받은 땅 아라비아에서 가장 귀한 식물은 바로 나였어. 손님이 오면 주인은 내 콩을 볶아서 향긋한 커피를 끓여 대접했지. 내 향기가 온 천막과 집안을 채우고 마을 밖까지 흘러넘쳤어. 예멘의 딸인 나 커피야말로 세상을 호령했었어! 모카 항에서 커피를 가득 실은 배가 세계 곳곳으로 내 향기를 배달했지. 온갖 나라들이 모카를 찬양했어. 카라반들은 낙타 등을 빌어 세계 구석구석까지 커피를 실어 날랐고. 그런데 이제는 내 고향에서 이 모양으로 죽어 가는 신세가 됐어. 저 몹쓸 나무가 나를 밀어내고 농부들의 마음을 모조리 빼앗아 갔다고. 이제 나는 어쩌면 좋지?"

커피나무는 슬픔에 빠져 더 이상 말을 이을 수 없었어. 늙은 염소는 위로조차 할 수 없었지. 침묵 사이로 나무들의 무성한 이파리가 흔들리는 소리가 저녁 바람에 실려 왔지.

칼레드는 여전히 야자나무에 등을 기대고 생각에 빠져 있었어. 그때 늙은 농부가 노새를 타고 지나갔어.

"안녕하신가, 염소치기 청년!"

"평화가 당신과 함께하길!"

칼레드는 농부의 인사에 답했어. 농부는 노새에서 내려 칼레드 옆에 앉았어.

"자네 눈이 무척 슬퍼 보이는군! 무슨 일이 있소, 젊은 친구?"

"어르신을 힘들게 하는 일이 저를 힘들게 합니다. 날이 갈수록 염소들을 먹일 풀밭을 찾기가 힘이 드네요."

칼레드가 한탄을 늘어놓았지.

"돈 때문에 농부들 눈이 멀었다네! 커피나무만 뽑혀 나간 것이 아니라 다른 과일이나 채소까지도 몽땅 잡초 취급을 받고 있지."

늙은 농부가 노새를 쓰다듬으며 말했어.

"저 나무는 손도 덜 가고 많은 돈을 벌어다 주지. 하지만 내 커피 농장은 절대 내주지 않을 걸세!"

염소치기의 얼굴에 잔잔한 웃음이 퍼졌어.

농부는 다시 노새에 올라탔어. 마음이 조금은 가벼워진 칼레드도 염소들을 몰아 마을로 돌아갔지.

그러나 안타깝게도 늙은 농부처럼 생각하는 사람은 드물었어. 모두 잎사귀가 주는 흥분과 쾌감에 빠져 보고 싶어 안달이었지. 잎은 점점 더 비싼 값에 팔려 나갔어.

지금도 예멘에 가면 이 나무를 심은 밭을 많이 볼 수 있대. 여기 저기서 볼이 불룩하게 나온 사람들과 마주치기도 하고. 입안에 달 걀이라도 문 것 같지만 사실은 나뭇잎을 입에 잔뜩 채워 넣고 다 니기 때문에 양 볼이 불룩해진 것뿐이지.

이 나무의 이름은 카트야. 카트는 아주 비싸. 비싼 값을 치르고 카트를 씹고 나면 환각과 잠에 취해서 장사를 하거나 농사를 지으 러 밖에 나갈 수가 없어. 그리고 카트에 밀리지 않고 살아남은 몇 그루의 커피나무들은 정작 그곳에 사는 사람들이 마시기에는 턱 없이 모자라. 커피 농사를 짓는 농부들은 먹고살기 위해 멀리 있 는 부자 나라에만 커피를 내다 팔지. 향기로운 커피로 이름을 날 리던 축복의 땅 아라비아는 세계에서 가장 가난한 나라들 가운데 하나가 되고 말았지.

그렇게 칼릴의 이야기가 끝이 났다.

마지막으로 이야기를 하러 온 청년은 나빌이었다. 그는 아미라 와 우물가에서 만나기로 약속했다. 해가 땅 밑으로 가라앉자 아미

라는 할머니의 물 부대를 집어 들었다. 그리고 할머니 몰래 끈을
풀어 모래 위로 물이 새게 만들었다.

얼마 뒤 목이 마른 할머니가 물을 찾았지만 물 부대는 텅 비어
있었다. 할머니는 아미라를 불렀다.

"아미라! 나귀를 타고 우물에 가서 물 좀 길어오련?"

아미라는 물 부대를 나귀 등에 얹고 우물로 향했다. 나빌은 벌
써 와서 기다리고 있었다.

"아미라, 여기 우물 옆에 앉아. 준비한 이야기를 해 줄게."

나빌이 아미라에게 속삭였다.

"우물은 사랑하는 연인들의 장소야. 연인들이 이곳에서 자신들
의 갈증을 채우기 때문이지."

아미라는 우물 옆에 자리를 잡았다.

"어떤 이야기를 가지고 왔어? 자, 어서 네 이야기를 들려줘!"

불운한 까마귀

우리 일족은 튀아하 부족이야. 튀아하는 사막에서 가장 힘 있는 부족 가운데 하나이고, 이방인들에게 언제나 후한 친절을 베풀기로 유명해.

수십 년 전 우리 부족에는 '아드난'이라는 남자가 살았어. 알라는 그에게 큰 부를 허락하셨지. 그가 키우는 낙타들은 이웃의 낙타들보다 금방금방 수가 불었어. 아드난의 낙타들을 한 줄로 세워 놓으면 샤이크의 천막까지 닿을 정도였어. 또 아드난이 장사를 하면 언제나 큰 이득을 남겼지. 아드난은 낙타만 많은 게 아니라 천막 가운데 금화가 가득 든 주머니를 묻어 놓은 부자였어.

그의 아내 다합은 일곱 명의 아들과 세 명의 딸을 낳았어. 아드난과 다합은 같은 일족이어서 어릴 적부터 서로 친하게 지냈지.

부부는 밤마다 아이들이 불 가에 옹기종기 모여 앉아 있는 것을 행복하게 바라보곤 했어.

시간이 흐르면서 아들딸들도 하나둘씩 배우자를 맞이했어. 아드난의 천막 옆에는 어느덧 일곱 명의 아들이 세운 천막 일곱 채가 들어섰지.

세월이 더 흐르자 아드난의 검은 수염은 희끗희끗해지고, 다합의 얼굴에도 주름이 늘었어. 손자와 증손자들이 얼마나 많이 태어났는지 아이들의 이름과 얼굴을 하나하나 구별하기 힘들 정도가 됐지. 손자들은 할머니와 할아버지가 압달라를 하산이라고 부를 때마다 웃음을 터뜨렸어.

하지만 흐르는 세월은 아무리 돈이 많은 부자여도 이겨 낼 재간이 없었나 봐. 어느 날 저녁 할아버지 아드난은 언제나처럼 가죽 외투를 덮고 이부자리에 누워 잠이 들었어. 다음 날 아침 다합은 불을 지피고 커피를 끓이고서 남편을 깨웠어.

"아드난, 일어나세요. 아침이에요! 커피도 다 됐어요!"

그러나 아드난은 꿈쩍도 하지 않았어. 다합은 남편을 흔들어 깨웠지만 소용이 없었어. 그녀는 큰 소리로 울면서 천막 밖으로 뛰어나갔어.

"아, 우리 애들 아버지가……."

아들들이 급하게 달려왔지. 큰아들은 아버지의 얼굴을 가죽 외투로 덮으면서 굵은 눈물을 뚝뚝 흘렸어.

"아버지께서는 이 세상과 이별을 고하셨어. 지금 아버지의 영혼은 하늘로 올라가고 있을 거야."

여자들은 고인의 죽음에 슬피 울며 곡을 하면서 천막으로 모여들었고, 남자들은 괭이와 삽을 들고 묘지로 향했어.

"아드난의 아버님 무덤 옆에 아드난을 묻기로 하세."

장로가 말하자 남자들이 연장을 들고 땅을 파기 시작했어.

그사이 아들들은 아버지의 몸을 씻기고 흰 천으로 정성스레 감쌌어. 낙타 한 마리를 골라 그 위에 조심스레 시신을 모시고 천막을 떠났지. 묏자리에 도착하자 낙타 몸을 낮추고 시신을 들어 무덤으로 내렸어.

"알라께서 천국의 한 자리를 그에게 허락하시길!"

자리에 있던 이들은 한마음으로 기원했지. 마지막으로 시신의 머리가 놓인 쪽에 큰 돌덩이를 굴려 세웠어.

장례를 지켜보던 아드난의 손자 하나가 아버지에게 물었어.

"왜 돌을 저기 갖다 놓는 거예요?"

아버지는 대답했지.

"누군가 죽으면 우리는 땅에 그 사람을 묻는단다. 그때 반드시 고인의 머리가 신성한 도시 메카를 향하도록 해야 해. 우리 모슬렘(이슬람교도)들은 기도할 때도 항상 그쪽으로 몸을 굽히잖니."

"그건 그렇지만 죽은 사람은 이제 기도를 못 하잖아요!"

"못 하지! 하지만 그들은 살아 있는 자들을 도와줄 수 있단다."

아들은 궁금한 눈으로 아버지를 쳐다봤지.

"내 눈동자야, 사막을 지나는 여행자가 길을 잃고 모래 바다를 헤맬 때 이런 무덤 하나가 그를 구해 주기도 한단다. 여행자는 무덤에 놓인 돌의 방향을 보고 어느 쪽이 메카인지 알게 되지. 그럼 그걸 기준으로 자기가 갈 길을 찾을 수 있단다.”

“할아버지의 무덤이 누군가를 도와줄 수 있다는 말이지요?”

아버지는 고개를 끄덕였어.

“그럼! 할아버지의 무덤이 곤경에 빠진 여행자를 도와줄 수 있고말고!”

아드난의 죽음은 눈 깜짝할 사이에 사방으로 퍼졌어. 멀리 살거나 가까이 살거나 수많은 사람들이 찾아와 슬픔을 표했지. 아드난이 살아서 남을 많이 도왔기 때문에 그에 대한 소문이 널리 퍼져 있었거든. 다들 인품 좋은 아드난의 죽음을 안타까워했어. 조문객들이 얼마나 많이 왔던지 저녁에는 유족들이 그들을 대접하기 위해 양을 세 마리나 잡아야 했지.

아드난이 죽고 이레가 지나자 일곱 아들들이 아버지의 천막에 모였어. 큰아들이 먼저 말을 꺼냈지.

“아버지는 천수를 누리다 가셨다. 수많은 낙타와 많은 돈도 남기셨지. 아버지께서 남기신 유산을 공평하게 나누자꾸나.”

나머지 형제들이 고개를 끄덕였어.

큰아들이 일어나 천막 가까이에서 풀을 뜯고 있는 낙타를 헤아렸어. 암컷이 예순 마리, 수컷이 마흔 마리, 새끼가 스무 마리였지. 형제 중 한 사람이 얼른 계산을 했어.

“저마다 열일곱 마리씩 나누어 가지면 한 마리가 남게 돼.”

"아버지가 돌아가신 지 사십 일째 되는 날, 아버지의 넋을 기리
는 의미에서 낙타 한 마리를 잡자꾸나."

큰아들의 제안에 다른 형제들도 동의했어.

"그럼 이제 돈을 나눌 차례야."

막내 동생이 말했어.

"금화는 누이 세 명도 공평하게 물려받을 권리가 있어."

큰아들이 동생들에게 말했지.

그들은 세 명의 누이와 어머니를 불렀어. 천막 한가운데 있는
불 가에서 한 엘레(길이를 표시하는 단위)하고도 반쯤 더 간 곳에서 큰아
들이 돈 자루를 찾아 꺼냈지. 주둥이를 열고 자루를 양탄자 위에
거꾸로 뒤집자 자르르 소리를 내며 금화가 쏟아졌어.

큰아들이 불 가를 빙 둘러 금화 열 개를 하나씩 놓았어.

"이제 여기에 나머지 금화를 차례대로 놓으면 무더기 열 개가
생기는 거야."

큰아들은 불 가를 빙빙 돌아가며 금화를 나누었어. 모닥불 둘레
를 일흔 번 돌자 동전이 남김없이 다 나눠졌어.

"우리 모두 금화 일흔 냥씩 가지면 되겠다."

큰아들이 말했어.

"잠깐만, 형! 우리는 어머니를 빼놓았어."

동생 하나가 급히 말했어.

"동생아, 어머니는 우리 모두의 천막에 머무르실 권리가 있어.
이 모든 재산은 언제든지 어머니를 위해 쓰여야 해."

그때 어머니가 아들들의 대화에 끼어들었어.

"이 늙은 몸이 무엇을 더 필요로 하겠니. 낙타도 금화도 내겐 필요 없다. 그저 너희들 아버지가 그리울 따름이구나."

어머니는 잠시 쉬더니 다시 입을 열었어.

"너희들이 이 재산을 잘만 쓰면 절대 배곯고 살지 않을 게다."

어머니는 딸들에게 말했어.

"금화를 가지고 목걸이를 만들거라. 이 돈은 온전히 너희들 것이야. 남편이라도 이 돈에 손을 댈 수 없단다. 급한 일이 생겼을 때 이 금화만 있으면 별 탈 없이 잘 헤쳐 나갈 수 있을 게다."

어머니는 말을 마치고는 돈 자루를 파낸 작은 구덩이를 손수 메웠어.

자식들은 저마다 낙타와 금화를 챙겨 자기 천막으로 돌아갔어. 아들들은 막 물려받은 유산을 가지고 무엇을 할까 고민했어. 몇 명은 금화를 천막 한구석에 숨겼고, 다른 몇 명은 낙타를 더 사들였지.

막내 하미드는 형들과 생각이 조금 달랐어. 그는 결혼해서 아내와 예쁜 딸이 있었지만 아들이 있었으면 하고 바랐어. 그는 아내에게 속마음을 털어놓았지. 아내는 오랫동안 고민한 끝에 남편 하미드가 두 번째 아내를 맞이하는 것에 동의했어. 신붓감은 일족 안에서 선택했지.

하미드는 신부 아버지에게 신부 대금으로 낙타 일곱 마리와 금화 삼십 냥을 주었어. 남은 금화는 성대한 혼인 잔치에 썼고, 피로

연을 위해 낙타도 한 마리 잡았어. 이제 하미드한테는 낙타 아홉 마리만 남았지.

다행히 두 아내는 서로 사이가 좋았어. 두 번째 아내는 아이를 많이 낳았지만 하미드의 바람과는 달리 다 딸이었어. 아내가 일곱 번째 임신을 하자 하미드는 다시 한 번 희망을 품었어. 어느 날 밤 그는 한 청년이 말을 타고 자기 천막으로 오는 꿈을 꾸었어. 분명 아들을 낳을 꿈이라고 기대했지.

열 달이 쏜살같이 지나갔어. 하미드와 두 번째 아내는 꿈에서 본 말 탄 청년을 고대했어. 진통이 시작되자 여자들이 몰려와 산모가 딸을 낳는지 아들을 낳는지 보려고 기웃거렸지. 산파는 구경꾼들을 쫓아내느라 고생을 했어.

드디어 하미드의 오랜 소원이 이루어졌어. 산파의 입에서 아들이 태어났다는 말이 떨어졌거든. 하미드는 뿌듯한 마음으로 천막 꼭대기에 흰 깃발을 내걸었고, 부족 남자들에게 축하 인사를 받기 위해 남자들의 천막으로 갔지.

자랑스럽게 내건 흰 깃발은 가을바람에 평화롭게 나부꼈어. 그런데 갑자기 어디선가 까마귀 한 마리가 나타나 하미드의 천막 위를 빙글빙글 맴돌았어. '까악까악' 날카로운 울음소리에 여자들은 소름이 끼쳤지. 산파가 천막 밖으로 나와 돌을 던지려는데 까마귀가 똥을 찌익 하고 쌌어. 산파는 똥이 떨어진 자리를 보고 깜짝 놀라 온몸이 굳었어. 하필이면 하미드가 걸어 둔 흰 깃발에 떨어진 거야.

"불길한 징조야. 까마귀가 와서 울어 댄 것만도 불길한데 흰 깃발까지 더럽히다니!"

산파는 기분 나쁜 목소리로 중얼거렸어. 어떤 노인은 어쩔 줄 몰라 조상님께 기도를 올렸어.

"조상님, 저희가 화를 면하지는 못하더라도 부디 화의 기운을 누그러뜨려 주옵소서."

하미드는 아들에게 후세인이라는 이름을 지어 주었어. 하지만 마을 사람들은 아이를 꼭 '불운한 까마귀 후세인'이라고 불렀지. 후세인은 이 별명이 너무나 듣기 싫었지만 부르는 걸 막을 방법도 딱히 없었어.

세월이 흘러 어느덧 후세인도 결혼할 나이가 되었어. 하지만 어떤 처녀도 그에게 관심을 보이지 않았고 딸 가진 아버지들 역시 후세인을 탐탁지 않게 여겼어.

"불운한 까마귀에게 내 딸을 줄 순 없지. 저 녀석에게 무슨 일이 생길지 누가 알겠어?"

오랜 수소문 끝에 하미드는 멀리 떨어진 부족에서 며느릿감을 찾아냈어. 아직 그 부족까지는 불운한 까마귀에 대한 소문이 나지 않은 덕이었지. 사람들은 그저 덕망이 두터운 후세인의 할아버지 아드난에 대한 이야기만 알고 있을 뿐이었어.

하미드는 스스로도 불안했던 모양인지 혹시 일어날지도 모를 불행을 막기 위해서 혼인 잔치를 생략하기로 했어. 신부 집안에는 마을에 초상이 나서 잔치를 열기가 힘들다고 둘러댔고. 다행히 신부 가족들도 이해를 해 주었어. 드디어 후세인은 따로 천막을 세워 아내와 신혼 생활을 시작했어.

결혼하고 한 달이 지났을 무렵 후세인은 아버지를 찾아갔어.

"저도 이젠 결혼했으니 장사를 할까 해요!"

아버지는 흔쾌히 허락했어.

"잘 생각했다! 네 할아버지께서도 장사로 부자가 되셨지."

아버지는 후세인에게 가장 좋은 낙타와 금화 몇 냥을 쥐어 주며 격려했어.

"자, 이걸로 물건을 마련해 장사를 시작해 보거라."

후세인은 그 돈으로 양탄자를 사서 큰 장이 서는 곳으로 갔어.

"양탄자 사려! 알록달록 색 좋고 질도 좋은 양탄자 사려!"

후세인은 목청껏 외쳤어.

하지만 시장에 나온 사람들 가운데 후세인에게 귀 기울이는 사람은 아무도 없었어. 지나가던 여자가 양탄자를 한 번 힐긋 쳐다보더니 다시 걸음을 재촉하며 가 버린 게 다였지. 시간이 흘러 사원의 뾰족한 꼭대기에 해가 걸렸지만 후세인의 양탄자는 한 장도 팔리지 않았어.

후세인은 낙타에 다시 양탄자를 싣고 마을로 돌아왔어. 아내는 양탄자가 그대로 돌아온 것을 보고 물었어.

"시장에 간 거 아니었어요?"

"갔었지. 하지만 내 훌륭한 양탄자에 눈길을 주는 사람은 단 한 명도 없었다오!"

후세인이 투덜거리자 아내는 남편을 위로했어.

"아마 다음 장날에는 잘 팔릴 거예요."

후세인은 고개를 끄덕이며 불 가에 앉았어. 그리고 걸신이라도 들린 듯 아내가 구워 놓은 빵을 허겁지겁 입에 쑤셔 넣었어.

하미드는 아들에게 장사가 어땠는지 물었어. 후세인이 영 시원찮았다고 하자, 아버지는 아들을 위로했어.

"장사를 하려면 기다릴 줄 알아야 한다. 어떤 때는 이문이 남지만 또 어떤 때는 손해만 보기도 하지."

후세인은 다음 주에는 좀 더 먼 곳에서 열리는 시장에 가 보기로 마음먹었지. 거기엔 손님들이 훨씬 많이 오니까!

장으로 떠나기 전날, 후세인은 낙타에게 보리 한 광주리를 먹이고 물 부대를 채웠어. 대추야자도 챙기고. 그날 밤 후세인은 아내 옆에 누워 물었어.

"시장에서 뭘 사다 주면 좋겠소?"

"붉은색 옷이 입고 싶어요!"

아내가 답했지.

새벽닭이 울기도 전에 후세인은 낙타에 짐을 싣고 길을 떠났어. 젊고 기운 센 낙타가 빨리 달린 덕분에 시장에 일찍 도착할 수 있었지. 시장 한복판 가장 좋은 자리에 물건을 펼치고, 출출해진 후세인이 대추야자 몇 개를 먹을 때쯤 다른 상인들이 하나둘 도착해서 짐을 풀었어. 이윽고 시장은 물건을 팔려는 상인들과 사려는 손님들로 북적대기 시작했지.

후세인의 맞은편에는 후세인과 똑같이 양탄자를 파는 상인이 자리 잡았어. 이 상인은 양탄자가 너무 잘 팔려 눈코 뜰 새 없이 바쁜데 희한하게도 후세인의 물건은 도무지 손님들의 관심을 끌지 못했어.

정오가 되어 슬슬 시장에 손님들의 발길이 뜸해질 즈음, 드디어 손님 하나가 후세인의 양탄자 한 장을 샀어. 처음으로 물건을 팔아 돈을 벌자 후세인의 마음속에 새로이 용기가 솟았지.

'알라께 감사를! 이제부터 장사 시작이다!'

"어디서 왔소?"

손님은 후세인에게 볶은 아몬드를 권하며 물었어.

"튀아하 부족 출신이오."

후세인이 답했지.

"참 멀리서도 왔구려!"

사내는 놀라워했어. 후세인은 뻐기며 대꾸했지.

"내 낙타는 워낙 튼튼하고 혈통이 좋은 놈이라 먼 길도 문제없다오!"

"장사한 지 오래됐소?"

"오늘이 두 번째요! 첫날은 영 신통치 않았다오."

후세인은 주절주절 자기 이야기를 늘어놓았어.

"오늘 번 돈으로 아내에게 옷을 사 주려고 합니다!"

"아내가 좋아하겠군요!"

손님은 인사를 건네고 어디론가 사라졌어.

후세인은 자리를 걷어 낙타에 짐을 싣고 포목상으로 향했지. 붉은 옷 한 벌을 사서 양탄자 사이에 잘 접어 넣었어.

한편 아까 양탄자를 사 간 사내는 계속 후세인의 뒤를 밟았어. 드디어 후세인이 시장을 떠나자 사내 역시 멀찌감치 떨어져 후세인을 따라가기 시작했지.

집까지 반쯤 왔을까, 후세인은 팔다리가 한없이 무겁고 졸음이 밀려와서 더 이상 걷기가 힘들었어.

"저기 무화과나무 밑에서 좀 쉬어야겠다."

후세인은 낙타를 나무 둥치에 묶은 뒤 그늘에 몸을 뉘었어. 머리가 땅에 닿자마자 깊은 잠에 빠져들었지.

후세인이 세상모르고 자는 동안 사내가 살금살금 다가왔어. 사내는 단검으로 낙타를 묶은 밧줄을 끊고는 낙타 등에 실린 짐까지 몽땅 훔쳐 가 버렸지.

이른 아침부터 시장에서 물건을 팔려고 신경을 곤두세우고 있다가 갑자기 긴장이 풀린 탓에 후세인은 잠에 취해 있었어. 그는 꿈속에서 멋진 암말을 타고 달려오는 할아버지를 보았어. 할아버지는 천막 앞에 멈추고는 안장주머니에서 금화를 꺼내 천막 안으로 던졌어. 할아버지를 만난 적이 없는 후세인은 깜짝 놀랐지. 금화를 주워 들어야 할지, 할아버지를 쳐다보아야 할지 갈피를 못 잡고 쩔쩔맸어. 그러다 꿈속의 장면이 점점 흐려졌어. 할아버지를 연거푸 불러 보았지만 꿈은 이미 끝난 뒤였지. 선선한 바람이 몸을 스치고 지나갔어.

'너무 오래 잤군.'

후세인은 몸을 일으켜 낙타를 매어 둔 쪽을 보았어. 그런데 낙타가 보이지 않는 거야. 후세인은 기겁을 하며 눈을 비볐어. 나무에 묶여 있는 밧줄 한쪽이 눈에 들어 왔지. 그는 제자리에서 펄쩍 뛰며 외쳤어.

"몹쓸 낙타가 줄을 끊고 달아났구나!"

후세인은 발을 동동 굴렀어.

"잡히기만 해 봐라, 몽둥이 찜질을 해서라도 버릇을 고쳐 주고 말겠어! 아마 멀리 가지는 못했을 텐데!"

사방을 둘러보며 낙타를 찾았지만 낙타 그림자도 보이지 않았어. 그제서야 후세인은 밧줄 끝을 유심히 살펴보았지. 밧줄은 날카롭게 잘려 있었어. 후세인은 아차 싶었어. 도둑맞은 거로구나! 그는 모래 위를 샅샅이 뒤져 사람 발자국을 찾아냈지. 바로 옆에는 낙타 발자국이 나 있었어.

"어떤 놈인지 잡히기만 해 봐라! 네 놈의 다리몽둥이를 분질러 놓을 테다!"

후세인은 머리끝까지 화가 치밀어 올라 지팡이를 마구 흔들며 발자국을 뒤쫓았어. 얼마 가지 않아 사람 발자국은 사라지고 낙타 발자국만 남았지.

"여기서 도둑놈이 낙타에 올라탄 게 틀림없어. 제 발로 걷기조차 귀찮아하는 게으른 녀석 같으니!"

붉은 석양이 지평선 아래로 가라앉고 있었어. 후세인은 더 이상 낙타 발자국을 쫓아갈 수 없다는 걸 깨달았지.

"네 놈은 절대 도망칠 수 없어! 내일 다시 뒤를 쫓아 잡고 말겠어. 밝은 대낮에 너 같은 놈 하나 잡는 건 식은 죽 먹기야!"

후세인은 서둘러 근처에 있는 천막 마을을 찾았어. 거기서 하룻밤 묵어갈 생각이었지.

마을 사람들은 낯선 이를 반갑게 맞으며 후세인을 남자들의 천막으로 데려갔어. 저녁 식사가 끝나자 모두 커피를 마시려고 양탄자 위에 둘러앉았지.

"먼 길을 여행한 듯 보이는구려."

샤이크가 후세인에게 커피를 한 잔 권하며 말을 건넸어.

후세인은 천막에 모인 남자들에게 자신이 겪은 일을 자세히 설명했어. 그의 이야기를 듣는 내내 사람들은 모두 그의 불행을 동정했어.

"우리 부족에 이름난 추격자가 있다오."

샤이크는 따뜻한 목소리로 말했어.

"벌써 몇 번이나 도둑을 붙잡았지. 내일 당장 당신의 낙타를 훔쳐 간 범인을 찾도록 말해 두겠소."

후세인의 얼굴이 환해졌어.

"그렇게 큰 도움을 주신다면 더없는 힘이 될 것입니다. 어떻게 감사를 드려야 할지!"

밤이 깊어지자 남자들은 하나둘 천막을 떠났어. 마지막까지 자리에 남아 있던 샤이크도 손님에게 편한 밤을 보내라고 한 뒤 자기 천막으로 돌아갔지. 길고 고된 하루를 보낸 후세인은 양탄자 위에 몸을 쭉 뻗고 누워 긴 망토를 끌어다 덮었어. 자신을 애타게 기다리고 있을 아내의 모습이 눈에 선했지. 잠시 뒤 그의 몸과 마음에 묵직한 잠이 찾아왔어.

한밤중이었어. 후세인은 천막이 크게 흔들리고, 콧속으로 모래가 마구 들어오는 바람에 깜짝 놀라 잠에서 깼어. 천막 밖에서 비명 소리가 들려왔지. 아이들은 울고, 개는 큰 소리로 짖었어. 마을 전체가 떠나갈 듯 들썩였어. 후세인이 몸을 일으키려는 순간, 거센 바람이 불어닥쳐 천막을 날려 버렸지. 후세인은 망토를 뒤집어 쓰고 땅에 납작 엎드려 바람이 그치기만을 기다렸어. 모래 폭풍은 사납게 날뛰다가 서서히 잦아들었어.

"이런 거센 모래 폭풍은 내 평생 처음 겪어 보오. 손님용 천막을 날리다니! 그래도 천막 버팀대가 날아가며 손님을 치지 않아 천만다행이오."

샤이크가 후세인을 찾아와 말했어.

아침이 되자 추격자와 후세인은 무화과나무를 찾아갔어.

"밧줄이 잘려 나간 자리가 여기요."

후세인은 나무를 가리켰어. 추격자는 주변을 둘러보았어. 하지만 어디에도 발자국 하나, 흔적 한 점 남아 있지 않았어.

"당신은 정말 운이 나쁘군요! 어젯밤 모래 폭풍이 지나면서 발자국을 모조리 없애 버린 모양이오. 아무리 날고 기는 추격자라도 발자국이 없으면 결혼식에 간 벙어리만큼 속수무책일 수밖에."

하는 수 없이 두 사람은 빈손으로 갔던 길을 되돌아왔어. 후세인은 중간에 추격자와 헤어져 집으로 향했어.

한낮의 뜨거운 더위가 막 시작될 무렵, 후세인은 마을에 도착했어. 남편 걱정에 마음을 졸이던 후세인의 아내는 혼자서 걸어오는 남편을 보고 깜짝 놀랐어.

'이번에는 정말 큰 운이 따랐나 보구나! 양탄자뿐만 아니라 낙타까지 판 거야!'

아내는 베일을 들어 남편에게 흔들었어. 하지만 후세인은 아무런 반응도 보이지 않았지.

"대체 왜 이렇게 늦었어요?"

아내는 반가운 목소리로 물었어. 후세인은 말 한마디 없이 물 부대를 치켜들고 물을 벌컥벌컥 들이켰지.

"장사는 어땠어요?"

아내는 잔뜩 기대에 부풀어 다시 물어 보았어.

"장사 말이오?"

후세인은 지금까지 겪은 불행에 대해 아내에게 모조리 털어놓았어. 이야기를 다 들은 아내는 남편을 위로하려 애썼지.

"그래도 당신이라도 무사히 돌아왔으니 됐어요. 도둑이 당신을 해치지 않은 게 얼마나 다행이에요!"

후세인이 장사를 나갔다가 겪은 일은 금세 마을 전체에 퍼졌어. 하미드는 아들의 소식을 듣자마자 천막을 찾아왔어.

"아들아! 네 장사로 우리는 너무 많은 것을 잃었다. 안장이니 뭐니 다 팔아 버리고 이제 더는 장사를 하지 말거라!"

그 불운을 겪은 뒤로 후세인은 천막 안에 죽치고 앉아 더는 일을 하려 들지 않았어. 온종일 불 가에 쪼그리고 앉아 시간을 보내며 아내가 차려 주는 밥만 먹었어. 아내도 처음에는 남편이 다른 불운을 겪지 않는 것을 다행으로 여겼지. 하지만 시간이 흐를수록 슬슬 마음이 불편해졌어.

"다른 집 남정네들은 다 일을 하는데 당신은 이렇게 천막에만 앉아 있을 건가요? 밀가루가 다 떨어져 가요. 어머니께 가서 양식을 주십사 청해야 한다고요!"

부젓가락으로 낙타 똥을 뒤적거리던 후세인은 고개를 들어 아내를 보았어.

"나는 장사를 하려고 태어난 사람이오. 다른 일은 안 해."

"장사요? 지금까지 손해만 봤잖아요!"

"이번에는 조그맣게 시작해 보면 어떨까? 양탄자 장사는 초보자인 나한테 너무 버거웠어!"

"하지만 아버님이 더는 돈을 주시지 않을 거예요."

"당신이 좀 빌려 주면 되잖소!"

아내는 화가 났어.

"목걸이는 절대 안 돼요. 그건 내 신부 대금이라고요!"

"그럼 더 말할 게 없군. 없던 얘기로 하자고."

후세인은 퉁명스럽게 내뱉으며 다시 낙타 똥을 헤집었어.

밤이 되어 자리에 누웠지만 아내는 눈을 붙이지 못하고 몸을 뒤척였어.

'내가 내 남편을 믿어 주지 못하면 어떻게 부부라고 할 수 있을까, 그이가 일을 시작하도록 내가 도와줘야 해!'

다음 날, 아침 커피를 마시고 나자 아내는 금화 목걸이를 꺼내 세 냥을 빼냈어.

"자, 이 돈으로 한 번 더 당신 운을 시험해 보세요."

후세인은 아침 햇살처럼 환한 얼굴로 아내를 덥석 껴안았어.

"내 이 돈을 일곱 냥으로 불려서 당신한테 돌려주겠소!"

그는 늙은 나귀에 안장을 얹고 반나절쯤 걸리는 시장으로 떠났어. 이번에는 오이를 사다 팔아 볼 생각이었지.

후세인은 시장에서 나귀가 더는 버틸 수 없을 만큼 잔뜩 오이를 샀어. 토마토 장수가 토마토를 사라고 몇 번이나 권했지만 들은 척도 하지 않았지.

무거운 오이를 실은 나귀를 끌고 후세인이 마을로 돌아오자 아이들이 그를 둘러쌌어.

"여기 자루에 든 게 뭐예요?"

"오이야!"

"오이?"

아이들은 웃음을 터뜨렸어.

"과자는 없어요?"

"오이가 몸에 훨씬 더 좋아!"

후세인은 지팡이로 나귀의 볼기를 세게 때리며 어서 가자고 재촉했어.

"오이 하나에 얼마씩인데요?"

키가 나귀 배까지 밖에 안 오는 꼬마가 오이 값을 물어봤어.

"작은 것 하나에 달걀 하나, 중간 것은 달걀 두 개, 큰 오이는 달걀 세 개씩이다!"

"우리 엄마는 달걀이 없는데……."

후세인은 어깨를 한 번 으쓱해 보이고는 계속 걸어갔어.

어느덧 자기 천막 앞에 도착하자 아내가 다가와 물었지.

"뭘 사 온 거예요?"

"오이."

아내는 기가 막혔어.

"오이요?"

"그래, 오이! 오늘부터 나는 오이 장수요. 천막 한 구석을 좀 깨끗이 쓸어 주구려. 거기다 가게를 열어야지."

후세인은 자루를 내리고 아내는 천막 바닥의 먼지를 쓸어 냈어. 후세인은 바닥에다 오이를 쏟았지. 크기에 따라 분류해서 큰 것들은 가운데, 작은 오이는 오른쪽, 중간 것은 왼쪽에 쌓았어. 후세인은 이제 헷갈리지 않고 오이를 팔 수 있을 거라 자신했어.

아내는 오이를 정리하는 남편을 잠자코 지켜보았어.

"오이는 몸에 좋지!"

후세인이 먼저 말을 꺼냈어.

"이걸로 맛있는 오이 무침을 만들어 먹을 수도 있고, 잘 절이면 일 년 내내 맛있는 오이절임을 먹을 수도 있지!"

"어쨌든 멀리 장사를 나가지 않아도 되니 그나마 다행이네요."

아내는 이런 말로 스스로 위안을 삼았어.

"오이 값으로 달걀을 받을까 하오."

"달걀이요? 많아 봤자 다 먹지도 못할 텐데 뭐하려고요?"

"달걀을 품어서 병아리로 만들면 되잖소!"

후세인이 자기 계획을 일러 주었어.

"오이가 다 팔리면 달걀도 그만큼 많아질 거요. 그럼 산에 쌓인 돌만큼 닭도 엄청나게 많아질 테지. 시장에 그 닭들을 내다 팔면 큰돈이 될 거라고!"

"당신 계획대로 신께서 도와주셔야 할 텐데!"

아내는 걱정스럽게 남편을 바라보았지.

새로 가게가 열렸다는 소식을 들은 어른들은 호기심에 하나둘씩 후세인의 천막으로 모여들었어. 사람들은 천막 입구에 서서 물건을 구경하거나 천막에 난 구멍에 얼굴을 들이밀었어.

"자, 방금 딴 신선한 오이입니다! 오이 사세요!"

후세인은 열심히 외쳤지만 오이를 사 가는 사람은 거의 없었어. 어떤 사람은 오이 값이 너무 비싸다고 투덜거리고, 다른 사람은 토마토는 없는지 물었어. 또 다른 사람은 우린 달걀이 하나도 없는데 어떻게 오이를 사라는 거냐며 따졌지.

그날 저녁 후세인은 오이 옆에 놓인 달걀을 세어 보았어. 모두 스물한 개였지.

"첫날치고 아주 나쁘지는 않네요!"

아내는 달걀 세기에 여념이 없는 후세인 앞에 수프 한 그릇을 내려놓았어.

다음 날 후세인의 천막은 전날에 비해 훨씬 조용했어. 구경꾼들도 실컷 구경을 하고 간 참이라 천막 안은 썰렁했어. 오이를 사 가는 손님도 없었지. 정오가 되어서야 겨우 오이가 한 개 팔렸을 뿐이야. 나머지 오이가 뜨거운 더위에 시들 기미를 보이자 아내가 말했어.

"옆 마을에 오이를 가져다 팔아 보는 건 어때요?"

"참 좋은 생각이오!"

후세인이 아내를 칭찬하며 벌떡 일어섰어. 그는 나귀에 남은 오이의 절반을 싣고 떠날 채비를 했어. 아내는 남편이 가기 전에 한 가지 부탁을 했지.

"저기 암탉 좀 붙잡아 주세요. 당신이 간 사이에 알을 품게 하려고요."

후세인은 천막 안을 빙글빙글 세 바퀴나 돌고서야 겨우 암탉을 붙잡았어. 암탉 다리에 줄을 묶어 천막 버팀대에 묶었지.

"이러면 도망 못 갈 게다!"

암탉은 날개를 옆으로 펼치고 달걀 위에 앉았어. 닭이 알을 품는 사이, 후세인은 옆 동네로 오이를 팔러 떠났어. 아내는 오이 몇 개를 광주리에 싸 들고 병든 어머니를 만나러 천막을 나섰지.

늦은 오후가 되어서야 아내는 천막으로 돌아왔어. 천막 문을 열고 암탉이 알을 잘 품고 있나 살펴보다가 숨이 턱 막혔지. 암탉이 달걀이 아니라 오이 위에 앉아 있었거든.

"저리 가지 못해!"

아내는 빗자루로 암탉을 쫓았어. 녀석을 천막 한쪽으로 몰아넣고서 오이를 자세히 살폈지. 닭이 오이를 온통 쪼아 놓은 것을 보자 아내는 눈물이 날 것 같았어.

"천막을 비우지 말아야 했는데! 이제 어쩌면 좋지?"

아내는 불 가에 앉아 남편을 기다렸어. 얼마 뒤 후세인은 나귀를 끌고 돌아왔어. 그런데 평소와 달리 문 앞에서 아내가 맞아 주지 않자 이상하다 싶었지.

"당신 어디 있소? 짐 내리는 걸 좀 도와주구려!"

후세인이 부르자 아내가 천막 밖으로 나왔어.

"오이는 때가 아닌가 봐. 겨우 큰 오이 하나 팔았소."

후세인은 잔뜩 실망해서 말했어.

"오이 값으로 받은 달걀 세 개는 오는 길에 먹었소. 그나저나 천막에는 손님이 좀 있었소?"

아내는 잠시 머뭇거리더니 남편이 없던 사이에 일어난 일을 말했어. 후세인은 잔뜩 화가 나서 얼굴이 붉으락푸르락해졌어.

"자루에 든 오이는 썩어 나가고 천막에 있는 오이는 죄다 구멍이 숭숭 뚫렸어!"

있는 대로 성이 난 그는 천막 안으로 들어가 지팡이를 마구 휘둘렀어.

"이 망할 놈의 암탉 같으니!"

후세인은 소리를 지르며 지팡이를 내리쳤어. 하지만 닭이 잽싸게 달아나는 바람에 지팡이는 그만 닭이 아니라 달걀 위로 떨어지고 말았어. 후세인은 정신이 나간 듯 오이를 집어 들고 천막 밖으로 뛰쳐나갔어.

"자, 다 먹어 버려라!"

후세인은 아내가 보는 앞에서 늙은 나귀 입에 오이를 계속 밀어 넣었어.

이렇게 오이 장사도 끝장이 났어. 후세인은 두 번 다시 장사 따위는 하지 않겠다고 온갖 성인들의 이름을 들먹이며 맹세했지. 장사에서 손을 뗀 뒤로는 아버지 일을 도왔어. 가축에게 먹일 물을 긷고 농사일도 거들었어. 서서히 후세인의 집안도 안정을 찾았어.

어느덧 추수철이 돌아왔어. 타작마당에 잔뜩 쌓아 놓은 옥수수는 태양 아래 황금색으로 빛났고, 여자들은 밀에서 지푸라기와 돌멩이를 골라내려 부지런히 체를 쳤어. 골라낸 밀은 곡식 자루에 터질 듯이 담아 낙타와 나귀에 실어서 방앗간으로 보냈지. 마침 손님을 대접하느라 짬을 낼 수 없었던 하미드는 아들 후세인더러 대신 방아를 찧어 오라고 시켰어.

방앗간은 농장에서 멀지 않은 곳에 있었어. 후세인이 방앗간에 도착했을 때는 이미 곡식을 가루로 빻아 가려는 사람들로 발 디딜 틈이 없을 정도였어. 후세인은 길게 늘어선 사람들 뒤에 섰어. 우연히 부족 사람들 중에서는 가장 앞이었지.

방앗간 주인은 짐을 실은 손님이 도착할 때마다 어느 줄에 서야 할지 일일이 손으로 가리켰어. 일이 많고 몹시 바빠서 신경이 날카롭긴 했지만 장사가 잘되니 얼굴에 웃음이 떠나지 않았지.

길고 지루한 기다림 끝에 드디어 튀아하 부족이 곡식을 빻을 차례가 돌아왔어. 후세인이 첫 번째로 곡식 자루를 들고 방아에 다가갔어. 방앗간 주인은 방아에 곡식을 쏟아 부었지. 맷돌이 열심히 돌아가며 곡식을 빻고, 두 번째 자루도 곧 비워졌어. 방앗간 주인은 곡식 가루를 들어 올리며 한껏 뻐겼어.

"이렇게 고운 가루를 내는 방아는 어디에도 없을 게요!"

후세인도 고개를 끄덕였어. 그런데 세 번째 자루를 방아에 쏟아 넣자마자 우지끈하더니 방아가 심하게 흔들렸어. 낙타와 나귀들은 천둥이 치는 듯한 소리에 놀라 사방으로 날뛰기 시작했고, 그 바람에 곡식 자루는 땅에 떨어져 터졌어. 무너진 방아에서 하얀 가루가 뭉게뭉게 피어올랐어. 후세인은 머리부터 발끝까지 흰 가루를 뒤집어쓴 채 재채기를 하며 방아 옆에서 기어 나왔지.

"내 방아! 내 방아!"

방앗간 주인은 놀라서 소리쳤어. 그의 얼굴은 온통 눈물범벅이 되었지.

"어쩌다 이런 불운이 생긴 걸까!"

방앗간을 찾아온 사람들 얼굴이 모두 새하얗게 질려 죽을상이 되었어.

"여기까지 반나절이나 걸려 찾아왔는데 모두 헛고생이 되고 말왔어!"

나이 든 부족 사람 하나가 옷에서 밀가루를 털어 내며 혀를 끌끌 찼어.

"저 불운한 까마귀가 몇백 년 동안 아무 일 없이 잘 돌아가던 방아를 한순간에 망가뜨렸구나!"

카라반의 우두머리는 그 말을 듣자마자 사납게 쏘아붙였어.

"조용히 하지 못하겠소!"

그러고는 그를 구석으로 끌고 가서 나지막이 말했지.

"지금 이 불행으로도 모자라오? 방앗간 주인이 저 불운한 까마귀에 대해 알게 되면 이제 우리 튀아하족은 영영 곡식을 빻을 수 없게 될 거란 말이오!"

대장은 서둘러 부족 사람들을 모았어.

"여기 더 있는 건 시간 낭비일 뿐이오. 어서 돌아갑시다!"

마을에서는 곡식 가루를 실은 카라반이 돌아오기만을 이제나저제나 기다리고 있었어. 여자들은 갓 빻은 가루로 빵을 구울 생각에 잔뜩 마음이 부풀었고.

하지만 카라반의 우두머리가 돌아와 맷돌로 직접 곡식을 갈 수밖에 없다고 전하자 다들 실망해 어깨가 축 늘어졌지.

샤이크의 천막에서는 후세인 때문에 방아가 와르르 무너졌다는 이야기가 오고갔어.

"후세인이 불운한 까마귀라는 걸 모두 알고 있었으면서 왜 그 녀석을 맨 앞에 세운 거요?"

손님 접대를 하느라 함께 방앗간으로 가지 못한 샤이크가 남자들을 질책했어. 모두 어깨를 으쓱하며 인상만 찌푸렸지.

그런 불행을 겪자 후세인은 유명한 수도승을 찾아가 자신의 인생에 드리운 불운을 걷어 내기로 마음먹었어.

후세인의 이야기를 들은 늙은 수도승은 손사래를 치며 말했어.

"불운을 가지고 오는 까마귀가 행운을 바라는 건 까마귀 깃털로 백조를 만들겠다는 소리나 같소. 내 힘으로 수많은 병을 고치고 화를 바로잡아 왔지만 당신의 고민만은 풀어 줄 방법이 없구려!"

결국 후세인은 평생 자신의 운명에서 벗어나지 못한 채 불운하게 생을 마쳤어. 불운한 까마귀라는 별명 그대로 말이야.

아미라는 세 젊은이의 이야기를 모두 귀 기울여 들었다. 그리고 며칠 동안 밤마다 머릿속에서 그 이야기들을 몇 번이고 되풀이했다. 구혼자들의 모습을 눈앞에 그려도 보고, 그들의 목소리와 손짓과 표정을 거듭 떠올리기도 했다.

어느 날 아침 아미라는 할머니에게 말을 꺼냈다.

"세 명 모두 제게 이야기를 해 주었어요."

"그래, 결정했느냐?"

할머니는 베개를 끌어다 머리에 괴며 물었다. 아미라는 머뭇거리며 선뜻 대답을 하지 못했다. 할머니는 다시 한 번 손녀에게 물었다.

"목걸이에 구슬이 몇 개나 남아 있느냐?"

"세 개 다 그대로예요! 세 가지 이야기가 모두 제 마음에 들어요. 이야기를 듣기 전이나 지금이나 똑같이 갈피를 못 잡겠어요!"

아미라가 속마음을 털어놓았다. 할머니는 자리에서 몸을 일으키며 말했다.

"그럼 오늘 밤에 그 얘기들을 나한테 다 해 보렴. 어쩌면 이 할미가 도움이 될지도 모르잖니?"

할머니는 남아 있던 불씨 위에 낙타 똥을 더 넣어 불을 키웠다. 그러고는 박하 차 한 주전자를 얹었다. 박하 향기가 천막 안에 은은하게 퍼졌다.

"긴 밤이 되겠구나!"

할머니가 말했다. 아미라는 차 한 잔을 마시고 나서 이야기를 시작했다. 이야기 하나를 마칠 때마다 할머니는 손녀에게 차를 한 잔씩 따라 주었다.

새벽닭이 울고서야 아미라는 마지막 이야기를 마쳤다.

"네 얘기를 듣다 보니 긴 밤이 언제 지나간 줄도 모르겠구나. 자, 이제 조금이라도 눈을 붙이자꾸나, 응?"

그 뒤로 며칠 동안 할머니는 골똘히 생각했다. 사흘 째 되던 날 할머니는 아미라를 불렀다.

"아무리 생각해도 세 가지 이야기가 다 내 맘에 드는구나. 아주 재미있고 흥미진진했어."

"그렇죠, 할머니!"

아미라는 맞장구를 쳤다. 할머니는 기침을 한 번 하고 나서 다시 말을 이었다.

"그렇지만, 아미라. 천막을 세우려면 버팀대 하나 갖고는 안 되는 법이잖니. 마찬가지로 이야기 하나만 가지고서는 진정한 이야기꾼인지 아닌지 알 수가 없는 법이지."

아미라는 어리둥절해서 할머니를 쳐다보았다.

"탈랄과 칼릴, 나빌한테 보름달이 세 번 더 뜨고 질 때까지 시간을 주렴. 그동안 이야기를 하나씩 더 준비하라고 해. 그럼 결정하기가 훨씬 수월해질 게다."

아미라는 할머니가 말한 대로 새로운 과제를 세 청년에게 알렸다. 그들은 저마다 다른 마음으로 그 소식을 접했다.

칼릴은 기분이 언짢았다.

"아미라는 이야기를 지어내는 것 말고 다른 과제는 생각해 낼 수 없나?"

탈랄은 첫 번째 이야기를 짜내느라 애쓴 시간과 노력을 떠올리며 부디 이번이 마지막 과제이길 바랐다.

나빌은 무슨 일이 있어도 아미라를 얻고 말리라 다짐하면서 이번 경쟁에서 꼭 이겼으면 하는 희망을 품었다.

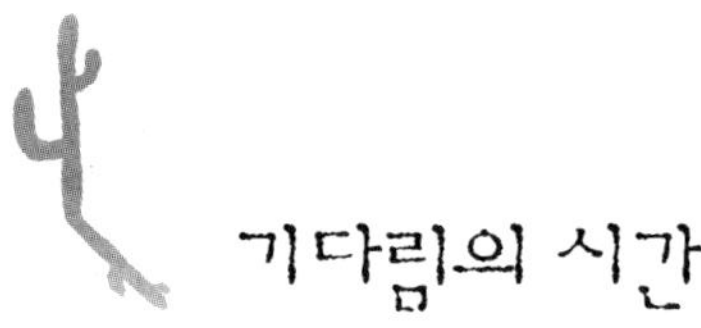

기다림의 시간

다음 날 밤, 아미라는 한숨도 자지 못한 채 밤새 뒤척이기만 했다. 염소가 '매애' 우는 소리나 개 짖는 소리만 나도 깜짝깜짝 놀랐다. 몇 번이나 일어나 단지에 담긴 물을 한 모금씩 들이켜야 했다. 그렇게 밤을 지샌 아미라는 새벽녘이 되어서야 피곤에 지친 눈을 감고 겨우 잠이 들 수 있었다.

아미라는 꿈을 꾸었다. 홍수가 온 마을을 덮치고 천막 서까래까지 물이 들어찼다. 사람들은 가까운 언덕으로 부랴부랴 몸을 피했다. 덕분에 모두 무사했지만 오직 아미라의 어머니만 나귀를 구하려다 물살에 휩쓸려 떠내려가 버렸다. 나귀 울음소리가 귓전을 때리고서야 아미라는 악몽에서 깨어났다.

할머니가 아미라 곁에 서 있었다.

"아미라, 아침 준비 다 됐다."

아미라는 잠이 덜 깬 채 밖으로 나가 세수를 했다. 다시 안으로 들어와 이부자리를 옆으로 치운 뒤 불 가에 다가앉자 할머니가 염소젖과 피타빵을 건넸다.

조금 있다 아버지도 와서 함께 자리에 앉았다. 아버지는 차 한 잔만 마시고 할머니가 내미는 빵과 염소젖 치즈는 사양했다.

"오마르, 내 아들아. 어째서 아침을 제대로 안 먹는 게냐?"

"식욕이 없네요, 어머니. 낙타 때문에 걱정이 되어서요. 저 놈이 글쎄 병이 난 것 같아요."

"어떤 병이든 약이 있기 마련이지. 단 한 가지, 불로장생하는 영약만 빼고 말이다."

오마르는 자리에서 일어나며 말했다.

"오늘 낙타 장수를 찾아가 볼 생각이에요. 그 사람만큼 낙타에 대해 잘 아는 사람은 없으니까요."

오마르는 언덕에 난 돌길을 걸어 올라갔다.

샤이크의 천막에 앉아 있던 낙타 장수가 오마르를 보자 인사를 건넸다.

"당신의 아침에 축복이 있기를. 자, 어서 와서 자리에 함께하시지요."

샤이크는 새로 온 손님에게 커피 한 잔을 내밀었다. 낙타 장수는 오마르를 보며 말을 이었다.

"사실 아침 커피를 마시고 나서 당신 천막에 가 볼 생각이었소.

그런데 당신이 먼저 나를 찾아 주셨구려. 당신 낙타가 병이 났다는 소리는 벌써 들었소만."

"그렇소. 그 놈이 거의 먹지도 못하고 자꾸 설사만 한다오."

오마르가 한숨을 쉬었다. 낙타 장수의 표정이 어두워졌다.

"어제 저녁 알리의 천막에 들렀을 때, 그 집 낙타도 같은 증상을 보이더군요."

샤이크도 이야기에 끼어들었다.

"난 어제 오랜 친구인 샤이크 자예드를 만나러 가면서 목초지를 둘러 보았다오. 거기에 우리 가축들을 배탈이 나게 한 저주받은 풀이 무성히 자라고 있더군."

"더 이상 병이 퍼지기 전에 손을 써야 합니다! 우리 낙타들이 사해의 소금 초원에 다녀오면 좋겠습니다."

낙타 장수가 단호하게 말했다. 그러자 장로가 맞장구를 쳤다.

"소금 초원에 있는 풀을 먹으면 낙타들 속이 씻은 듯이 깨끗해질걸세!"

"그렇다면 빨리 움직이는 게 좋겠군요. 내일 당장 낙타들을 끌고 사해로 떠나기로 하지요."

카라반을 이끄는 우두머리인 하미드가 결론을 내렸다.

카라반이 사해에 간다는 소문은 삽시간에 번졌다. 아침 준비를 위해 피웠던 불이 채 꺼지기도 전에, 한 여인이 우는 아이의 손을 잡고 카라반 우두머리의 천막을 찾았다.

"내 아들은 가려움증 때문에 하루 종일 온몸을 벅벅 긁고 다닌

답니다."

여인은 아이의 옷을 들어 보였다.

"내일 사해로 카라반이 출발한다는 얘길 들었어요. 산파가 그러는데 사해에서 목욕을 하면 아이 병이 낫는다고 해서……. 이 아이도 데려가 주실 수 있나요?"

"정 그렇다면 할 수 없지요."

하미드는 마지못해 답했다.

첫 번째 여인이 아이를 데리고 천막을 나가자마자 두 번째 여인이 달려 들어왔다.

"제 아들은 엉덩이가 빨갛게 짓물렀어요. 밤낮을 가리지 않고 긁적대서 온 가족이 애 때문에 잠을 못 잔답니다. 사람들이 그러는데 내일……."

세 번째로 또 다른 여인이 달려오자 하미드는 기가 막혔다.

"오, 하늘이 무너져도 솟아날 구멍이 있다더니! 제 쌍둥이들이 심한 기침 때문에 강아지 모양으로 목이 쉬어 버렸어요. 부디 이 아이들을 꼭 데리고 가 주셔야 해요!"

우두머리 하미드의 천막에는 저녁이 될 때까지 족히 열두 명이 넘는 엄마들이 찾아와 자기 아이를 사해에 데려가 달라고 청했다.

밤이 되었다. 하미드는 신경이 곤두선 채 샤이크의 천막에 앉아 담뱃대를 연신 빨아 댔다. 샤이크가 다가와 커피를 따랐다.

"내일이면 낙타들을 이끌고 사해로 출발하시겠군요."

"누가 그걸 모른답니까."

하미드는 퉁명스럽게 대꾸했다.

"달갑지 않게도 소문이 너무 빨리 퍼졌소."

그는 머리를 감싸 쥐며, 책망하는 눈빛으로 주변에 앉은 사내들을 쳐다보았다.

"어떻게 된 게 낙타보다 어린애들이 더 많을 수 있는 거요! 말해 보시오. 내가 카라반 우두머리요, 아니면 유모요?"

웃음을 참느라 애쓰는 소리가 여기저기서 들려왔다. 하미드는 열을 내며 계속 이야기했다.

"낙타를 돌보는 일만으로도 힘에 부치오! 그러니 산파더러 어린애들을 데리고 카라반을 꾸려서 따로 가라고 하시오!"

샤이크는 하미드에게 무화과 열매를 한 줌 가득 내밀었다. 그리고 그의 어깨를 두드렸다.

"형제여, 진정하시오. 당신은 사막에서 가장 유명한 카라반 우두머리이지 않소. 우리는 당신 마음이 바다처럼 넓다는 것을 알고 있소이다."

샤이크는 잠시 뜸을 들였다가 다시 말을 이었다.

"낙타가 우리 아이들보다 더 중요하다고 생각하시오?"

하미드는 불편한 듯 몸을 이리저리 뒤척였다. 장로도 한마디 거들었다.

"아이들이야말로 우리의 내일이지. 오늘은 우리가 아이들을 보살피지만 내일이면 아이들이 우리를 보살피게 될 거야."

"말씀은 쉽게 하시지만 장로님은 샤이크의 천막에 편히 앉아서 시중만 받으면 되지 않습니까. 저는 데리고 간 카라반 구성원들을 하나하나 챙기고 보살펴야 할 책임이 있단 말입니다!"

"알아요, 알아. 그래도 한번 마음을 크게 먹고 고생을 좀 해 주시오. 처녀들하고 여자들이 아이들을 돌보기 위해 따라갈 겁니다. 당신이 애들을 챙기지 않아도 되게끔 말이오."

샤이크가 다시 설득하자 하미드는 부루퉁한 목소리로 승낙했다.

"어쩔 수 없지. 그럼 그렇게 합시다."

세 명의 구혼자들이 이야기를 만들어 오는 시간을 기다리기 지루했던 아미라는 마침 잘됐다 싶어 카라반을 따라가기로 했다. 지금껏 단 한 번도 사해를 본 적이 없었기 때문에 떠나는 시간이 다 가올수록 아미라의 가슴은 빠르게 뛰었다. 그녀는 안장주머니에 바느질감이며 건포도 따위를 챙겨 넣었다.

다음 날 아침 아미라가 낙타에 오르자 할머니가 큰 소리로 외쳤다.

"아미라, 사해에 가면 소금 덩어리를 가져다 주려무나!"

우두머리 하미드는 마을을 완전히 빠져나가기 전 낙타를 멈추고 뒤를 돌아보았다. 그의 뒤로 낙타 서른일곱 마리, 나귀 한 마리, 마부 세 명, 결혼한 여자 네 명, 처녀 세 명, 그리고 아이 열두 명이 있었다. 쌍둥이들은 어머니가 올라탄 나귀 안장주머니에 들어가 앉았다. 더 큰 아이들은 낙타 옆구리에 매단 바구니에서 손을 흔들었다.

"이렇게 희한한 카라반을 끌고 여행하기는 처음이군."

하미드는 고개를 절레절레 흔들었다.

행렬은 무척 느리게 나아갔다. 낙타 몇 마리가 자꾸 뒤처졌다. 하미드는 젊은 낙타들이 너무 앞서 가지 않도록 고삐를 자주 당겨야 했다.

카라반은 한낮의 무더위가 닥치기 전에 작은 오아시스에 다다랐다. 야자나무 그늘에서 멈춘 낙타들은 하미드의 명령에 따라 몸을 낮췄다. 마부들은 안장을 내리고 낙타에게 물을 마시게 했다. 아이들은 술래잡기를 하며 야자나무 사이를 마음껏 뛰어다녔다. 꼬마 사이드가 날쌘 고양이처럼 야자나무 위에 올라가더니 다른 아이들한테 대추야자를 집어 던지며 웃음을 터뜨렸다.

그사이 마부 한 명은 가죽으로 된 물 부대에 물을 가득 채웠고 다른 사람은 불을 피웠다. 여자들은 가지고 온 식량을 풀었다. 주전자에서 물이 보글보글 끓자 흩어졌던 아이들이 모였다.

"착하고 용감한 녀석들이구나. 멀리까지 오느라 배가 많이들 고플 게다."

하미드는 아이들을 칭찬하며 기운을 북돋아 주었다. 모두 음식을 먹고 어느 정도 기운을 차린 뒤 차를 마셨다.

그때 호기심 많고 어린 꼬마가 하미드에게 물었다.

"아저씨는 사해에 가 보셨어요?"

하미드는 큰 소리로 웃고서 대답했다.

"마음 내킬 때마다 가 봤지. 몇 번씩이나 소금 카라반에 끼어 여행을 다녔단다."

"근데 왜 그 바다를 죽은 바다라고 해요?"

꼬마는 몹시 궁금한 듯 물었다.

"사해는 아주 특이한 바다란다. 거기 물은 너무 짜서 물고기나 다른 생물은 살 수가 없어."

"물고기가 못 사는 바다도 있어요?"

꼬마는 눈이 동그래졌다.

"사해는 땅보다 낮은 곳에 있단다. 여기서 이틀쯤 더 가면 큰 산이 나올 거야. 산을 한참 내려가다 보면 귀가 먹먹해지면서 온몸에 심한 압력이 느껴지지. 오래 전에 카라반을 이끌고 그 산을 내려가는데, 낙타 한 마리가 발을 헛디뎠단다. 정말 가까스로 낙타를 붙잡아서 떨어지는 걸 막을 수가 있었지. 또 사해에는 소금이 얼마나 많은지 몰라! 어떤 해에는 거기서 소금을 수백 자루나 싣고 오기도 했지!"

"그렇게 많은 소금으로 뭘해요?"

처녀 하나가 물었다.

"소금 장사를 했지. 가뭄이 든 해에는 소금을 곡식으로 바꾸기도 했어. 하지만 그것도 다 옛날이야기야."

늙은 하미드는 생각에 잠겨 먼 곳으로 눈길을 돌렸다.

"도시에다 소금을 실어 파는 장사는 꽤 잘되었어. 그러던 어느 날 영국인들이 우리 땅을 점령하고 소금을 팔지 못하게 해 버렸어. 그때부터 먹고살기가 힘들어진 거야. 군인들이 소금 장수를 붙잡아 낙타와 소금을 모두 빼앗고 감옥에 가두는 일도 있었지."

하미드는 눈길을 거두더니 길게 하품을 했다.

"자, 다시 길을 떠나기 전에 조금이라도 눈을 붙이도록 해라. 도착하려면 아직도 한참이나 멀었다. 남은 길은 험하단다."

그러고는 몸을 길게 뻗고 누워 죽은 듯이 잠들었다.

"저 영감님은 서서도 잠잘 사람이야."

쌍둥이의 엄마인 누라가 아미라의 귀에 대고 소곤거렸다.

"불편한 생활이 몸에 익을 대로 익은 거지."

늦은 오후가 되어서야 카라반은 다시 길을 떠났다. 길은 험하고 돌투성이였지만 카라반은 그럭저럭 앞으로 나아갔다.

땅거미가 지기 전 하미드는 야영 장소를 찾기 위해 둘레를 한 바퀴 돌고 왔다.

"저기 뒤쪽에 절벽이 튀어나온 곳이 있더군. 그 밑에서 자면 되겠어."

그는 낙타에서 내려 카라반을 인도했다. 골짜기 입구에 들어서자 불을 피운 흔적이 보였다. 하미드는 잿더미를 가리켰다.

"저기가 불 피우기 딱 좋은 장소야. 튀어나온 바위 아래는 바람도 들지 않고 따뜻할 테니 저기에 자리를 펴면 되겠군."

큰 바위 사이에 아이들과 함께 누울 자리를 찾은 누라가 아미라를 향해 손짓했다.

"우리 옆에 자리가 있으니까 이리 와."

누라는 손가락으로 모래를 훑어 보았다.

"여기 모래는 우리 마을보다 훨씬 고와!"

아미라는 짐을 부린 뒤 바닥에서 돌멩이를 골라내고 그 위에 모피로 만든 이부자리와 털실 담요를 펼쳤다. 잠자리를 마련한 사람들은 모닥불 쪽으로 모여들었다.

"어서들 와서 앉아요. 밀가루 수프가 거의 다 됐어요."

한 여인이 냄비를 저으며 수프를 끓이고 있었다.

"수프 냄새가 정말 기막히군."

어느덧 불 가에 다가와 앉은 하미드가 군침을 삼켰다.

"내가 말린 토마토 한 줌을 가져왔지요. 그걸로 수프에 양념을 하면 아주 맛이 좋거든요. 그런데 소금이 없어서 좀 아쉽네."

하미드는 호주머니에 손을 집어넣더니 작은 쌈지를 꺼냈다.

"여기 있소. 수프에 소금이 빠지면 안 되지."

다들 배불리 먹고서는 망토와 외투를 꽁꽁 여민 채 불 가에 둘러앉아 뜨겁고 향긋한 차를 마셨다. 사방이 고즈넉한 가운데 불쏘시개가 타 들어가는 소리만 간간이 들려왔다. 어느덧 해가 완전히 지고 어둠이 내려앉았다.

갑자기 꼬마 사이드가 정적을 깼다.

"방금 개 짖는 소리가 났어요."

하미드는 껄껄 웃었다.

"이 근처에는 아무도 살지 않는단다. 개가 아니라 여우가 우는 소리를 들었구나. 우리한테 잠자리를 빼앗겨서 우나 보다."

아이들은 모두 눈을 동그랗게 떴다.

"무서워할 것 없어. 잠잘 때는 불침번을 세울 거란다."

늙은 마부가 말했다.

"여기도 도둑이 다니나요?"

아미라의 친구 아지자가 물었다.

"혹시라도 여기서 어정대는 놈이 있으면 따끔한 맛을 보여 줄 테다."

마부는 허리에 찬 단검을 가리키며 말했다.

"그리고 우리에겐 불을 뿜는 무기도 있으니 아무 걱정하지 않아도 된다."

그러고는 하미드에게 눈길을 던졌다.

"자, 이제 우리한테 재미난 얘기나 하나 들려주시오!"

"그렇군. 옛날이야기는 긴 밤을 짧게 만들어 주니까."

하미드는 잠시 생각에 잠겨 피어오르는 불꽃을 바라보았다.

"지금 우리가 가는 곳은 소금이 많이 나는 사해이니까, 어디 한 번 소금 얘기를 좀 해 볼까?"

하미드는 차 한 잔을 더 따라 한 모금 들이마시고는 이야기를 시작했다.

"소금에 얽힌 이야기는 꽤 많지. 소금은 음식에 빠져서는 안 되는 양념이고, 베두인의 관습에서도 중요한 역할을 하니까. 손님이 주인의 천막에서 빵과 소금을 대접 받으면 서로 평화롭게 지내기로 약속한다는 의미지."

사람들은 모두 하미드의 이야기에 집중했다.

"이제부터 하려는 이야기는 내가 열네 살 때 있었던 일이란다.

우리 부족이 이웃 부족과 다투었던 이야기지. 시작은 아주 사소한 일이었어. 양쪽 부족의 염소치기 두 사람이 하필이면 같은 와디에서 가축들에게 풀을 먹이고 싶어 한 거야. 거기는 맛 좋은 풀이 많이 자라는 곳이었거든. 옆 부족 염소치기는 자기 부족 사람들을 불러와서 우리 부족의 염소치기를 몰아냈단다. 다음 날이 되자 이번에는 우리 부족 남자들이 염소치기와 함께 몰려가서 이웃 부족의 가축 떼를 쫓아냈어. 싸움은 날로 험악해져서 두 부족 사이에 주먹질이 오가고 부상자가 생겼지.

이윽고 다른 부족의 샤이크까지 나서서 싸움을 말리려고 했지만 소용이 없었어. 사나운 수탉 같은 두 부족의 싸움꾼들은 도무지 양보할 줄을 몰랐으니까.

갈등이 점점 악화되는 와중에 이웃 부족에 사는 한 사내가 기막힌 꾀를 떠올렸단다. 어느 날 그는 말을 타고 우리 마을을 향해 달려왔어. 베일로 얼굴을 가리고서 쏜살같이 말을 달린 그는 맨 처음 본 천막 앞에서 말을 멈췄어.

멀리서 그를 본 샤이크는 '도적이다!'라고 외쳤어. 곧바로 부족 남자들이 말을 타고 나왔지만 그들이 도착하기 전에 사내는 베일을 벗고 재빨리 천막으로 들어가 말했지.

'천막 안주인께 빵과 소금을 부탁드립니다!'

아무것도 모르는 안주인은 낯선 손님에게 빵과 소금을 대접했단다.

그때 막 천막 앞에 도착한 샤이크와 부족 남자들이 큰 소리로 외쳤어.

‘말을 타고 우리를 찾아온 자 누구인가?’

그러자 남자가 답했지.

‘나는 테라빈 부족에서 온 이브라힘 벤 아브드-알라요!’

그 말을 듣고 샤이크는 놀라서 몸을 움찔했어. 그때 천막 안주인이 말했지.

‘난 이분에게 빵과 소금을 대접했어요. 그러니 이분은 내 손님입니다.’

‘나도 사막의 관습과 예의는 잘 알고 있소!’

샤이크는 마지못해 다시 남자에게 말을 건넸어.

‘자, 내 천막으로 갑시다. 가서 당신이 무슨 생각으로 찾아왔는지 우리에게 알려 주시오.’

손님은 지체 없이 샤이크의 제안을 받아들였고, 다른 사내들도 그 뒤를 따랐지. 샤이크의 천막에 자리를 잡은 손님은 커피 한 잔을 대접 받았어. 그리고 속마음을 털어놓았지.

‘저는 지금 쫓기는 신세도 아니고 곤경에 빠지지도 않았습니다. 저는 우리 두 부족 사이에 일어난 싸움을 말리고 싶어서 이렇게 찾아왔습니다. 선조 대부터 수백 년간 우리 두 부족은 사이좋게 지내 왔습니다. 그런 우리가 하찮은 이득과 다툼으로 갈라져서야 되겠습니까?’

‘싸우는 걸 좋아하는 사람은 아무도 없소. 당신들도 이 싸움으로 피해만 입었을 테고, 우리 역시 손해가 크다오.’

손님은 그 말에 고개를 끄덕였지."

하미드는 찻주전자를 뜨거운 잿더미 위에 올려놓고 둘러앉은 사람들을 쳐다보았다.

"이렇게 두 부족 사이의 다툼은 평화롭게 해결되었단다."

하미드가 이야기를 마치자 다들 저마다 마련한 잠자리로 돌아가 이불을 덮었다. 사막의 밤은 조용히 깊어 갔다.

셋째 날 정오 기도 시간이 되었을 무렵 카라반은 움푹 파인 큰 분지 가장자리에 도착했다. 분지 아래로 첩첩이 이어진 산자락에 묻힌 에메랄드빛 사해가 보였다.

"정말 멋있네! 저것 좀 봐! 바다가 층층마다 다른 색이야. 분홍색, 보라색, 황토색!"

쌍둥이의 엄마 누라가 사해의 아름다움에 놀라 탄성을 질렀다. 하미드도 눈이 부신 듯 사해를 바라보았다.

"이 광경을 보는 사람들은 다들 넋을 잃지. 여기엔 꼭 뭔가 신비한 힘이 서려 있는 것 같아."

"그 힘이 아이들과 낙타들을 낫게 해 주었으면……."

누라가 중얼거렸다. 하미드는 일행을 돌아보며 외쳤다.

"여기서는 바다가 아주 가까워 보이지만, 그건 다 착각일 뿐이라오! 내려가는 길은 아주 멀고 험난하니 모두들 정신을 바짝 차려야 하오."

그는 마부 한 사람에게 손짓을 했다.

"살람, 당신은 일행 중에서 가장 경험이 많은 사람이오. 내가 앞장을 설 테니 당신은 맨 뒤에서 짐승과 사람들을 봐 주시오."

그러고는 모두를 향해 다시 목청을 높였다.

"다들 앞에 누가 있고 뒤에 누가 있는지 잘 살피면서 따라오도록 해!"

하미드는 아미라에게 따로 지시를 내렸다.

"아미라, 아이들을 잘 돌보거라! 자, 이제 다들 물을 조금씩 마시고 내려갑시다!"

그는 고개를 들어 산 너머로 날아가는 까마귀 두 마리를 쳐다보았다.

"저 새들이 부럽군. 저것들에 비하면 우리 인간은 얼마나 나약한 존재란 말인가! 우리는 며칠에 걸려서야 겨우 도착하는데 날짐승들은 단숨에 날아가니."

사해에 여러 번 와 본 하미드는 보이지도 않을 만큼 좁게 난 오솔길을 따라 산을 내려가기 시작했다. 가끔 그는 뒤를 돌아보며 행렬 끝에서 따라오는 마부 살람의 모습을 확인했다. 살람이 손을 들어 무사하다는 표시를 하면 하미드는 안심하고 다시 앞으로 나아갔다.

그렇게 산을 삼분의 일쯤 내려왔을 때, 그들 앞에 글씨가 새겨진 바위 하나가 나타났다. 하미드는 멈춰 서서 남자아이 하나를 크게 불렀다.

"가지, 넌 코란 학교를 다녀서 글을 읽을 줄 알지? 여기 뭐라고 쓰였는지 읽어 봐라."

아이는 앞으로 나와 바위에 몸을 굽히고 글씨를 읽었다.

"우리가 지금 있는 곳은 해발 고도 영 미터래요."

그러자 하미드는 소리 내어 웃었다.

"그럼 이제부터 우리는 땅속으로 들어가는 셈이구나! 아마 점점 더워질 게다!"

"알라의 눈이 부디 우리를 굽어살펴 주시길!"

발이 욱신거려 괴로워하던 아미라는 한숨을 쉬며 말했다.

얼마 안 있어 길은 짐을 실은 낙타들이 겨우 통과할 정도로 비좁아졌다. 어렵사리 그 길을 지나고 있을 때였다. 낙타 등에 앞뒤로 앉은 쌍둥이들이 양옆에 솟아 있는 바위를 붙잡으며 놀다가 갑자기 한 아이가 균형을 잃고 땅바닥으로 떨어졌다.

아이는 큰 소리로 비명을 질렀다.

"사이드! 사이드!"

아미라는 기겁을 하고 아이를 불렀다. 아미라는 온몸의 힘을 짜내어 낙타의 고삐를 당겼다. 낙타가 멈추자 재빨리 뛰어내려 아이한테 달려갔다.

"알라여, 우리를 보호하소서!"

아미라는 아이를 껴안으며 빌었다. 쌍둥이의 엄마도 황급히 달려왔다.

"아야야, 내 발! 발이 아파요!"

사이드가 울어 댔다.

"그래도 정말 다행이야! 내가 탄 낙타가 네 발만 밟았으니. 까

딱 잘못했다가는 배를 밟혔을지도 몰라."

아미라가 사이드를 달랬다.

하미드도 헉헉거리며 사고가 난 장소로 올라왔다.

"어디를 다친 거야?"

사이드는 말없이 자기 왼쪽 발을 가리켰다. 하미드는 사이드의 발을 조심스레 눌러 보기도 하고 발목을 살짝 돌려도 봤다. 사이드는 다시 비명을 질렀다.

"부러진 건 아니고 그냥 접질리기만 했군. 아미라, 물 부대 좀 주렴."

하미드는 아이의 다친 발 위에 물을 끼얹고 소금을 뿌렸다. 마지막에는 자기 두건을 풀어 발을 꽁꽁 싸매 주었다.

"내 말 잘 들어라. 이제부터 이 발로 걷거나 심하게 움직이면 안 된다. 알았지?"

"제 낙타에 사이드를 데리고 탈게요. 걸을 때도 제가 부축하고요."

아미라가 나섰다.

"네가 빨리 움직인 덕분에 큰 화를 면했구나."

하미드는 사이드를 아미라의 낙타에 올려 주며 칭찬했다.

하미드가 다시 카라반 맨 앞으로 가 보니 그사이 낙타가 짐을 모조리 내동댕이쳐 버렸다.

"이제 네놈까지 말썽을 부리는 거냐. 팔자 좋은 샤이크는 자기 천막에 앉아서 느긋하게 커피나 즐기고 있을 텐데, 나는 여기서

이 고생이니 원! 한심하구만!"

그는 언짢은 기분으로 다시 낙타 등에 짐을 얹었다.

"한 번만 더 이런 짓을 했다간 알아서 해!"

하미드는 성질을 내면서 이마에 송골송골 맺힌 땀을 닦았다.

"땅의 화덕이라고 불리는 곳에서 두건 없이 가파른 산자락을 내려가고 있으니. 이러다 일사병에라도 걸리는 게 아닌가 몰라."

아지자는 호주머니를 뒤져 구슬로 수놓은 손수건을 하미드에게 건넸다.

"아예 없는 것보다는 나을 거예요."

하미드는 투덜대면서도 손수건을 머리 위에 얹고서 아갈(둥글고 검은 띠)로 고정시켰다.

그 모습을 본 아미라는 우스워 눈물이 나올 지경이었다. 아이들은 온 산이 떠나갈 듯이 큰 소리로 웃었다.

"아저씨 남자예요, 여자예요?"

사이드와 함께 낙타에 앉았던 꼬마가 키득대며 놀려 댔다. 하미드는 얼굴을 붉히며 불같이 성을 냈다.

"너 이 악당 녀석아! 당장 주둥이를 다물지 않으면 승냥이 밥으로 여기다 버리고 가겠다! 네놈들 때문에 내가 이 고생을 하고 있단 말이다!"

다들 입을 꾹 다물었다. 하미드는 말없이 몸을 돌려 낙타를 툭 쳤다.

저녁 해가 붉은 노을을 뿌리며 산꼭대기를 물들일 때가 되어서야 카라반은 분지 바닥에 도달했다. 하미드는 그제야 안도의 한숨을 내쉬었다.

"조상님께 영광을! 정말 아슬아슬했어! 여기서 천막을 치기로 하지. 소금이야 사방 천지에 널렸고 바다도 멀지 않으니까."

아미라는 황홀한 표정으로 바다를 바라보았다. 수면은 파도 한 점 없이 잔잔했고, 저녁 어스름 속에서 거울처럼 반짝였다. 아미라는 낙타를 앉힌 뒤 사이드를 들어 모래땅 위에 내려 주었다.

마부들이 낙타에서 짐을 부리는 동안 부녀자들은 천막을 쳤다. 하미드는 낙타들의 앞다리를 이어 묶으며 낙타 귀에 대고 중얼거렸다.

"자, 이제 마음껏 풀을 뜯어라. 소금기 먹은 풀을 먹으면 네 녀석들 속이 깨끗해질 게다."

힘든 여행 동안 가만히 쭈그려 있느라 답답했던 아이들은 잔뜩 들떠서 팔짝팔짝 뛰어다녔다.

"너도 금방 저렇게 뛸 수 있을 거야."

아미라는 발을 다친 사이드에게 다정하게 말했다.

"우리 바다까지 달리기하자!"

한 여자아이가 말했다.

"아무도 야영지를 떠나선 안 돼! 이제 금방 어두워질 거야!"

하미드가 달려 나가는 아이들을 엄하게 불러 세웠다.

이날 저녁 하미드는 별로 말이 없었다. 묵묵히 콩 수프를 입에 떠 넣고 나더니 차를 마실 때도 거의 입을 열지 않았다. 마부들에게 불침번을 정해 주고 나서 일행을 향해 잘 자라고 한 뒤 하미드는 곧바로 잠이 들었다.

"오늘은 하미드 아저씨에게 정말 힘든 날이었을 거야."

하미드의 코 고는 소리가 들려오자 누라가 입을 열었다.

아미라는 섶을 불 위에 얹고 난 뒤 사이드를 쳐다보았다.

"발 좀 보여 줘 봐!"

아미라는 섶에 불이 붙어 환해지자 조심스레 사이드의 발에 묶은 두건을 풀고 자세히 살펴보았다.

"벌써 부기가 조금 가라앉았어. 한 번 더 소금물로 씻어야겠다. 밤에는 붕대가 필요 없을 거야."

아미라는 두건을 차곡차곡 접으며 한마디를 덧붙였다.

"내일 하미드 아저씨가 자기 두건을 다시 쓰게 되면 무척 좋아라하겠지."

사이드는 몸을 뻗고 자리에 누웠다. 누라가 양탄자를 덮어 주었다. 그러고는 머리를 쓰다듬으며 말했다.

"내일은 사해에 발을 담가 보렴. 그럼 금세 발이 나아 사슴처럼 가볍게 뛰어다닐 수 있을 거야."

하나둘씩 다른 아낙들과 처녀들, 아이들이 아미라 곁에 와서 앉았다. 천막 앞에서 타오르는 불이 옹기종기 모인 사람들을 따뜻하게 해 주었다. 아미라는 새로 차를 끓였다.

이윽고 첩첩이 쌓인 산 위로 달이 떠올랐다. 은색 달빛이 수면 위에 그림자를 비추며 반짝이는 길을 내어 놓았다.

"우리 마을에서 보다 달이 더 커 보여요."

사이드가 말했다.

"하지만 그 달과 저 달은 똑같은 달이야."

아지자가 살포시 웃으며 대꾸했다. 누라는 사이드를 토닥거리며 물었다.

"달 속에 뭐가 보이니?"

"나무요!"

"맞아. 사이드는 눈이 좋구나."

다른 아이들도 목을 길게 뽑으며 뚫어져라 달을 올려다보았다.

"저 나무는 생명의 나무야. 사람이 태어나면 나무에 나뭇잎이 하나씩 더해지지. 나뭇잎이 나무에 달려 있는 한 그 사람은 살아 있어. 하지만 잎이 떨어지면 그 사람도 죽게 되지."

"내 나뭇잎은 어디 있는데요?"

쌍둥이 가운데 한 녀석이 신기해하며 물었다.

"이렇게 눈으로 봐서는 안 보여. 하지만 엄마가 장담하는데 네 잎은 아주 단단하게 달려 있으니 걱정할 것 없어. 넌 아직 한참 어리니까!"

꼬마는 안심이 됐는지 씩 웃었다.

"그럼 내 나뭇잎은요?"

사이드도 질세라 물었다.

"네 것도 아주 잘 붙어 있지. 그렇게 낙타에서 떨어졌는데도 네 나뭇잎은 아무 일 없이 무사하구나."

아미라가 사이드를 안심시켰다.

"그럼 하미드 할아버지 나뭇잎은요?"

이번에는 다른 쌍둥이 꼬마가 물었다.

"음…… 아저씨 나이가 되면 나뭇잎이 조금 시들기도 하고 가끔은 이리저리 흔들리기도 해. 하지만 아저씨의 나뭇잎도 앞으로 오랫동안 떨어지지 않고 나무에 잘 달려 있을 거야."

누라가 아이에게 차근차근 설명해 주었다. 아미라는 빈 찻잔을 한데 모았다.

"이제 늦었으니까 다들 잠을 자기로 해요. 밝은 달님과 마부들이 불침번을 서 줄 거예요."

다음 날 아침 하미드는 누구보다 일찍 일어났다. 그는 조용히 몸을 일으키고는 낙타들을 쳐다보았다.

"밤새 아무 일 없었습니다."

마지막으로 불침번을 선 마부가 보고했다. 하미드는 고개를 끄덕이며 답했다.

"자네도 이제 눈 좀 붙이게."

눈꺼풀이 무거워 견딜 수 없었던 마부는 말이 떨어지기가 무섭게 자기 자리로 가 망토를 덮어쓰고 누웠다.

하미드는 낙타를 한 마리 한 마리 돌아가며 살폈다. 몇 마리는 풀을 뜯었고, 나머지는 멍하니 주변을 보고 있었다.

"너희들 배가 부른 게로구나. 그 정도면 여기까지 고생하며 온 보람이 있다."

하지만 병이 난 낙타 두 마리는 땅바닥에 누워 있었다. 하미드는 옷자락을 끈으로 여며 묶고, 땅에 난 풀들을 뜯기 시작했다.

"내가 소금 풀들을 모아 주마. 이걸 먹으면 며칠 안에 금방 건강해지고 기운이 날 게다."

얼마 뒤 두 마리는 질겅질겅 풀을 씹기 시작했다.

하미드는 낙타한테서 시선을 거두고 땔감을 찾았다. 가까운 곳에 낙타 똥이 한 무더기 쌓여 있었다. 하미드는 똥덩이를 집어 들고 이리저리 보았다.

"적어도 반년은 됐겠군. 바싹 말라서 아주 잘 타겠어!"

그 옆에는 야자나무 잎도 있었다.

"이 정도면 됐다. 우리 낙타들 똥이 마를 때까지 충분하겠어. 이 더위라면 다른 때보다 똥도 빨리 마를 테고."

하미드는 불을 피운 뒤 큰 주전자에 찻물을 담아 올렸다. 그리고 암낙타 한 마리한테서 젖을 짰다. 마지막으로 밀가루와 소금, 물을 개어 반죽한 다음, 납작하고 널따랗게 펴서 뜨거운 재 속에 밀어 넣었다.

그사이 다른 사람들도 하나둘씩 일어났다.

아미라는 잠이 덜 깬 상태로 고개를 들고 천막 바깥을 내다봤다. 그러고는 겨드랑이에 코를 대고 킁킁 냄새를 맡았다.

"며칠 동안 씻지도 못했어. 아, 물이 그립다."

그때 하미드가 부르는 소리가 들렸다.

"아침 준비 다 됐소!"

아미라는 사이드를 안아 올려 불 가로 데려갔다. 하미드는 뜨거운 재 속에서 갓 구워 낸 빵을 꺼내더니 잿가루를 탈탈 털고 돌 위에 얹었다. 빵 위에 타임(허브의 일종)을 뿌리고 작게 뜯어 모두에게 나누어 주었다.

"아저씨, 정말 빵을 잘 구우시는데요."

아미라는 낙타 젖에 따뜻한 빵을 적셔 먹으며 하미드의 솜씨를 칭찬했다.

"우리 마누라가 나랑 결혼한 게 내가 빵을 잘 구워서라나."

하미드는 농담으로 대꾸했다.

"어머, 그게 얼마나 중요한 능력인데요."

누라도 한마디 거들었다. 하미드는 다친 사이드에게 빵 한 조각을 더 건네며 말했다.

"자, 이것을 받고 나한테 두건을 돌려 주렴. 이 근처에서 이렇게 손수건을 머리에 얹고 다녔다간 내 체면이 엉망이 될 거야."

그러고는 마부들을 향해 지시를 내렸다.

"두 사람이 낙타들을 돌보고 나머지 한 사람은 천막을 지키기로 하세."

하미드는 다시 눈길을 돌려 사람들에게 물었다.

"누구 나랑 같이 바다에 갈 사람?"

아이들이 환호성을 지르며 앞으로 달려 나갔고 부인들과 처녀들이 그 뒤를 따랐다. 아미라는 사이드를 부축하며 걸었다.

해변에 도착하자 아이들은 옷을 벗어 던지고 물속으로 첨벙첨벙 뛰어들었다. 하미드는 아이들한테 뒤처지지 않으려고 서둘러 발을 움직였다. 그때 갑자기 커다란 비명 소리가 들렸다.

"사람 살려! 엉덩이, 내 엉덩이!"

하미드는 옷을 걷어붙이고 소리를 질러 대는 아이를 물속에서 끄집어냈다.

"엉덩이가 불이 붙은 것처럼 쓰라려요!"

아이가 징징거렸다.

"그럼 불을 꺼야지."

하미드는 장난스럽게 대꾸하며 아이를 엄마에게 보냈다.

"저기 민물이 나오는 샘이 있을 거요. 가서 이놈 궁둥이를 씻어 주구려!"

하미드는 큰 소리로 외쳤다.

"이놈들아! 다들 여기 모래사장으로 나와!"

아이들은 하미드 둘레로 옹기종기 모여들었다.

"여기 물은 아주아주 짜단다. 눈에 물이 한 방울이라도 들어가지 않게 조심해야 해. 그러니까 너무 심하게 물장구를 치면 안 된다. 내 말 알아듣겠지?"

"네!"

아이들은 입을 모아 대답했다. 하미드는 손가락을 들어 보이며 경고했다.

"배꼽 닿는 데까지만 들어가거라. 그 이상은 안 돼!"

"그렇지만 물이 짜서 둥둥 뜨기만 하고 가라앉지 않는걸요."

남자 아이 하나가 나섰다.

"맞아. 하지만 조심해야 해. 여기서도 물에 빠져 죽으니까."

그는 잠시 주변을 두리번대더니 다시 말을 이었다.

"그렇지, 나한테 좋은 생각이 있다!"

하미드는 근처 바위 뒤로 돌아가더니 부러진 야자나무 둥치를 질질 끌고 왔다.

"통나무다. 속이 좀 비긴 했지만 우리가 쓰기에는 괜찮아."

하미드는 통나무를 물에 띄운 다음, 한쪽 끝을 붙잡고 아이들한테 매달리라고 말했다.

"난 카라반을 지휘하는 우두머리이기도 하지만, 헤엄도 최고로 잘 친단다."

하미드는 장난스럽게 말하며 물속에서 통나무를 이리저리 끌고 다녔다. 다른 아이들이 물놀이를 즐기는 동안 사이드는 바다에 발을 담근 채 바위에 걸터앉아 있었다.

아미라는 한적한 구석으로 가서 푸른 물빛을 바라보았다. 아침 해가 이제 막 산꼭대기 위로 솟아오르고 있었다. 날은 아직 덥지도 춥지도 않았고 공기는 부드러웠다. 하지만 아마 몇 시간 뒤면 타 들어갈 듯한 한낮의 열기가 사람들을 그늘로 밀어낼 것이다.

아미라는 눈을 감았다. 여행의 긴장과 흥분 탓에 딴 생각을 할 틈이 없었지만 조용한 분위기에 젖자 다시 여러 가지 생각이 떠올랐다. 자신에게 청혼을 한 세 명의 청년 가운데서 한 명을 선택할 수 있을까?

“아미라! 여기 혼자 앉아서 뭐해?”

“아, 아지자구나. 그냥 고요한 분위기를 즐기고 있어.”

아지자가 곁으로 다가섰다.

“바다가 정말 신비로워!”

아지자는 발가락을 살짝 물에 담갔다.

“우리 물에 안 들어갈래?”

아미라는 아지자에게 물었다.

“난 수영 못하는데.”

아지자는 어깨를 으쓱하며 대꾸했다.

“나도 못하는걸 뭐. 깊게는 말고 조금만 들어가 보자. 그냥 가슴 정도까지만 가면 돼.”

아미라는 옷을 벗기 시작했다. 아지자는 놀라서 주위를 둘러보았다. 아미라는 여기선 아무도 안 본다며 친구를 안심시켰다.

두 사람은 붉은색 실로 수놓은 옷을 머리 위로 올려 벗고, 손을 잡고 한 걸음씩 물속으로 들어갔다. 속옷이 두 처녀의 몸에 찰싹 달라붙었다. 물이 가슴까지 차자 둘은 그 자리에 멈춰 섰다.

“난 더 이상 못 가겠어.”

아지자가 불안한 목소리로 말했다.

“괜찮아. 우리 속옷도 벗자.”

아미라가 말했다.

“알았어. 그럼 내가 등을 밀어 줄게.”

두 사람은 조심스레 속옷을 벗었다.

아미라는 제자리에서 위아래로 올라갔다 내려갔다 몸을 움직이며 가슴에 물결이 와서 부딪치는 느낌을 즐겼다.

"네 가슴은 레몬처럼 크고 예쁘다, 얘."

아지자가 말했다.

"네 가슴은 석류 열매처럼 동그랗고 아담하네."

아미라도 친구의 몸매를 칭찬했다.

아지자가 아미라의 등에 물을 끼얹고 뒷목을 부드럽게 만져 주었다.

"아, 기분 좋다. 올 때 너무 힘들었어. 사이드가 깃털처럼 가벼운 것도 아니고."

아미라의 길게 땋은 검은 머리카락이 물속에서 이리저리 흔들렸다.

"자, 내가 새 신부처럼 말끔하게 씻겨 줄게."

아지자의 농담에 아미라는 순간 아무 대답도 할 수 없었다. 두 사람은 물속에서 좀 더 있다가 밖으로 나와 옷을 챙겨 입었다.

멀리서 아이들이 웃고 떠드는 소리가 요란하게 들려왔다. 두 사람은 소리가 나는 곳으로 가 보았다. 아이들은 움푹 들어간 해안선 안쪽 작은 만에 모여 있었다. 아미라와 아지자는 아이들을 보고 깜짝 놀랐다. 하미드가 시키는 대로 온몸에 진흙을 바른 아이들은 마치 우글거리는 검은 양 떼 같았다. 아이들은 그런 꼴을 한 채로 신이 나서 펄쩍펄쩍 뛰어다녔다.

두 처녀는 키득키득 웃음을 터뜨렸다. 아미라는 코를 찡그리며 말했다.

"무슨 지옥에라도 온 것 같다, 얘."

하미드도 웃음을 터뜨렸다.

"그래, 공기 중에 유황 연기가 느껴지지? 숨을 크게 들이마셔 봐라! 아마 폐가 깨끗해질 게다!"

하미드는 입가에 짓궂은 웃음을 머금고 말을 이었다.

"너희도 진흙 마사지 좀 하지 않을래? 피부가 진짜 고와진단다! 진흙은 온갖 피부병을 고쳐 주거든!"

"고맙지만 됐어요!"

아미라와 아지자는 동시에 고개를 저었다.

두 사람은 모래 위에 앉아 떠들썩하게 뛰어노는 아이들을 지켜봤다.

"하미드 아저씨, 그렇게 애들을 잘 보는 걸 보니 산파를 하셔도 되겠어요!"

아미라가 웃으며 농담을 건넸다.

"카라반을 데리고 다니는 일을 못하게 되면 네 말을 진지하게 생각해 보마. 자, 그 전에 너희 둘 내 부탁 좀 들어주련? 진흙이 아무리 좋아도 너무 오래 바르고 있으면 살갗에 나쁘거든. 저기 '아인 게디'라고, 새끼 염소의 눈이라는 이름이 붙은 샘으로 애들을 데리고 가서 구석구석 씻겨 주려무나."

곧 한낮의 더위가 시작되었다. 아미라의 배 속에서 꾸르륵거리는 소리가 요란스럽게 들렸다.

"배 속에 사자라도 들어앉았나 봐. 왜 이렇게 배가 고프지?"

아미라가 배를 움켜쥐며 말했다.

"아, 이 바다에 물고기가 있으면 얼마나 좋을까!"

아지자도 안타까운 목소리로 대꾸했다.

"바닷바람은 사람을 허기지게 하지."

하미드가 끼어들었다.

"그렇다고 낙타를 잡을 수도 없고, 염소는 단 한 마리도 데려오지 않았으니⋯⋯."

그러자 마부 살람이 말했다.

"내가 덫을 하나 가져왔소. 오후 늦게 한번 놔 봅시다. 그때까지는 강낭콩 수프로 허기를 달래는 수밖에."

타는 듯한 무더위가 한풀 꺾이자 살람은 덫을 들고 근처에 있는 와디로 갔다. 그는 주의 깊게 모래 위에 난 짐승의 발자취를 쫓았다. 오소리 한 마리가 지나간 발자국이 보였다. 또 멀리 떨어지지 않은 곳에 갓 싸 놓은 영양의 똥도 보였다.

"영양이면 임금님 수라상이지."

기대에 부풀어 마부는 침을 삼켰다. 그는 덫을 펼쳐 쐐기를 박아 땅에 고정시킨 다음, 잘 보이지 않게 마른 야자 잎으로 가렸다. 그리고 그 위에 커다란 피타빵 조각을 얹어 두었다.

다음 날 아침 살람은 기대에 가득 차 덫을 보러 갔다. 하지만 빵만 없어졌을 뿐 덫은 그대로였다. 주변을 샅샅이 뒤지자 여우 한 마리가 지나간 흔적이 보였다.

"이 괘씸한 사막 여우 같으니라고!"

살람은 웅얼거리며 새로 빵 한 조각을 덫 위에 올려 두고 터덜터덜 천막으로 돌아왔다.

아이들이 그에게 몰려들었다.

"잡힌 짐승은 어디 있어요?"

"여우가 빵만 쏙 훔쳐 달아났어."

아이들은 왁자지껄 웃음을 터뜨렸다.

"여우가 아저씨보다 더 똑똑하잖아!"

"행운의 여신은 한 번은 사냥꾼을 도와주었다가, 또 한 번은 짐승들 편에 섰다가 하는 법이야. 그러니 진정한 사냥꾼이라면 인내심을 가져야 해."

살람이 대꾸했다.

사흘째 되는 날 덫에 짐승 한 마리가 걸려들었다. 살람은 단검을 가지고 왔는지 확인하고 나서 살금살금 다가갔다.

"들고양이가 아니면 좋겠는데……."

가까이 가 보니 호저(온몸에 가시 같은 털이 난 짐승) 한 마리가 꼼짝 않고 엎드려 있었다.

"저렇게 있다고 죽은 건 아니지. 죽은 짐승은 우리도 어차피 먹을 수 없을 테고."

살람은 작은 돌을 하나 던져 보았다. 그 순간 호저의 가시털 하나가 날아와 팔에 꽂혔고, 다른 하나는 머리를 아슬아슬하게 스치고 지나갔다. 살람의 팔에서 피가 스며 나왔다.

180

'어쨌든 아직 죽지 않았군.'

살람은 팔에 박힌 가시털을 뽑아내고 급한 대로 두건을 벗어 상처를 동여맸다.

살람은 바위 뒤에 몸을 숨기고서 호저를 향해 연달아 돌을 던졌다. 호저는 가시털을 날리며 방어했지만 얼마 안 가 가시털은 모두 바닥났다. 살람은 단검을 빼 들고 다가가 단칼에 숨통을 끊었다. 한참 그대로 매달아 피가 다 흘러나오게 한 다음, 어깨에 죽은 호저를 들쳐 메고 당당하게 야영지로 돌아왔다. 살람은 아이들을 향해 멀리서부터 외쳤다.

"나귀를 좀 끌고 오너라! 잡은 게 너무 무거워!"

살람이 도착하자 하미드는 흐뭇한 목소리로 칭찬했다.

"당신은 정말 대단한 사냥꾼이오!"

잡혀 온 짐승을 보자 하미드의 배도 요동치기 시작했다.

"이렇게 살찐 호저는 나도 오래간만인걸!"

하미드는 곧바로 호저의 가죽을 벗기기 시작했다. 그사이 아미라는 살람의 상처를 치료해 주었다.

하미드는 가죽을 벗겨 내고 고기를 작게 조각낸 뒤 소금을 뿌려 불 위에 얹었다. 고기는 치지직 소리를 내며 익기 시작했다. 빵 한 덩이씩을 손에 들고 기다리는 아이들의 눈은 하나같이 불 위에서 떠날 줄을 몰랐다.

하미드는 구워진 고기 조각을 돌 위에 차곡차곡 쌓아 올렸다.

"어린애들부터 먹입시다."

살람은 입이 찢어져라 고기를 먹는 아이들을 보고 웃었다.

"이 모습을 보니 상처가 아픈 줄도 모르겠는걸."

모두 배불리 먹고 나자 하미드는 남은 고기를 누라에게 주었다.

"오늘 저녁에 이걸로 맛있는 수프를 끓여 주구려."

누라는 고기를 받아 들고 소금을 듬뿍 뿌려서 통에 담았다.

"이렇게 하면 저녁까지 상하지 않겠지."

그렇게 하루가 가고 또 이틀이 흘렀다. 낙타들은 부지런히 소금 풀을 뜯었다. 병이 난 낙타들도 천천히 기운을 되찾았고 사이드의 발도 다 나아가고 있었다.

아이들은 날마다 바다에서 놀았다. 어느새 아이들은 기침도 하지 않았고, 피부에 난 발진도 서서히 가라앉았다.

살람은 덫을 놓아 짐승을 잡는 일로 꾸준히 재미를 보았다. 처음 호저가 잡힌 날로부터, 이틀 뒤에는 토끼 한 마리가 걸려들었고, 한 주 뒤에는 영양까지 잡혔다. 아이들은 바위벽에 기어올라 새를 잡기도 하고 둥지에 든 알을 가져오기도 했다. 그 덕분에 일행은 매번 새로운 요리를 맛볼 수 있었다. 대지의 배꼽이라는 사해에서 시간은 물 흐르듯 지나갔다.

어느 날 저녁, 하미드는 별이 뜬 밤하늘을 올려다보았다.

"사흘 뒤면 보름이군. 이제 우리도 돌아갈 채비를 해야겠다. 벌써 한 달이나 여기 머물렀어."

하미드는 물을 한 모금 마시고 다시 말을 이었다.

"아이들도 다 나았고 낙타도 기운이 펄펄 넘쳐. 그리고 우리 마누라도 이제 슬슬 보고 싶군."

그러자 아미라가 말을 걸었다.

"하미드 아저씨, 저희 할머니가 소금 덩어리를 좀 가져오라고 부탁했어요."

"내가 좋은 데를 알고 있지. 소금이 많이 쌓여 있는 곳이란다. 거기서는 마음껏 소금을 주울 수 있을 게다."

이틀 뒤 일행은 다시 긴 행렬을 이뤄 고향으로 향했다. 사흘 동안 여행한 끝에 드디어 카라반은 부족이 사는 마을에 무사히 도착했다.

마을 변두리에 있는 우물가에 도착하기도 전에 몇몇 아이들이 여행자들을 발견했다. 한 꼬마가 옷자락을 들어 이 사이에 끼워 물고는 있는 힘껏 샤이크의 천막으로 내달렸다.

"여행 갔던 사람들이 돌아와요! 사해에 갔던 카라반이요!"

사내들은 바로 일어나 카라반을 맞으러 나갔다.

아미라는 마을에 도착하자마자 할머니의 천막을 향해 낙타를 몰았다.

"어서 오너라."

아버지가 반가이 딸을 맞으며 낙타 고삐를 잡았다.

"어디 좀 보자. 내 딸 얼굴이 한결 좋아졌구나."

아버지는 아미라를 이리저리 살펴보았다.

"사해의 공기가 건강하게 만들어 주었나 봐요."

오마르는 딸의 손을 잡고 내리는 걸 도와준 뒤, 묵직한 안장을 비롯해 온갖 짐을 낙타 등에서 끌어 내렸다. 오마르는 낙타를 구석구석 살펴보고 옆구리도 눌러 보며 건강해졌는지 확인했다.

"이제 괜찮은 것 같아요?"

아미라가 물었다.

"괜찮은 정도가 아니구나! 허벅다리는 튼튼해지고 배도 불룩하고, 등의 혹도 똑바로 잘 섰는걸!"

오마르는 기분 좋게 껄껄 웃었다.

"사해에 있다 오니 낙타가 기운이 넘쳐흐르는구나, 애야!"

일행을 데리고 무사히 돌아온 우두머리 하미드와 마부들은 샤이크의 천막에서 융숭한 대접을 받으며 자랑스럽게 여행 이야기를 했다. 그사이, 산파는 어린 여행자들을 붙잡고 한 명 한 명 살펴보았다.

"살만, 네 피부병이 이젠 다 나았구나. 살도 통통하게 올라 보기에 아주 좋구나."

산파는 흐뭇한 목소리로 말했다.

"저 처음으로 호저도 먹어 봤어요!"

살만은 들뜬 표정으로 자랑을 했다.

"저도 이제 기침 하나도 안 나요."

꼬마 사미르도 잔뜩 뻐기며 말했다.

쌍둥이 엄마인 누라가 염소 가죽으로 만든 작은 물 부대를 산파에게 건넸다.

"자, 여기 사해 물을 담아 왔어요."

산파는 고마워하며 물 부대를 받아 들었다.

"자네가 갖다 준 이 물이 귀하게 쓰일 때가 있을 거야. 어제도 엄마 하나가 애한테 마른버짐이 생겼다고 찾아왔더라구."

누라는 산파에게 파란만장했던 여행을 상세히 들려주고 나서, 마을에 무슨 새로운 일이 없었는지 물었다.

"별로 특별한 일은 없었네. 다만 하심과 와드하가 또 싸웠다네. 아내는 남편을 노랑이라고 욕하고 남편은 아내가 콧대가 너무 세다고 언성을 높였지."

"그 둘이 어디 한두 번 싸우나요."

누라가 혀를 차며 대꾸했다.

"그런데 이번엔 좀 심각했다네. 지난 금요일에 하심이 결국 와드하를 쫓아냈거든. 두 사람은 이혼하고 와드하는 자기 지참금을 챙겨서 나귀를 타고 친정으로 돌아가 버렸어."

"알라께서 둘에게 아이를 주시지 않아서 그나마 다행이네요."

누라가 한마디를 덧붙였다.

그사이 오마르는 딸을 데리고 천막으로 들어섰다. 그는 딸을 따스하게 안아 주었다.

"네가 와서 얼마나 기쁜지 모르겠다! 가족이 하나라도 다른 곳에 가 있으면 걱정이 되거든."

"걱정이요?"

"네가 엄마가 되어 보면 부모 마음을 알 게다."

오마르는 양탄자에 앉으며 말했다.

"옛날 열두 명의 아들을 둔 남자가 있었단다. 누군가 그에게 어떤 아들이 가장 마음에 드냐고 물었어. 그러자 그는 이렇게 대답했단다. '한 놈이 아프면 나을 때까지 마음이 쓰이고, 한 녀석이 길을 떠나면 돌아올 때까지 마음이 편치 않다오.'"

오마르는 아미라에게 박하 차를 한 잔 따라 주며 곁으로 다가와 앉도록 하였다.

"아, 정말 향이 좋아요. 사해에서 얼마나 박하 차가 마시고 싶었는지 몰라요."

아미라는 차 향기를 음미하며 느긋한 기분으로 말했다.

"네 짐 속에 뭐가 들었는지 궁금하구나. 돌이라도 들었는지 아주 묵직하던데."

"비슷해요."

아미라는 소리 내어 웃었다.

"소금 덩어리들이에요. 할머니가 갖다 달라고 하셨거든요."

아미라는 근처에서 콕콕 양탄자를 쪼는 닭을 쫓아내고는 다시 말을 이었다.

"할머니는요? 어디 계세요?"

"며칠 전부터 몸이 불편하시단다. 수도승을 찾아가셨어."

아미라가 놀라 물었다.

"어디가 편찮으신데요?"

"속도 아프고 온몸이 쑤신다고 괴로워하시는구나."

오마르는 잔을 기울여 남은 차를 마저 마시고는 쟁반 위에 빈

잔을 내려놓았다. 걱정하는 딸의 낌새를 눈치챈 오마르는 부드럽게 말했다.

"할머니 나이에는 그렇게 이상한 일도 아니란다. 자, 어디 여행 얘기 좀 해 보거라."

아미라는 고단했던 여행길과 꼬마 사이드가 낙타에서 떨어진 일, 사해에서 멱을 감은 일, 맛있는 호저 고기에 대해 차근차근 풀어 놓았다. 이야기를 다 마쳤을 때 아버지가 천막 입구를 가리키며 말했다.

"할머니가 오시는구나!"

할머니는 지팡이에 의지해 거북이처럼 느릿느릿 걸어오고 있었다. 아미라는 얼른 일어나 할머니를 부축했다.

할머니는 손녀를 보자 반가워하며 얼싸안았다.

"내 새끼야, 무척 보고 싶었단다!"

할머니는 숨을 몰아쉬었다. 아미라는 할머니를 붙들고 천막 안으로 모셨다.

"자리에 편히 누우세요. 할머니, 많이 아프세요?"

아미라가 할머니에게 물었다.

"어젯밤에는 한숨도 못 잤구나. 여기저기 쑤시고 배겨서 견딜 수가 있어야지."

"수도승이 뭐라고 하던가요?"

"피도 뽑고 약초도 처방해 주더구나."

할머니는 가슴께 달린 주머니에서 뭔가를 꺼냈다.

"그리고 이 호박을 걸고 있으라고 하더라."

"알라께서 굽어살피셔서 할머니를 낫게 해 주실 거예요."

아미라는 짐 꾸러미를 가지고 와서 할머니가 부탁한 소금 덩어리를 꺼내 보였다.

"이 할미가 한 말을 잊지 않았구나."

할머니는 소금 한 덩어리를 손에 쥐더니 혀로 맛을 보았다.

"소금과 빵……."

할머니는 나지막이 혼잣말을 하고 다리를 죽 뻗었다.

"그래, 여행은 어땠니?"

아미라는 다시 한 번 이야기를 시작했고 할머니는 귀를 기울였다. 아미라가 아이들이 진흙 목욕을 하며 놀았다고 말하자, 할머니는 '아이고, 역시 하미드야!' 하고 감탄했다.

"내가 그 양반보다 나이가 들어도 훨씬 더 들었지."

"얼마나 많은데요?"

아미라가 궁금해 물었다.

"그 양반이 태어났을 때 나는 염소를 몰고 들판으로 나가던 나이였어."

오마르가 끼어들었다.

"그분 발에는 두꺼운 굳은살이 박혀 있단다. 하미드는 평생 수많은 카라반을 이끌고 장사며 여행이며 안 다녀 본 곳이 없지. 또 그렇게 다녀야만 기운이 나는 양반이고."

갑자기 할머니가 고개를 설레설레 저었다.

"그래도 죽음은 늘 갑자기 나타나 우리를 덮치지."

아미라는 움찔 놀라 할머니에게 외쳤다.

"할머니는 아직 죽는 얘기를 하실 때가 아니에요!"

오마르도 고개를 끄덕이며 거들었다.

"어머니! 누구든 자기 살날을 다 채워야 죽는 겁니다. 생명의 나무에 이파리가 붙어 있는 한 걱정할 필요가 없어요. 정작 그 잎이 떨어질 때가 오면 아무리 용하다는 수도승도 더 이상 손써 볼 도리가 없지만 말예요."

아미라는 눈을 꼭 감았다. 그러자 달 속에 서 있는 생명의 나무가 또렷하게 보였다. 할머니의 잎이 어느 것인지 찾아보려 했지만 그 장면은 이내 물거품처럼 사라져 버렸다.

아버지가 자리에서 일어났다.

"닭을 한 마리 잡아야겠어요. 닭고기 수프를 드시면 어머니도 원기를 회복하실 거예요. 그때까지 잠깐이라도 눈을 붙이시는 게 좋겠어요."

아미라는 수프를 끓이면서 되도록 소리를 안 내려고 애를 썼다. 그러면서 걱정스런 마음에 한 번씩 고개를 돌려 할머니를 바라보았다. 사프란을 뿌린 뜨거운 수프가 다 되자 오마르는 어머니를 깨웠다.

할머니는 눈을 뜨는 것도 힘겨워 보였다. 눈꺼풀이 무겁게 내려앉아 있었다. 오마르가 늙은 어머니를 앉히는 사이, 아미라는 수저를 할머니의 입으로 가져갔다.

"드세요, 할머니! 닭고기 수프를 드시면 기운이 나실 거예요!"

할머니는 겨우 몇 숟가락만 입에 떠 넣고 곧 수저를 내려놓았다. 그리고 다시 드러누워 두 눈을 감았다.

"자는 것도 몸을 낫게 하는 방법이야."

오마르는 어머니에게 이불을 덮어 주었다.

아미라는 할머니 옆에 이부자리를 펼치고 누웠다. 그러나 오랫동안 잠이 오지 않았다. 여러 가지 생각이 머릿속을 어지러이 맴돌았다. 아버지도 잠이 오지 않는지 몸을 뒤척였다.

"아버지, 저 여행가지 말 걸 그랬나 봐요!"

아미라는 할머니가 깨지 않게 조용히 속삭였다. 오마르는 딸을 위로했다.

"아미라, 내 눈동자야. 네 잘못이 아니다. 언제가 됐든, 어디가 됐든 병을 피해 가는 것은 우리 능력 밖의 일이란다. 늙어 가는 데에는 약이 없다는 말도 있지 않느냐?"

아미라는 조용히 흐느꼈다. 아버지는 말을 이었다.

"우리가 어떻게 운명을 바꿀 수 있겠느냐? 네 엄마가 홍수에 휩쓸려 내려갈 때 할머니 역시 속수무책이지 않더냐."

오마르는 딸의 손을 쥐고 말했다.

"이제 너도 눈을 붙여야 해. 할머니가 잘 때 너도 자야 내일 또 돌봐 드리지, 잘 자거라 내 딸아."

밤이 아주 깊어서야 설핏 잠이 든 아미라는 어지러운 꿈에 시달렸다. 꿈속에서 아미라는 생명의 나무 위를 날아다니는 검은 까마귀 한 마리를 보았다. 까마귀는 나무 주변을 세 바퀴 돌더니 노랗게 시든 잎 하나를 똑 따서 물고는 멀리 날아가 버렸다.

"그 이파리 돌려줘! 돌려 달라구!"

아미라는 필사적으로 외쳤다.

그때 큰 신음 소리가 들려 아미라는 깨어났다. 온몸이 땀에 흠뻑 젖어 있었다. 달은 이미 천막 뒤로 넘어가 있었다.

오마르가 아미라에게 말했다.

"아미라, 물하고 수건을 좀 가져오너라."

"무슨 일이에요?"

"할머니가 토하셨어."

아미라와 오마르는 할머니를 깨끗하게 닦고 옷을 갈아 입혔다. 그리고 새 담요를 펼쳐 할머니를 눕혔다. 할머니는 힘겹게 숨을 몰아쉬었다.

"아까 드신 것을 다 토하셨구나. 아미라, 차를 좀 끓여 오너라."

아미라는 불을 피우고 샐비어 잎을 띄운 주전자를 올렸다.

"샐비어로 속을 깨끗하게 씻어 내면 좀 나아지실 거야."

아버지가 말했다. 할머니는 아미라가 끓인 샐비어 차를 한 잔 들고서야 조금 편히 잠들 수 있었다. 다음 날 오마르는 수도승에게 왕진을 청했다. 수도승은 할머니를 이리저리 살펴보고서 오마르를 천막 밖으로 불러냈다.

수도승은 오마르의 한쪽 어깨에 손을 얹으며 말했다.

"안됐지만 나도 최선을 다했네. 나머지는 알라의 뜻에 맡길 수밖에……."

오전에 산파가 천막에 들렀다.

"어머니의 병세가 어떤가, 오마르?"

할머니가 누운 자리에서 신음 소리가 들려왔다.

"향을 좀 가져왔네. 이걸 피우면 아픈 몸에 생기가 돈다고 그러더군."

아미라는 부젓가락으로 불씨를 키운 뒤 화로 위에 향을 올려놓았다. 얼마 안 가 천막 안에는 은은한 향내가 퍼졌다.

오후가 되자 부족 여자들이 하나둘씩 찾아와 병상 주변에 둘러앉았다. 문병 온 여자들은 할머니 걱정에 모두 한마디씩 했다. 어떤 여인은 소금물로 냉수욕을 해 보라고 했고, 다른 여인은 직접 만든 허브 향유를 가지고 왔다. 또 다른 이는 뜨겁게 달군 부집게로 환자를 치료해 보라는 말까지 했다.

이윽고 산파가 할머니의 손을 쥐며 말했다.

"이분은 안정을 취해야 해."

문병 온 여인들은 산파의 말에 고개를 끄덕이며 다음에 다시 찾아오겠다며 천막을 나섰다.

아미라가 돌아온 뒤 사흘째 되던 날 아침, 할머니는 세상을 떠났다. 아미라는 미동도 없이 누운 할머니의 시신 옆에 주저앉아 큰 소리로 울었다. 마을 여인들이 너나 할 것 없이 달려와 슬픔을 나누었다.

한 노파는 아미라를 감싸 안고 위로했다.

"네 할머니께서는 오래오래 복된 삶을 누리다 가셨다. 누구든 죽음은 피할 수 없단다. 성스러운 예언자들도 마찬가지였지."

아지자는 아미라의 손을 꼭 잡았다.

"그래도 우리가 늦지 않게 돌아와서 다행이야. 마지막 가시는 길을 옆에서 지켜볼 수 있었으니까."

친척 아주머니도 다가와 위로를 건넸다.

"네 곁엔 많은 친척들이 있으니 혼자서 모든 걸 감당하지 마라. 언젠가 너도 할머니를 다시 만나게 될 거야."

나이가 지긋한 여인들이 할머니의 시신을 깨끗이 씻기고 흰 천으로 감쌌다. 그사이 오마르와 친척들은 장지에 가서 시신을 누일 깊은 구덩이를 팠다.

오마르는 낙타를 끌고 와 할머니의 천막 앞에서 무릎을 꿇게 했다. 남자들이 시신을 낙타 등에 올려 묘지로 옮겼다. 해가 높이 떠오르기 전에 할머니의 장례가 치러졌다. 수도승이 죽은 사람을 위한 기도를 올렸고 오마르는 어머니의 명복을 비는 뜻에서 양 한 마리를 잡아 문상객들에게 대접했다.

그날부터 사십 일 동안 추도 기간이 이어졌다. 사람들은 아이들을 사랑하고 너그러웠던 아미라의 할머니를 떠올리며 죽음을 안타까워했다. 오마르와 아미라는 서로 더 많이 의지하게 되었다.

추도 기간이 끝나자 아미라는 상복을 벗고 다시 붉은 실로 수를 놓은 옷을 꺼내 입었다. 그동안 수염을 깎지 않았던 오마르도 면도를 한 뒤 새 옷을 걸쳤다.

“이제 네가 이 천막의 안주인이다.”

오마르는 아미라에게 말했다.

“천막 자리를 옮기기 전에 유품 정리를 하자꾸나.”

오마르는 주의 깊게 천막 바닥을 살폈다.

“이쯤 어딘가에 있을 텐데.”

오마르가 양탄자 옆을 괭이로 파 보니 낙타 가죽으로 만든 자루 하나가 나왔다.

“자루가 무겁구나.”

아버지와 딸은 불 가에 나란히 앉아 자루 안에 든 것을 양탄자 위에 쏟았다. 동전과 보석들이 굴러 나왔다.

“네 할머니께서는 늘 검소하게 사셨지. 언제나 앞날을 생각하셨단다.”

오마르는 유품을 정리하며 말했다. 그는 오른쪽에는 금화를 쌓고 왼쪽에는 은화, 가운데에는 구슬을 놓았다. 그런데 목걸이 하나는 구슬 세 개만 실에 꿰어져 있고, 나머지는 알알이 떨어져 나와 있었다.

오마르는 고개를 갸웃거렸다.

“이상한 목걸이도 다 있구나. 구슬이 겨우 세 개밖에 없으니.”

아미라는 자기도 모르게 얼굴이 붉어졌다.

“자, 네 몫을 챙겨 가거라.”

“저는 이것만 가지면 돼요!”

아미라는 구슬이 세 개만 남은 목걸이를 자기 목에 걸었다.

그러자 오마르는 놀라서 딸을 쳐다보았다.

"이 남은 구슬들도 마저 실에 꿰지 그러니? 네 목걸이를 보고 다른 여자들이 우습다고 놀리겠구나."

"그럴 필요 없어요. 빼 놓은 구슬들은 벌써 할머니와 제가 골라 낸 것들인걸요."

아버지는 도통 알 수 없다는 듯 딸을 쳐다보았다.

"수수께끼 같은 말을 하는구나. 그게 무슨 뜻이냐?"

아미라의 얼굴에 알 수 없는 웃음이 번졌다.

"할머니가 말씀 안 하셨어요?"

오마르가 고개를 저었다.

아미라는 아버지에게 구슬에 얽힌 일을 상세히 들려주었다. 이 야기를 다 듣고 난 아버지는 아미라의 손을 잡고 말했다.

"너를 원하는 청년이 많다는 건 이미 알고 있었지만 그렇게 많은 구혼자가 줄지어 있을 줄은 상상도 못 했구나. 이제껏 네 결정에 할머니께서 큰 도움을 주셨겠구나."

아미라가 고개를 끄덕였다.

"자, 금화의 절반은 네 지참금으로 주마. 급할 때 도움이 될 돈은 반드시 있어야 하는 법이다. 금은 절대로 가치가 떨어지지 않지. 지참금으로는 딱 좋단다."

오마르는 딸에게 금화를 준 뒤에 흩어져 있는 구슬들을 자기 호주머니에 넣었다.

"퇴짜 맞은 구혼자들은 내가 관리하마."

그가 농담을 하며 웃었다.

"장에 가면 장사치들이 너도나도 눈독을 들일 게다."

아미라는 목에 건 목걸이를 옷 안으로 집어넣어 감추었다.

'이렇게 하면 쓸데없는 질문에 답하지 않아도 되겠지.'

"이제 유품을 정리했으니 새 천막 자리를 알아보도록 하자. 옛일은 옛일대로 잘 묻어 두는 게 좋아. 할머니도 조상들이 계신 곳에서 편히 쉬실 테니, 이제 우리도 생활을 해야지!"

그들은 샤이크의 천막 근처에서 새로 천막을 세우기 좋은 장소를 찾았다.

아미라는 온 힘을 다해 할머니를 잃은 슬픔을 떨쳐 냈다. 그리고 혼자 힘으로 살아갈 용기를 내려고 노력했다.

어느 날 아침 아미라는 천막 앞에 앉아 새 옷에 수를 놓고 있었다. 하지만 일에 집중할 수 없어 손이 자꾸만 멈추었다. 머릿속에서 칼릴, 탈랄, 나빌의 모습이 계속해서 떠올랐다. 아미라는 세 사람이 과연 이야기를 지어냈을지 무척 궁금했다.

'혹시 세 가지 이야기가 다 형편없으면 어쩌지? 반대로 세 이야기가 모두 마음에 들면 어쩌지?'

이런저런 생각에 머리가 어지러워서 결국에는 일을 할 마음이 사라지고 말았다. 아미라는 바느질감을 옆으로 치우고 눈을 감았다. 얼마쯤 지났을까. 갑자기 개 짖는 소리가 나서 아미라는 눈을 떴다.

아지자가 그녀 앞에 서 있었다.

"어머니가 집안일을 하시는 걸 도와 드리고 오는 길이야. 잠시 너랑 수다 떨 틈이 났어."

"와 줘서 고마워!"

아미라는 반갑게 친구를 맞았다.

"너희 천막은 늘 깔끔하구나!"

"우린 식구가 겨우 둘뿐이잖아."

아지자는 아미라 옆에 앉았다. 그러고는 불안한 표정으로 자꾸 주변을 둘러보았다. 손에 든 찻잔이 떨리고 있었다.

"왜 그러니, 아지자?"

아미라가 물었다. 아지자가 작은 목소리로 답했다.

"아미라, 너 비밀 지켜 줄 수 있니?"

아미라가 고개를 끄덕였다.

"너한테 고백할 게 있어. 하지만 정말 아무한테도 애기하지 않겠다고 약속해야 해."

"우리 할머니 넋에 대고 맹세할게."

아미라가 엄숙한 태도로 말했다.

"이제 애기해 봐."

아지자는 마음속에 묻어 둔 비밀을 털어놓았다.

"나 어제 저녁 라지크랑 마을 바깥에서 몰래 만났어."

"그래서? 어떻게 됐는데?"

"나한테 이 팔찌를 선물했어."

아지자는 호주머니에서 은팔찌를 꺼냈다.

"어머, 진짜 예쁘구나!"

"라지크가 아마 나한테 곧 청혼할 거 같아."

아지자는 아미라의 얼굴을 살피며 조심스레 말했다.

"정말 잘됐다! 축하해! 기분이 어때? 떨리고 그러니?"

아지자가 고개를 끄덕였다.

"어젯밤에는 한숨도 못 잤어!"

아미라는 친구한테 버터가 든 우유를 따라 주었다. 아지자는 단숨에 우유를 들이켰다. 두 친구는 서로 마주 보며 웃었다.

아지자의 눈에 아미라가 한쪽으로 밀어 두었던 바느질감이 들어왔다.

"무늬가 참 예쁘다. 결혼식 예복으로 딱이야!"

아미라는 어쩔 줄 몰라 하며 눈을 내리깔았다.

"우리는 친구지, 아미라? 난 아무도 모르는 내 비밀을 너한테 다 털어놓았는데……."

아지자는 아미라의 눈을 들여다보며 말을 이었다.

"아미라, 네 비밀 얘기는 어떻게 되어 가?"

아미라는 살며시 웃으며 답했다.

"아직 멀었어. 때가 되면 나도 네게 이야기할 수 있겠지. 하지만 지금은 아니야. 지금 난 그저 네가 신부 낙타를 타는 모습을 상상하는 것만으로도 신이 나는걸."

두 처녀는 이런저런 얘기로 조금 더 시간을 보냈다. 이윽고 아지자가 자리에서 일어나며 말했다.

198

"어머니한테 우물에서 물을 길어다 드리기로 했어. 알지? 그게 얼마나 시간이 오래 걸리는 일인지. 우리 당나귀는 늙고 등이 잔뜩 굽어서 느리기로 유명하잖아."

아지자는 장난스럽게 웃으며 아미라에게 손을 흔들었다. 아미라는 멀어져 가는 친구의 뒷모습을 물끄러미 쳐다보았다.

'아지자, 넌 좋겠다. 구혼자가 한 명이니까. 라지크한테만 마음을 쏟으면 되잖아. 나는 여전히 누굴 택해야 할지 모르겠어.'

아미라는 옷 안에 감춰 둔 구슬 목걸이를 매만졌다. 아미라의 입에서 깊은 한숨이 흘러나왔다.

칼릴—가슴의 친구

아미라에게 축복받은 땅 아라비아의 이야기를 해 주었던 칼릴은 권세 높은 부족 출신이었다.

칼릴의 부모는 첫아이 칼릴이 태어나기를 무려 일곱 해 동안 손꼽아 기다렸다. 그동안 부부는 용하다는 수도승이며 아기를 갖는 비법을 안다는 여인들을 부지런히 찾아다녔다.

칼릴의 어머니인 후다가 드디어 임신을 하고 배가 불러오기 시작하자 부부는 이루 말할 수 없이 기뻤다. 남편 무라드는 종종 아내의 배꼽 근처에 귀를 대고 칼릴이 움직이는 소리를 들었다.

"엄마 아빠는 네가 태어나기를 손꼽아 기다리고 있단다."

남편이 아이에게 속삭이는 모습을 보고 있노라면 아내는 흐뭇해졌다.

해산 날이 되자 무라드는 불안해서 어쩔 줄 몰랐다. 남자들의 천막에서 아이가 태어나기를 기다리는 동안 틈만 나면 산파에게 '손님이 어디쯤 와 있소?' 하고 외쳐 물었다.

다른 남자들이 그를 진정시키려고 했지. 누구도 무라드를 천막에 얌전히 앉힐 수 없었다. 무라드의 귀에는 아무 소리도 들리지 않았다.

"이 세상에 자네만 아빠가 되는 줄 아나?"

"한 대여섯은 낳아 봐야, 좀 담담해질걸."

드디어 산파가 나타났다.

"알라께서 당신께 아들을 선사하셨구려."

산파의 말에 무라드의 기쁨은 한없이 커졌다.

"고맙소, 당신의 두 손이 영원히 건강하길 빌겠소!"

무라드는 진심으로 감사하며 외쳤다.

"내 시장에 가면 당신께 옷 한 벌을 사서 선물해 드리리다."

무라드가 샤이크의 천막에서 사람들에게 대추야자를 나눠 주며 남자들에게 축하 인사를 받는 사이, 아기를 낳느라 고생한 산모는 산파의 보살핌을 받았다. 한 나이 든 아낙네가 갓 태어난 아기를 잘 씻겨 천으로 단단히 감쌌다.

"아주 잘생긴 녀석이네. 머리카락도 많이 났고, 몸도 튼튼해."

여인이 산모에게 축하의 말을 전했다.

"눈에는 반짝반짝 총기가 돈다우."

산파도 말을 거들며 갓난아기를 산모에게 안겼다.

"오래 기다린 보람이 있네그려. 자네는 이 아이 때문에 가슴 펴고 다니겠어."

이웃 천막에 사는 여자들이 선물을 가지고 후다를 찾아왔다. 한 여인은 닭고기 수프를 끓여 와서 내밀었다.

"이것 좀 들고 빨리 기운 차려요."

다른 여자는 꿀 한 단지를 후다의 머리맡에 놓았다.

"예지자 무하마드께서도 꿀을 가장 좋아했대요."

그러고는 아이를 쳐다보며 말을 이었다.

"이 꿀처럼 네 인생도 달콤하기만 하거라."

산모는 이웃의 인정에 고마움을 표했다. 후다는 어느 정도 기운을 차리자 아기에게 젖을 물렸다. 아기를 받느라 지친 산파는 차 한잔을 달게 마시면서 후다를 쳐다보았다.

"자네 아들은 엄마 젖에 매달려 떨어질 줄 모르는군. 가슴이 제 친구인 줄 아나 봐."

산파는 행복해하는 엄마와 아이를 보며 흐뭇하게 웃었다.

그사이 무라드는 어깨에 잔뜩 힘이 들어간 채 남자들 사이에 앉아 축하의 커피를 몇 잔이고 받아 마셨다. 그때 장로가 무라드에게 물었다.

"이제부터 자네를 뭐라 부르면 좋겠나?"

"칼릴의 아버지라고 불러 주십시오."

"칼릴이라…… 정말 부르기 좋은 이름이군."

샤이크가 맞장구를 쳤다.

산파는 무라드가 지은 아이 이름을 듣자 소리 내어 웃음을 터뜨렸다.

"칼릴…… 이름의 뜻이 친구라. 아주 딱 맞는 이름인걸! 엄마 가슴에 딱 붙은 가슴의 친구 말이야."

산파의 말은 정확히 들어맞았다. 칼릴은 젖에 딱 달라붙어서 자랐다. 아이는 아무리 배불리 먹어도 엄마 가슴에서 좀체로 입을 떼지 않았다. 억지로 아이를 떼 놓으면 온 마을이 떠나가라 큰 소리로 울어 댔기 때문에 하는 수 없이 엄마는 다시 아이에게 젖을 물려야 했다. 그러면 언제 그랬냐는 듯 울음을 뚝 그치고 기분 좋게 젖을 빨았다. 아이는 잠이 들었을 때만 잠깐 입에서 젖을 떼어 놓았다. 덕분에 밤이 되어도 후다와 무라드는 잠을 이루지 못했다.

무라드는 툭하면 불평을 했다.

"애가 버릇이 너무 나빠졌어! 당신이 이 녀석이 하자는 대로 다 해 주니까 이렇게 된 거라고!"

그러면 후다도 부아가 나서 대꾸했다.

"당신 말 참 쉽게 하는군요. 지금 가장 힘든 사람은 나라구요. 내 젖꼭지가 얼마나 아픈지 알기나 해요?"

"그럼 이제 젖을 좀 떼야 할 거 아냐? 이 녀석은 벌써 다 자란 숫염소 마냥 기운이 펄펄 넘친다구!"

"무슨 말이에요! 칼릴은 한참 어려요."

부부는 고대했던 아이를 얻었지만 막상 아이가 태어나자 아이 때문에 자주 다투었다. 날이 갈수록 칼릴의 부모는 점점 사이가 나빠졌다.

칼릴이 한 살이 되자 어머니는 젖을 떼어 보려 했다. 그러나 방법이 없었다. 가슴의 친구라고 불리는 칼릴은 좀처럼 염소젖이나 다른 음식을 먹으려 들지 않았다.

두 돌이 되어서도 칼릴은 고집을 꺾을 줄 몰랐다.

"이제 더는 못 하겠어! 이 녀석이 어미 기운을 남김없이 빨아먹고 있다고!"

어느 날 이웃 여인이 멀리서 찾아온 친척 아주머니에게 후다가 겪는 고충을 말하였다. 아주머니는 후다를 돕기 위해 꼬마 칼릴을 불러다 놓고 말했다.

"넌 벌써 다 컸단다. 세상에는 엄마 젖 말고도 맛있는 게 얼마나 많은 줄 몰라."

칼릴은 그 말을 듣더니 키득키득 웃음을 터뜨렸다. 벌어진 입 사이로 흰 이가 드러나 보였다.

"이렇게 튼튼한 이가 있으니 닭고기도 실컷 뜯어 먹을 수 있겠구나, 칼릴."

아주머니는 칼릴을 타이르는 한편, 후다에게도 충고했다.

"방법은 한 가지밖에 없수. 먼저 전갈을 한 마리 잡아야겠네."

후다가 의아한 표정을 짓자 아주머니는 빙그레 웃었다.

"작은 놈이면 돼. 해가 지고 날이 서늘해지면 한 마리쯤은 잡을 수 있을 거유."

그날 아주머니는 와디 근처에서 돌 밑에 숨어 있던 전갈 한 마리를 잡아 왔다. 부지깽이로 전갈을 집어 들고 천막으로 돌아와 불씨 위에 올렸다. 전갈이 다 구워지자 아주머니는 양념 빻는 절구에 넣고 곱게 갈았다.

아주머니는 흡족한 얼굴로 후다를 바라보았다.

"이제 옷섶 좀 열어 보우."

아주머니는 후다의 젖꼭지에 전갈 빻은 가루를 발랐다.

"이건 틀림없다우. 자, 꼬맹이한테 젖을 한번 물려 보구려!"

어른들이 하는 일을 미심쩍은 눈빛으로 쳐다보던 칼릴은 어물쩍거리며 엄마 젖에 입을 갖다 댔다. 다음 순간 칼릴은 오만상을 쓰며 입을 떼더니 침을 뱉었다.

"어디 또 젖을 먹어 보련?"

아주머니는 한번 더 칼릴을 떠봤다. 칼릴은 질세라 다시 젖꼭지를 물었다. 하지만 곧바로 입을 떼더니 큰 소리로 울기 시작했다.

엄마는 칼릴을 가슴에 꼭 품으며 말했다.

"대신 엄마가 맛있는 달걀을 줄게. 그리고 고소한 염소젖도 주고, 알았지?"

그날부터 칼릴은 좋든 싫든 염소젖에 입맛을 들여야 했다.

젖을 떼는 데는 성공했지만 후다와 무라드는 여전히 사이가 나빴다. 크고 작은 다툼이 반복되었고, 친척과 친구들이 둘을 화해시키려 노력했지만 소용이 없었다. 두 사람은 결코 한 발짝도 서로에게 양보하려 들지 않았다.

칼릴이 젖을 떼고 한 해가 지났을 즈음 무라드와 후다는 이혼하기로 했다.

샤이크의 천막에 모인 증인들 앞에서 무라드는 이혼 선언을 했다. 칼릴은 열네 살이 되기 전까지는 일단 어머니와 함께 살기로 했다. 나중에 나이가 차면 양쪽 부족 중에서 원하는 곳을 택하면 되었다.

후다는 나귀에 살림살이와 칼릴을 싣고 자기 부족으로 돌아갔다. 친정 식구들은 후다가 살 천막을 세우는 것을 도와주었다.

칼릴은 이때부터 어머니 곁에서 자랐다. 후다에게는 아들이 전부였다. 이혼녀 후다에게 관심을 보이는 남자들도 꽤 있었지만 그녀는 어떠한 청혼도 마다했다.

칼릴은 아무런 부족함 없이 영리하고 활기찬 소년으로 자랐다. 열 살이 되었을 때 벌써 외삼촌의 염소들을 데리고 혼자 목초지로 나갈 만큼 야무진 아이였다. 외삼촌은 염소를 돌보는 대가로 새로 태어나는 새끼 염소의 사분의 일을 칼릴에게 주었다. 후다는 아들이 얻은 염소 가운데 숫염소를 장에 내다 팔아 그 돈으로 살림에 필요한 물건들을 샀다. 암컷은 새끼를 치기 위해 팔지 않았다.

열여섯 살이 되던 해, 칼릴은 벌써 염소 한 무리를 거느린 어엿한 주인이 되어 있었다. 그때부터 칼릴은 자기 염소 떼를 데리고 들판으로 나갔다.

어머니는 아들이 무척 자랑스러웠다. 그래서 틈만 나면 아들을 칭찬했다. 하지만 아들이 말을 듣지 않고 자기 뜻을 거스를 때면 '가슴의 친구'라는 옛 별명을 부르며 놀렸다.

칼릴은 음악에 뛰어난 재능을 보였다. 한 늙은 염소치기가 그에게 피리 부는 법을 가르쳐 주자 칼릴은 들판에서 염소를 지키는 지루한 시간 동안 몇 번이고 반복해서 피리를 연습했다. 어느덧 칼릴은 매우 아름다운 음악을 연주하게 되었다.

염소들도 그의 피리 소리에 익숙해졌다. 해질 무렵 칼릴이 피리를 불면 염소들은 이제 돌아갈 시간이라는 것을 알고 그의 곁으로 몰려들었다. 칼릴이 피리를 불며 앞장서고 그 뒤를 숫염소가 따라가면 나머지 암염소들이 무리를 지어 움직였다.

어느 날 칼릴은 여느 때처럼 염소들을 들판에 풀어 놓고 꽃밭 한 가운데 있는 바위에 걸터앉아 피리를 집어 들었다. 그는 오래 전부터 목동들이 불어 온 유명한 곡들을 연이어 불었다.

꽤 오랫동안 피리를 불고서 입에서 내려놓았을 때, 칼릴은 자기 옆에 낯선 사내가 앉아 있는 것을 보았다. 피리 불기에 열중한 나머지 누가 가까이 온 줄도 몰랐던 것이다.

사내가 먼저 말을 걸었다.

"자네 피리 소리가 나를 여기까지 이끌었다네."

"누구십니까?"

칼릴이 물었다.

"지나는 길손일세."

사내는 짤막하게 대답하고는 가방에서 석류 한 알을 꺼내 칼릴에게 건넸다.

"자, 훌륭한 음악가에게 주는 선물일세."

칼릴이 열매를 받아 들자 그가 말을 이었다.

"평소에도 이곳을 종종 지나다니지. 그때마다 나한테 음악을 들려주면 나도 보답을 함세."

칼릴은 호기심에 사내에게 말을 걸어 어디 출신인지 알아내려 했지만 낯선 사내는 자신이 누구인지 밝히려 들지 않았다.

우연한 만남이 있고 나서 보름달이 두 빈 더 뜨고 진 뒤, 두 번째 이야기를 지어 달라는 아미라의 뜻이 칼릴에게 전해졌다. 칼릴은 어깨가 축 처졌다. 아침이 되도록 눈 한 번 못 붙이고 밤을 새우는 일이 잦아졌다.

너른 들판에서 염소들이 한가로이 풀을 뜯으며 배를 채우는 동안 칼릴은 골똘히 생각에 잠겼다. 아미라가 자신을 선택하리라고 단단히 믿었건만, 또다시 기다려야 하다니! 칼릴은 어지러운 마음을 달래려고 피리를 불기 시작했다.

그때 지난 번 만났던 낯선 사내가 나타났다. 이번에는 노새를 끌고 있었다.

"악사 양반, 안녕하신가."

사내는 멀리서부터 칼릴을 향해 인사를 건넸다.

사내는 가까이 다가와 칼릴 곁에 자리를 잡고 앉았다. 그는 칼릴이 부는 피리 소리에 마음을 빼앗긴 듯 열심히 들었다. 곡이 끝나자 그는 노새의 안장주머니에서 옷 한 벌을 꺼내 칼릴에게 건네주었다.

칼릴은 눈이 부실 만큼 윤이 나는 천을 손으로 어루만졌다.

"왕족들이나 입는 옷이군요."

칼릴은 옷을 걸치고는 몸을 이리저리 둘러보며 좋아했다. 사내도 그 모습을 보고 장단을 맞추며 칭찬했다.

"그러게, 꼭 옛날이야기에 나오는 왕자처럼 보이는구려. 자네에게 반하지 않을 처녀가 없겠어!"

"휴……."

칼릴의 가슴에서 한숨이 새어 나왔다.

"왜 마음에 둔 처자라도 있나?"

칼릴은 쑥스러워하며 입을 다물었다.

"나한테 노래 한 곡을 더 연주해 주게."

칼릴은 고개를 끄덕이고 나서 다시 피리를 입에 가져갔다.

"자네 피리 소리가 오늘은 좀 다르구만. 뭔가 안 좋은 일이라도 있는 겐가?"

사내는 슬쩍 칼릴을 떠보았다.

"오늘은 정신을 한곳에 집중하기가 힘들어요."

"어떤 일인지 나한테 얘기해 보게."

칼릴은 말없이 고개를 저었다. 아미라의 모습이 눈앞에 어른거렸다.

사내는 자기 호주머니에서 처음 보는 과일을 하나 꺼내 들었다.

"이 열매는 슬픔을 쫓아 준다네. 이걸 좀 먹어 보게. 기분이 훨씬 나아질 걸세."

칼릴은 과일을 받아들고 한입 깨물었다. 몇 초도 지나지 않아

몸이 납덩이처럼 무거워졌다. 손에 들고 있던 피리가 툭 떨어졌다. 칼릴은 깊은 잠에 빠지고 말았다.

낯선 사내는 피리를 주워 들고, 쓰러진 칼릴을 노새에 싣더니 소리 없이 그곳을 떠났다.

그날 저녁 후다는 아들이 돌아오기를 애타게 기다렸다. 처음에는 칼릴이 염소 떼를 몰고 먼 곳까지 나갔나 보다 생각했지만, 다른 염소치기들이 모두 마을로 돌아오고 한참이 지나도록 칼릴이 보이지 않자 걱정이 되기 시작했다.

후다는 염소를 끌고 부모님의 천막으로 돌아온 한 소녀에게 물었다.

"내 아들을 못 봤니?"

"아침에 나가면서는 봤지만 우물 근처에서 헤어진 다음부터는 못 봤어요, 아주머니."

후다는 샤이크의 천막을 찾아 걱정을 털어놓았다. 곧 세 남자가 수색에 나서기로 했다. 그들은 발 빠른 낙타를 타고 염소치기들이 잘 가는 목초지를 둘러보러 떠났다.

수색대는 와디를 지나고 언덕을 넘어 평야를 훑었다. 하지만 어디에서도 칼릴과 염소 떼의 흔적은 보이지 않았다.

"땅에 구멍이라도 났나."

수색대 가운데 한 사람이 어리둥절해하며 말했다.

사방은 한없이 조용했고 멀리서 늑대 울음 소리만 아득하게 들려왔다.

"돌아가세."

수색대 중에서 가장 나이 많은 사내가 말했다.

"날이 밝으면 뭔가 찾을 수 있을 걸세. 어두운 밤에는 도무지 방법이 없어."

낙심한 수색대는 터덜터덜 마을로 향했다. 그렇게 반쯤 왔을 때, 갈피를 못 잡고 우왕좌왕하는 큰 염소 떼가 보였다.

수색꾼 한 사람이 낙타에서 내려 염소에 찍힌 낙인을 달빛에 비춰 보았다.

"칼릴의 염소들이에요! 그런데 목동은 왜 보이지 않는 거지?"

가장 젊은 수색꾼이 낙타 등 위에 올라서서 큰 소리로 칼릴의 이름을 불렀다.

"칼릴! 칼릴!"

그러나 하릴없는 메아리만 되돌아왔다. 하는 수 없이 수색대는 염소 떼를 몰아 마을로 돌아왔다.

후다는 안절부절못하며 수색대를 기다리고 있다가 그들이 나타나자 정신없이 물었다.

"제 아들은 어디 있나요?"

수색대의 우두머리가 후다를 달래었다.

"칼릴은 용감한 젊은이오. 여기 일단은 염소들을 찾아왔소. 날이 밝으면 즉시 칼릴을 찾으러 다시 떠날 테니 염려 말고 천막으로 돌아가 쉬어요."

"대체 무슨 일일까요? 강도가 그 아이를 덮친 건 아닐까요?"

후다의 불안한 마음은 좀체 가라앉지 않았다.

"강도들이었다면 짐승들을 끌고 갔을 겁니다."

샤이크가 걱정에 휩싸인 후다를 조금이나마 안심시켰다.

다음 날 희뿌옇게 동이 트자 사내들은 낙타를 타고 다시 수색에 나섰다. 아침 해가 밝아 오는 가운데 그들은 드넓은 초원을 이 잡듯 샅샅이 뒤졌다. 그러다 어느 언덕 기슭에서 수색대의 우두머리가 무언가를 발견하고 낙타를 멈추었다.

"여기 발자국이 있군. 칼릴의 샌들 자국이 틀림없어."

"여기에 얼마 안 된 염소 똥도 있어요."

다른 사내가 덧붙였다. 그 주변을 더 살피자 노새 한 마리가 지나간 자국도 보였다.

"칼릴한테는 노새가 없는데……."

어떤 이가 기억을 더듬었다. 그때 누군가 또 다른 것을 발견하고서 다른 이들을 소리 높여 불렀다.

"여기 처음 보는 열매 껍질이 있소!"

우두머리는 껍질을 들고 냄새를 맡더니 이내 코를 찡그렸다.

"냄새가 이상하군. 대체 무슨 과일인지 감이 안 잡혀."

얼마 안 가 사람의 흔적은 더 이상 나타나지 않았다. 대신 노새의 발자국만 선명하게 모래 위에 찍혀 있었다. 수색대는 그 발자국을 따라갔다. 하지만 돌이 많은 비탈이 나오는 바람에 더 이상 발자국을 따라잡기 어렵게 되었다. 수색대는 또다시 빈손으로 돌아와야 했다.

결국 후다는 큰 소리로 울부짖으며 주저앉았다.

"내 아들! 내 아들! 내 하나뿐인 아들이 없어졌구나!"

후다의 오빠는 누이를 위로하려고 애썼다.

"아직 사흘도 지나지 않았으니 희망을 버리면 안 된다. 어쩌면 늑대들이 나타나 동굴 안에 피신해 있는지도 모르잖니. 칼릴은 똑똑한 아이니 염려 말거라."

하지만 어머니의 슬픔은 가시지 않았다. 후다는 지푸라기라도 잡는 심정으로 이웃 부족에 사는 점쟁이를 찾아갔다.

"어제부터 내 아들이 행방불명이에요. 들판에 염소를 데리고 나갔다가 돌아오지 않았어요. 어쩐 일인지 몰라 미칠 것만 같아요!"

후다는 점쟁이에게 사정을 말했다.

"당신의 팔찌를 줘 보시오."

점쟁이는 후다의 팔찌를 받고서 천막 구석으로 물러앉았다.

"여기서 조금만 기다려 봐요."

두 손으로 팔찌를 움켜쥔 점쟁이는 눈을 감더니 혼자 중얼거리기 시작했다.

후다는 양탄자 위에 앉아서 안절부절못하며 점괘가 나오기를 기다렸다. 심장이 너무 세게 두근거려 견디기 힘들 지경이었다. 영원히 멈춘 것 같은 침묵의 시간은 더디게 흘러갔다.

마침내 점쟁이가 자리에서 일어나 후다 쪽으로 다가왔다. 땀에 흠뻑 젖은 그녀의 얼굴은 새빨갰다.

"당신 아들은 아직 살아 있소. 지금은 위험에 처해 있지만 그에겐 용기 있는 가슴이 있으니 며칠 안으로 돌아올 거요."

점쟁이는 팔찌를 후다에게 내밀었다. 후다는 손을 저었다.

"그냥 가지도록 해요. 당신이 언제나 진실을 말할 수 있도록 알라께서 주신 거라 여기구려."

후다가 점쟁이에게서 들은 이야기를 마을 사람들에게 전하고 있을 때, 칼릴은 깊은 잠에 빠져 있었다. 사흘이 지나서야 그는 잠에서 깨어났다.

"여긴 어디지?"

칼릴은 눈을 뜨자마자 소리쳤다.

"내 동굴 안이다."

어디선가 굵은 음성이 들려왔다. 사방은 어두컴컴했고 바위틈으로 가느다란 빛 줄기가 새어 들어오고 있었다.

칼릴은 눈앞에 있는 사람이 낯선 사내라는 것을 깨달았다.

"왜 내가 여기 있는 거요? 내 염소들은 어찌한 게요?

"풀밭에 있겠지."

사내가 싱긋 웃었다. 칼릴은 나가는 곳을 찾아보려 했지만 소용없었다.

"애쓰지 마라. 아무리 해도 출구는 못 찾을 테니까."

사내가 칼릴의 마음을 읽고 말했다. 칼릴은 이마에 맺힌 땀방울을 문질러 닦았다.

"당신은 누구요? 나한테 뭘 바라는 거요?"

사내는 그저 웃기만 했다.

"내가 당신한테 붙잡힐 만한 짓이라도 했습니까?"

칼릴은 떨리는 입술로 더듬거리며 다시 물었다.

"나는 네 피리 소리가 좋다. 나한테 음악을 연주해 다오!"

칼릴은 고개를 저었다. 그러자 사내는 몸을 일으키며 말했다.

"잘 생각해라! 나는 너를 뱀으로 만들어 버릴 수도 있어. 그렇지만 너한테 굳이 해를 끼칠 생각은 없다."

그러고는 칼릴에게 물동이를 내밀었다.

"내게 피리를 불어 주면 특별히 나쁜 일은 없을 게다."

칼릴은 하는 수 없이 악기를 손에 들고 구슬픈 가락을 연주했다. 연주를 마치고 고개를 드니 사내는 어느새 보이지 않았다.

칼릴은 어머니가 걱정되었다. 지금쯤 자기 때문에 몹시 슬퍼할 게 분명했다.

'어머니의 심장이 산산조각 났을 거야!'

그의 눈에서 눈물이 흘러내렸다.

"내 염소들! 몇 년 동안이나 정성 들여 키웠는데 한순간에 승냥이의 먹이가 되어 버렸겠구나. 불행은 한꺼번에 닥친다더니!"

그렇게 여러 날이 흘렀다. 사내는 저녁마다 찾아와 피리를 불라고 명령했다. 칼릴은 내키지 않았지만 죽고 사는 것이 사내의 손에 달렸다고 생각하니 어쩔 수 없었다.

그 와중에도 아미라의 모습이 불쑥불쑥 눈앞에 떠올랐다. 칼릴은 신부 천막에서 아리따운 아미라가 자신을 기다리는 꿈을 꾸기도 했다. 아미라한테 이야기를 하나 더 해 주어야 한다는 생각이 났지만, 도무지 아무것도 떠올릴 수 없었다.

"시간이야 차고 넘칠 듯 많지만 이런 으슥한 동굴 안에 갇힌 채 무슨 생각을 한단 말인가. 어떻게든 출구를 찾아야 할 텐데."

칼릴은 피리 연주로 수상한 사내를 구워삶아야겠다고 결심했다. 그날부터 더욱 공들여 피리를 불었고, 도망갈 생각을 버린 것처럼 보이려고 노력했다.

어느 날 저녁 칼릴은 사내가 동굴 입구를 판석 한 장으로 대충 가려 놓았다는 사실을 눈치챘다. 넓게 벌어진 틈 사이로 달빛이 환하게 새어 들어왔다. 칼릴은 모른 척 피리를 불기 시작했다.

"오늘따라 소리가 무척 아름답군!"

사내는 칭찬을 아끼지 않았다. 그는 음악에 푹 빠져서 다리를 뻗고 팔로 몸을 받쳤다. 칼릴은 혼신을 다해 피리를 불었다.

두 번째 곡이 끝나자 작게 코 고는 소리가 들렸다. 일부러 여리고 조용한 곡조를 불자 코 고는 소리는 더욱 커졌다.

칼릴은 가슴이 뛰기 시작했다. 그는 발소리를 죽여 가며 조심스레 동굴 입구로 기어갔다. 그리고 온 힘을 다해 판석을 옆으로 밀쳤다. 드디어 바깥 세상에 발을 내디뎠다. 오랜만에 맛보는 신선한 공기를 가슴 깊이 들이마신 칼릴은 최대한 빨리 그곳에서 도망쳤다.

얼마쯤 그렇게 달렸을까, 칼릴은 조금씩 지치기 시작했다. 숨을 돌리려고 튀어나온 바위 위에 주저앉아 둘러보니 주변은 너무나 황량했다.

'가도 가도 끝이 없는 황무지로군! 어쨌든 사내가 잠에서 깨기 전에 되도록 멀리 달아나야 해!'

칼릴은 암벽을 타고 와디를 건너고 언덕을 오르면서 잠시도 발을 멈추지 않았다. 어느새 달이 등 뒤에 와 있었다. 언덕에 올라 그는 한 번 더 휴식을 취했다.

'어디로 가고 있는지 감을 잡을 수 있다면 좋을 텐데!'

그가 있는 곳은 오래된 폐허였다. 칼릴은 여기서 밤을 보내기로 마음먹었다. 발이 욱신거리고 목구멍이 칼칼했다. 숨을 헐떡이며 무너진 담벼락 위로 기어 올라갔다. 무너진 벽에 등을 기댄 채 숨을 가다듬으며 칼릴은 두 눈을 감았다. 깜빡 잠이 들었다 싶었는데 문득 오래전에 할머니가 하신 말씀이 떠올랐다.

'폐허에는 귀신과 악령들이 산단다.'

갑자기 무서워진 칼릴은 벌떡 몸을 일으켰다.

그때 폐허 귀퉁이에 떨어진 낙타 똥이 눈에 띄었다. 똥을 살펴보니 낙타가 지나간 지 얼마 되지 않은 듯했다. 칼릴의 마음에 희망이 솟아났다.

'여기서 멀지 않은 곳에 낙타가 있을 거야.'

어쩌면 이 폐허는 카라반들이 묵는 여관이 있던 자리였을지도 모른다는 생각이 스쳐 지나갔다. 칼릴은 주변에 난 발자국을 찾기 시작했다.

그러다 낙타의 발굽 자국이 눈에 띄자 칼릴은 말할 수 없이 기뻤다. 그길로 카라반의 흔적을 쫓았다. 달이 높게 올랐을 즈음 멀리서 타오르는 불빛이 보였다.

"카라반의 야영지다!"

가는 길은 꽤 힘했다. 연거푸 돌에 걸려 비틀거리고 땅바닥에 무릎을 찧었다. 칼릴은 마지막 남은 힘을 짜내어 발걸음을 옮겼다. 드디어 카라반의 모닥불이 가까이 보이자 칼릴은 바닥에 납작하게 엎드려 귀를 기울였다. 낙타가 주둥이를 푸르르 떠는 소리가 조금씩 들려왔다. 그러나 사람의 모습은 보이지 않았다.

칼릴은 네 발로 기어서 불빛 쪽으로 더 다가갔다. 고개를 더 내밀려는 찰나 투박한 손 하나가 그의 목덜미를 움켜쥐었다. 칼릴은 숨이 콱 막혔다.

"누구냐? 도둑놈이냐?"

한 사내의 목소리가 들렸다.

"아니요!"

칼릴은 간이 콩알만 해져서 간신히 대답했다.

"길을 잃었습니다!"

"따라 와!"

사내는 칼릴을 움켜쥔 채로 끌고 갔다. 그러고는 불 앞으로 칼릴을 내던지다시피 했다. 불 가에 앉아 있던 사람 여럿이 자리에서 일어났다.

"밧줄 좀 갖다 주게! 도둑을 잡았어!"

칼릴을 끌고 온 사내가 외쳤다.

남자들이 칼릴의 손과 발을 꽁꽁 묶었다. 카라반의 우두머리는 마른 섶을 얹어 불을 키우고는 그 빛으로 겁먹은 칼릴의 행색을 살펴보았다.

"혼자인가 아니면 일행이 또 있는가?"

"혼자입니다."

칼릴이 답했다.

"도둑놈입니다! 몰래 기어서 오는 걸 제가 붙잡았습니다."

보초를 서다가 칼릴을 발견한 사내가 말했다.

우두머리는 칼릴이 입은 비단옷을 유심히 바라보았다.

"도둑으로는 안 보이는데……. 오히려 동화 속에 나오는 왕자 같아 보이는군."

"변장을 했겠지요."

보초를 선 사내가 나섰다.

"물 좀 주세요. 목이 말라 죽을 지경입니다."

칼릴이 애원하자 우두머리는 물 부대를 주었다.

"도적 떼의 첩자일 겁니다!"

보초는 의심을 거두지 않았다.

"아닙니다! 아니에요!"

칼릴은 필사적으로 부인했다.

"그 비단옷은 어디서 났지?"

우두머리가 칼릴에게 물었다.

"얘기하자면 깁니다."

칼릴은 지금까지 있었던 일을 모두 설명했다. 보초는 눈을 크게 뜨고 칼릴을 쳐다보았다.

"우리에게 그 동굴을 보여 줄 수 있겠나?"

우두머리가 다시 물었다. 칼릴은 고개를 저었다.

"전 이곳 지리를 하나도 모릅니다. 여기까지 오는 동안 길을 살피며 오지도 않았고요."

무리는 두 편으로 나뉘었다. 한쪽은 칼릴의 말을 믿어 주자는 사람들이었고, 다른 쪽은 도무지 의심스럽다는 쪽이었다.

"날이 밝으면 모든 게 드러나겠지. 우선 오늘 밤엔 불침번을 두 명으로 늘리기로 함세."

우두머리가 일단락을 지었다.

그렇게 밤이 지나고 조용히 날이 밝자 우두머리는 칼릴을 풀어 주라고 명령했다.

"일행이 없다는 말은 맞는 것 같군. 자네는 어느 부족인가?"

"튀아하 족입니다."

"혼자서는 자네 부족의 땅으로 돌아갈 수 없을 걸세. 탈 짐승도 없으니 말이야. 일단 우리 카라반을 따라다니게나. 자네 같은 젊은이가 있으면 나도 이것저것 일을 시킬 수 있어 편할 테고."

그제야 칼릴은 안도의 한숨을 쉬었다.

낙타에 짐을 모두 싣자 카라반은 길을 떠났다. 칼릴은 낙타가 모두 마흔 마리나 되는 것을 보고 궁금해서 옆에 가던 사내에게 물었다.

"짐 속에 뭐가 들었나요?"

"곡식이야."

"우리는 앞으로 얼마나 더 가야 됩니까?"

"멀리, 아주 멀리."

칼릴이 들은 대답은 그게 다였다.

한낮 더위가 기승을 부릴쯤이 되면 카라반은 쉬었고, 해가 서서히 기울어 열기가 식어 가면 어두워질 때까지 부지런히 걸었다.

칼릴은 성실한 일꾼으로 인정받았다. 카라반 우두머리가 농담조로 '내가 늙으면 자네가 내 뒤를 이어도 되겠구먼.' 이라고 말할 정도로 신임을 얻었다.

그러면 칼릴은 이런 말로 대꾸했다.

"고맙지만 사양하겠습니다. 어르신 직업은 노상 돌아다녀야 하지 않습니까. 저는 그냥 염소치기로 지내는 게 더 좋아요."

우두머리는 고개를 끄덕였다.

"자네가 옳아. 내 마누라는 내가 곁에 없다고 늘 불만이거든."

그 말에 칼릴은 아미라가 생각나 가슴이 쓰렸다.

"시간은 자꾸만 흘러가는데 나는 아무것도 생각해 낸 것이 없으니 큰일이구나……."

어느 날 저녁 카라반은 와디에서 야영을 준비했다. 그들이 지나는 곳은 무척 메마른 땅이어서 낙타들은 마른 풀 몇 포기만 간신히 뜯을 수 있었다. 사람이든 동물이든 무척 지쳐 있었다.

"사흘 뒤면 오아시스에 도착할 걸세."

우두머리는 일행을 격려했다.

다음 날 새벽, 우두머리는 아침 기도를 올리기 위해 염소 가죽으로 만든 물 부대를 집어 들었다. 그런데 물 부대가 텅 비어 있었다.

"이상하군. 어제 물을 많이 마시지도 않았는데."

그는 의아해하며 다른 물 부대를 들어 올렸다. 그러나 그것 역시 빈 자루였다.

대장은 화가 나서 외쳤다.

"물! 물을 다오! 물 없나?"

사람들은 깜짝 놀라 잠에서 깨었다. 보초가 달려왔다.

"어젯밤까지만 해도 분명 물 부대가 꽉 차 있었는데요."

그러고는 칼릴을 의심스러운 눈초리로 쏘아보았다.

"혹시 네가 한 짓이 아니야?"

칼릴은 펄쩍 뛰었다.

"사막에서 물은 곧 목숨입니다! 그런 걸 갖고 장난칠 사람이 어디 있단 말입니까?"

"저 젊은이를 괴롭히지 말게. 내가 보증하지!"

우두머리는 두 사람을 말렸다. 그러고는 빈 물 부대를 들어 올리며 고개를 갸우뚱거렸다.

"마개는 잘 닫혀 있어. 아무래도 다른 데서 물이 샌 것 같군."

"어떻게 그런 일이 있을 수 있습니까? 이 염소 가죽은 새것인데요!"

한 사내가 끼어들었다.

우두머리는 물 부대를 자세히 살펴보았다. 물 부대에는 작은 구멍들이 숭숭 뚫려 있었다. 그는 보초에게 눈을 돌리며 성난 표정으로 물었다.

"자네 잠이라도 들었던 건가?"

"제가 잠을요?"

보초는 말문이 막히는 듯 되물었다.

"제가 이 녀석을 잡아 온 게 기억나지 않으십니까? 우리 주변에는 사람 그림자 하나도 얼씬거리지 않았단 말입니다!"

꼼꼼히 주변을 살핀 우두머리는 모래땅 위의 한곳을 가리키며 큰 소리로 외쳤다.

"이게 망할 놈의 범인이었군!"

"여우들 짓이야! 이 발자국을 좀 봐. 이렇게 선명한데 헷갈릴 수가 없지!"

그는 다시 한 번 물 부대에 난 구멍을 들여다 보았다.

"이놈들이 우리 물 부대를 이 지경으로 만들어 놨군. 이빨 자국이 나 있잖나."

우두머리가 책망하는 눈길로 보초를 노려보았다. 그러자 보초는 어깨를 움츠리며 변명을 해 댔다.

"전 도둑들이 오나 망을 보라는 명을 받았지, 소리도 안 내고 다가오는 여우 새끼들을 감시하라는 소리는 못 들었어요."

"그러니까 여우들이 아무런 방해도 받지 않고 마음대로 왔다가 마음대로 가 버렸군. 그리고 물은 몽땅 사라져 버리고."

한 사내가 화를 터뜨렸다.

우두머리는 당장 떠날 채비를 하라고 일렀다.

"어서 낙타를 준비하게. 이렇게 됐으니 조금도 시간을 낭비해서는 안 돼!"

카라반은 무거운 분위기로 길을 떠났다. 잠시도 쉬지 않고 나아가다 무더위가 덮칠 즈음이 되어서야 겨우 휴식을 취했다. 분위기는 갈수록 험악해졌다.

"우리가 낙타도 아닌데 물 없이 사흘을 어떻게 버틴단 말야?"

여기저기서 불만이 터져 나왔다.

우두머리는 일행을 다독였다.

"오늘 저녁에는 좋든 싫든 낙타를 한 마리 잡아야겠네."

결국 낙타 한 마리가 사람들을 위해 목숨을 잃었다. 우두머리는 낙타의 배를 가르고 위에 고여 있던 물을 마셨다. 칼릴도 차례가 되어 물을 마시려고 했지만 심한 구역질이 올라왔다.

"마시지 않으면 죽을 걸세. 나라고 좋아서 이 물을 마시겠나?"

우두머리가 칼릴을 꾸짖었다.

칼릴은 손으로 코를 쥐고 구역질을 참으며 겨우 몇 모금을 마셨다. 구운 낙타 고기가 저녁으로 나왔지만 이미 식욕이 싹 사라져 손도 대지 않았다.

셋째 날 카라반은 드디어 오아시스에 다다랐다. 목이 말라서 미칠 지경이었던 사람들은 바위틈에서 흘러나온 물속으로 첨벙첨벙 뛰어들었다. 칼릴도 태어나서 그토록 맛있게 물을 마신 적이 없을 정도로 달게 물을 들이켰다.

우두머리는 구멍 난 물 부대를 꿰맨 뒤 신선한 샘물을 가득 담았다.

"이 정도면 페트라까지 무사히 갈 수 있을 거야."

보초는 앞으로 물 부대에서 눈을 떼지 않고 철저히 지키겠다고 약속했다.

며칠 뒤 길게 늘어선 암벽이 먼 지평선 위에 나타났다.

"거의 다 왔어. 저 암벽 뒤가 페트라야."

우두머리가 일행에게 알려 주었다.

바위 절벽을 깎아 만든 신전 가운데 파라오의 보물 창고가 서 있었다. 그 앞에서 온갖 거래가 왁자지껄하게 이루어졌다. 상인들이며 손님들은 정신없이 물건을 사고팔았다. 카라반을 이끄는 우두머리들은 함께 장사를 다닐 사람들을 찾았고, 다른 이들은 싣고 온 물건을 살 사람을 열심히 찾아다녔다. 오랫동안 황량한 사막만 다니며 한적하게 지내다가 갑자기 화려한 도시의 분위기를 접하자 칼릴은 완전히 넋을 잃고 말았다.

저녁이 되자 카라반 우두머리가 칼릴을 불렀다.

"이제 다들 흩어질 때가 됐네. 시장에서 물어보니 내일 가자로 가는 카라반이 있다고 하더군. 그 카라반을 따라가게나. 거기 우두머리한테 자네가 얼마나 부지런한지 잘 설명해 뒀네."

그는 칼릴의 등을 두드리며 다시 말을 이었다.

"그 카라반을 따라가다 보면 자네 부족이 사는 마을 근처를 지나칠 걸세."

칼릴은 몇 번이고 감사 인사를 했다. 그날 밤 집을 떠난 뒤 처음으로 편안히 잠들 수 있었다.

우두머리가 소개해 준 카라반을 따라 이레를 여행한 끝에 칼릴은 드디어 낯익은 땅에 들어섰다. 오랜 여행으로 발이 무척 아팠지만 발걸음은 나는 듯이 빨라졌다.

잘 아는 목초지가 눈에 들어오자 칼릴은 카라반과 헤어졌다. 그러고는 최대한 빨리 발을 놀려 마을로 향했다. 우물이 나타나자 온몸에 켜켜이 쌓인 먼지를 씻어 냈다.

놀고 있던 아이들이 어머니의 천막으로 서둘러 걸어가는 칼릴을 처음으로 발견했다.

"칼릴이다! 칼릴이 돌아왔다!"

아이들은 한목소리로 외쳤다.

반죽을 빚고 있던 후다는 아이들의 외침을 듣자 모든 걸 내팽개치고 밖으로 뛰어나왔다. 칼릴은 어머니의 품속으로 곧장 뛰어들었다.

"칼릴! 내 눈동자야!"

후다는 흐느껴 울었다. 이웃 천막들에서 부족 사람들이 달려 나와 칼릴을 반갑게 맞았다. 샤이크는 악수를 청하며 인사를 건넸다.

"알라께서 고맙게도 자네를 무사히 지켜 주셨군!"

"내 눈동자야, 대체 어디 있었느냐?"

어머니가 물었다.

"여기저기 돌아다녔어요."

후다는 아들을 몇 번이고 꼭 껴안았다. 칼릴은 자기가 겪은 일을 하나도 남김없이 이야기했다. 사람들은 칼릴의 이야기에 넋을 잃었다.

부족의 장로가 절레절레 고개를 흔들었다.

"이런, 젊은이. 자네 목숨이 한두 개가 아니로군!"

"조상님이 지켜 주신 덕분이야."

샤이크가 말을 보탰다.

칼릴의 귀환을 축하하는 성대한 잔치가 열렸다. 손님들의 발길이 끊이질 않았고, 그때마다 칼릴도 모험담을 되풀이해야 했다.

재회의 흥분이 가라앉자 칼릴은 자기 염소들이 어떻게 되었는지 궁금해졌다.

"수색대가 네 염소들을 찾아냈단다. 지금까지 네 외삼촌이 자기 염소들하고 함께 풀을 먹였단다."

어머니가 일러 주었다.

"내일 당장 다시 들에 나가겠어요."

칼릴은 뿌듯한 마음으로 말했다.

"새 목초지를 찾아야겠어요. 예전 그곳에는 다시는 발도 들여놓기 싫어요!"

집에 다시 돌아온 염소치기 칼릴은 넘쳐흐르는 행복감을 주체할 길이 없었다.

시간이 흐르면서 낯선 사내에 대한 악몽도 조금씩 사라졌다. 대신 혈기 왕성한 청년 칼릴은 아미라에 대한 걱정에 빠져들었다.

시간은 많이 지나가 버렸는데 아무리 머리를 쥐어짜도 도무지 재미난 이야기가 떠오르지 않았다.

어머니는 아들이 고민에 빠진 것을 알아차렸다.

"칼릴, 내 눈동자야. 대체 무슨 일 때문에 그렇게 힘들어하는 거냐? 아직도 동굴에서 있었던 일 때문에 괴로운 거니?"

어머니는 아들이 안쓰러워 물었다. 하지만 칼릴은 아무 대답도 하질 않았다.

밤이 되어 칼릴은 이부자리에 누웠지만 좀처럼 잠이 오지 않았다. 그는 답이 쏟아져 내리기라도 할 듯이 천막 천장에 난 구멍을 뚫어져라 바라보았다. 별이 총총히 박힌 밤하늘이 무심하게 칼릴의 이마를 내려다보았다.

칼릴은 밥도 잘 먹지 않았다. 온종일 불평만 늘어놓고 뭐든 시큰둥하게 대했다. 후다는 안 되겠다 싶어 아들에게 다시 물었다.

"애, 칼릴. 너 뭘 좀 먹어야지."

"배 안 고파요."

"계속 그렇게 안 먹으면 병이 나고 말 거야."

어머니는 아들을 타이르며 무슨 일이냐고 끈질기게 물었다. 칼릴은 어쩔 수 없이 아미라에 대한 이야기를 털어놓았다. 어머니가 이제 알았다는 듯 고개를 끄덕였다.

"알았다, 너 사랑에 빠진 게로구나. 그게 네 병이었어."

"그리고 그 병을 고칠 약은 한없이 비싸기만 해요."

칼릴이 탄식했다.

"무슨 말이니?"

어머니는 다시 물었다.

"신부 대금을 마련할 길이 없어요."

그러자 어머니는 정색을 하며 말했다.

"우리한테는 염소도 많고, 급하면 네 외삼촌도 틀림없이 도움을 줄 거야."

칼릴은 고개를 저으며 말했다.

"염소나 낙타 얘기가 아니에요. 아미라는 신부 대금으로 이야기를 해 달래요."

"그럼 이야기를 지어서 들려주면 되잖니?"

"하지만 아무 생각도 안 나는 걸요."

칼릴은 절망적인 표정으로 어머니를 보았다.

"어머니, 아미라를 며느리로 삼고 싶지 않으세요? 다른 아주머니들이 다 어머니를 부러워할 거예요."

후다는 손으로 턱을 괴고서 가만히 생각에 잠겼다.

"칼릴, 언제까지 이야기를 해 주어야 하니?"

"다음 달 보름까지요. 시간이 없어요!"

어머니는 칼릴의 머리를 쓰다듬으며 달랬다.

"걱정 마라. 내가 생각을 좀 해 보마."

어머니의 말에 칼릴은 안도의 한숨을 크게 내쉬었다.

그 뒤로 일주일이 흘렀다.

"이제 초승달이 되었어요."

칼릴이 하늘을 올려다보며 어머니에게 말했다.

"나도 안다."

"이야기가 생각나셨어요?"

"이야기란 말이다, 애야. 나무랑 똑같아. 자라나는데 시간이 걸리지. 그리고 인내만큼 지혜로운 것도 없단다."

어머니가 차분하게 답했다.

달이 차오를수록 칼릴의 마음은 조급해졌다. 드디어 열나흘이 지나고 거의 꽉 찬 달이 밤하늘에 떠오르자 칼릴은 안절부절못하며 천막 밖을 서성였다.

"내일이 보름이에요!"

어머니는 천막 앞에서 염소젖을 짜고 있었다.

"나도 안다. 우선 염소젖을 짜고 나서 얘기를 들려주마."

그 말을 들은 칼릴은 좋아서 어쩔 줄 몰랐다. 어머니를 덥석 껴안고 오른쪽 뺨에 연신 입술을 갖다 대었다.

"아이고, 이런 입맞춤은 참 오랜만에 받아 보는구나!"

어머니가 웃음을 터뜨리며 칼릴을 바라보았다.

"그나저나 내가 입맞춤을 받을 자격이 있는지 모르겠구나."

집안일을 마치자 후다는 천막 앞에 양탄자 하나를 펴고 아들과 나란히 앉았다.

"저녁 공기가 선선하니 기분이 좋구나. 달도 우리 얘기에 귀를 기울여 줄 테고."

"어서 얘기해 주세요!"

칼릴은 더 이상 참지 못하고 보챘다.

"궁금해 미치겠어요, 어머니!"

"오냐. 아미라한테 이제부터 내가 들려주는 늑대 가죽 이야기를
해 주거라."

늑대 가죽 이야기

오래 전 슬레브 족에서 일어났던 일이란다. 슬레브 족은 베두인
의 여러 부족 가운데서도 뛰어난 사냥 솜씨를 가진 것으로 유명하
지. 슬레브 여인들은 다른 부족 여자들처럼 염소 털로 천막 천을
짜지 않고, 영양 가죽을 꿰매어 천막을 만들어 쓴단다.

이 부족의 한 사냥꾼에게는 애지중지하는 외동딸이 있었어. 그
사람은 딸을 몹시 예뻐해서 틈만 나면 영양 고기를 구워 먹이며
이렇게 말하곤 했지.

"너는 이다음에 커서 영양처럼 늘씬하고 아리따워질 거야."

세월이 흐르면서 들짐승들의 수가 차츰 줄어들었고, 슬레브족
사람들도 다른 베두인들처럼 양과 염소를 치기 시작했지.

사냥꾼의 외동딸 야스민은 무럭무럭 자라서 어느덧 결혼할 나
이가 되었어. 아버지는 딸이 같은 부족의 청년과 혼인했으면 했
지. 슬레브 족은 자기 부족끼리 결혼하는 풍습이 있었거든.

야스민과 신랑은 부족이 사는 땅 언저리에다가 작은 천막을 세
우고 살았어. 혼인식을 마치고 한 해쯤 지난 어느 날 야스민은 아
들을 낳았지. 그런데 아기는 귀머거리에 벙어리였어.

해산한 지 사십 일이 지나자 야스민은 목욕을 하고서 새 옷으로 갈아입었어. 긴 머리를 땋아 늘어뜨리고 장신구로 정성들여 몸을 치장하고서 나귀를 타고 젖먹이와 함께 친정으로 갔지.

할머니는 첫 손자를 품에 안자 무척 행복해했단다. 할머니는 호주머니에서 호박을 꺼내 아기 옷에 달아 주었지.

"호박이 내 귀한 손자를 온갖 화로부터 지켜 줄 거야."

할머니가 차를 준비하는 사이 할아버지가 돌아왔어. 할아버지는 새벽녘부터 들에서 가축을 돌보다 온 참이었지.

"아버지 첫 손자 좀 보세요."

야스민이 아버지에게 강보에 싸인 아기를 내밀었어.

"아버지를 얼마나 많이 닮았는지 몰라요. 짙은 눈썹하며 코가 그대로랍니다!"

그러자 할아버지는 큰 소리로 웃으며 고개를 끄덕였어.

"네 말이 맞구나. 이 코가 조금만 더 커지면 되겠다. 아이 이름은 뭐냐?"

"무니르예요!"

"아주 예쁜 이름이구나. 빛에서 온 이름이야."

할머니가 흐뭇해했지.

"어린아이들은 집안의 빛이나 다름없으니."

할아버지도 한마디 덧붙이고는 딸 옆에 앉았어.

"신랑하고 저는 아이가 태어나서 무척 행복해요."

야스민은 거기까지 말하고서 잠시 뜸을 들였어.

“다만 아이한테 문제가 하나 있어요.”

할머니는 손을 멈추고 물었지.

“문제라니? 무슨 문제?”

“무니르는 듣지도 말하지도 못해요.”

야스민이 털어놓았단다.

“걱정 마라, 내 딸아. 네 할아버지께서도 귀머거리였지만 아무 문제없이 잘 사셨다.”

할아버지는 딸을 격려해 주었지. 할머니도 옆에서 한마디 거들었어.

“아이는 알라의 선물이야. 알라께서 주시는 것은 무엇이든 감사한 마음으로 받아야 해.”

“불평하는 게 아니라 다만 부모님께 꼭 말씀드리고 싶었어요.”

야스민은 그날 한나절을 친정에서 보내고 해가 기울기 시작하자 자기 천막으로 돌아가려고 자리에서 일어났지.

“이제 가야겠어요. 길은 먼데 우리 나귀는 걸음이 느리거든요.”

“잠깐만 기다려라. 무니르가 할아버지에게 왔는데 빈손으로 갈 수야 없지.”

야스민의 아버지가 딸에게 손짓을 했어. 그러고는 양 울타리로 가서 목책을 연 뒤 울고 있는 새끼 양 한 마리를 끌고 나왔단다.

“이 녀석은 무니르보다 일 년 먼저 태어났지. 내년엔 새끼도 가질 수 있을 게야. 내 손자가 다 자라면 양 떼를 거느린 어엿한 주인이 될 수 있을 게다.”

야스민은 아버지의 선물에 진심으로 고마워했단다. 할머니가 양의 목에 밧줄을 묶어서 야스민이 나귀에 탄 채 양을 끌고 갈 수 있게 해 주었지.

"너무 빨리 나귀를 몰지 말거라. 이 양이 낙타처럼 달릴 수는 없으니까."

아버지는 딸의 뒷모습에 대고 외쳤어. 야스민의 어머니도 딸과 손자가 언덕 뒤로 사라질 때까지 천막 앞에 서서 손을 흔들었지.

무니르는 튼튼한 소년으로 자랐어. 부족 사람들은 무니르의 손짓과 몸짓에 익숙해졌고, 무니르는 사람들의 입 모양을 읽는 법을 배웠지. 하지만 무니르의 부모는 사람들이 여전히 무니르를 '귀머거리'라 부르는 게 마음에 걸렸어.

할아버지의 생각대로 무니르는 어느덧 작은 양 떼를 거느리게 되었어. 야스민은 양젖으로 버터와 치즈를 만들기도 하고 털을 깎아서 그 실로 양탄자를 짜기도 했어. 그러면 무니르의 아버지가 그것을 장에 내다 팔았지.

무니르가 열일곱 살이 되던 해 이들 부족이 사는 지역에 큰 가뭄이 닥쳤단다. 겨울 내내 비 한 방울 내리지 않았지. 처녀들이 비의 어머니께 비를 내려 달라는 노래를 열심히 불렀지만 소용이 없었어. 비를 내릴 만한 구름은 눈 씻고 봐도 구경하기 힘들었지.

"초승달이 뜨면 금식월인 라마단이 시작돼. 성스러운 달이니 비를 내려 주실지도 몰라."

야스민이 양에게 먹일 풀이 없어 걱정하는 무니르에게 희망을 불어넣었단다.

하지만 라마단에도 결국 비는 내리지 않았지. 사람들은 아주 어려워졌어. 그래도 금식이 끝난 뒤에 열리는 잔치는 하기로 했지.

무니르와 아버지는 새끼를 낳지 못하는 양을 한 마리 골라 나귀에 싣고 시장으로 갔단다. 대낮이 되기도 전에 두 사람은 양을 팔려고 흥정에 나섰어. 다행히 세 번째 손님과 이야기가 잘되어 양을 팔았지. 그 돈으로 축제에 쓸 선물을 사고 다시 천막으로 돌아왔지.

"헤나를 잊지 않고 사 와서 다행이에요!"

저녁나절 돌아온 남편과 아들을 맞이한 야스민은 헤나 반죽을 만들었어.

"꼭 소똥 같아요!"

무니르가 어머니에게 소리 없이 말을 걸었어.

"그렇게 보이지만 전혀 다른 거란다."

야스민은 입을 크게 벌리고 또박또박 설명해 주었지.

다행히도 그다음 해 겨울에는 비가 많이 내렸어. 심지어 어떤 날은 눈이 천막 지붕에 쌓이기까지 했지. 아이들은 눈송이를 붙잡으려고 뛰어다녔고, 손에 닿자마자 녹아 버리는 눈을 보고 깜짝 놀라기도 했어.

"내 평생 눈을 보는 건 오늘이 딱 두 번째야."

한 노인은 쌓이는 눈을 보며 이렇게 말하기도 했단다. 겨울 내내 빗물받이 통이 넘칠 정도였지. 사막은 푸른 풀로 뒤덮였어. 온갖 꽃과 식물이 울창하게 우거졌지. 봄 햇살이 세상을 따스하게 데우자 사람들의 얼굴에도 웃음꽃이 피어났어. 가뭄으로 미뤘던 결혼식들을 한꺼번에 치르느라 마을은 시끌벅적했단다. 무니르도 이 잔치, 저 잔치 부지런히 다니며 새벽까지 노느라 바빴지.

하지만 마을에서 잔치가 벌어지면 정작 신나는 건 남의 재산을 노리는 도둑과 들짐승들이라고 하지 않니. 그해 봄은 그 옛말이 딱 들어맞았지.

무니르는 늘 똑같은 천막 옆에 양 떼를 재웠어. 어느 날 밤새도록 잔치에서 실컷 춤추고 놀다가 새벽녘이 되어 집으로 돌아온 무니르는 몇 번이나 눈을 비볐어. 밤사이 울타리에 가둬 둔 양들이 몽땅 사라져 버린 거야.

울타리 문은 고리가 벗겨져 있었어. 무니르는 양들을 찾으러 밖으로 달려나갔어. 얼마 못 가 골짜기 어귀에서 죽은 숫양을 발견하자 심장이 얼어붙는 것 같았지. 숫양은 목덜미에서 피를 흘리며 모래땅에 쓰러져 있었거든. 무니르는 서둘러 골짜기 안으로 들어갔어. 땅에 쓰러져 죽은 양들이 하나둘씩 눈에 들어왔지. 골짜기 깊숙이 들어가 보니 잔뜩 겁에 질려 큰 소리로 울부짖는 양 대여섯 마리가 보였지. 무니르는 불안해하는 양들을 데리고 슬픔에 잠긴 채 마을로 돌아왔단다.

밤중에 무니르가 훌쩍이는 소리를 듣고 어머니와 아버지가 잠에서 깨어났지. 아버지가 눈을 비벼 잠을 쫓으며 물었단다.

"무니르야, 대체 무슨 일이냐?"

무니르는 텅 비어 있는 양 울타리를 가리켰어. 아버지는 깜짝 놀라 잠이 확 달아났지.

"양들이 다 어디로 간 게냐?"

무니르는 골짜기 쪽을 가리켰어.

아버지는 곧장 부족 사람들을 모아 열댓 명의 사내들과 함께 낙타를 타고 골짜기로 향했어. 그들 역시 무니르와 마찬가지로 죽어 있는 숫양을 발견했단다.

나이가 지긋한 양치기 사내가 숫양의 사체를 자세히 살피고 말했어.

"늑대한테 당했군."

그러고서는 모래 위에 난 발자국을 눈으로 좇았지.

"늑대 발자국은 골짜기 안쪽으로 나 있소."

골짜기로 들어선 수색대는 죽은 양들과 마주쳤단다.

"꼭 이렇거든."

나이 든 양치기가 말을 꺼냈어.

"늑대들은 양 한 마리만으로는 만족하지 않아. 차례대로 여러 마리를 죽이는 습성이 있지."

수색대는 이렇다 할 성과 없이 마을로 돌아왔단다.

아버지는 집으로 돌아와 자책했어.

"왜 양들을 더 잘 지키지 않았을까? 우리가 가진 전 재산이자 일용할 양식인데!"

야스민은 개를 나무랐지.

"아무짝에도 쓸모없는 식충이 같으니라고! 그렇게나 많은 빵을 받아먹고서는 그래 양 하나도 제대로 못 지킨단 말이냐?"

"개가 무슨 잘못이 있소! 늑대가 울타리에 가까이 왔었다면 분명 개가 달려들었을 거요. 울타리에 늑대 발자국이 없는 걸 보면 늑대가 온 게 아니라오."

아버지가 목책을 살피며 말을 이었어.

"오히려 양들이 문제였어. 한 마리가 어찌어찌 울타리 문을 열고 나가니 다른 놈들도 우르르 따라 나갔겠지."

무니르는 참담한 기분으로 살아남은 양들을 바라보았단다. 마음속에서 화가 끓어올랐지. 어머니가 달래 보았지만 무니르는 좀처럼 마음이 가라앉지 않았어. 그 일이 있은 뒤로 무니르는 늘 우울했단다.

일주일이 흐른 뒤, 무니르는 부모님께 할아버지를 뵙고 오겠다고 했어.

"그게 나을 것 같아요. 저 애도 할아버지, 할머니를 만나면 진정이 좀 될 거예요."

어머니는 남편을 설득했지.

무니르는 나귀에 올라탄 뒤 길을 떠났단다. 한낮이 되어서야 그는 할아버지의 천막에 다다랐어.

진작에 무니르의 양 떼 소식을 전해 들었던 할아버지는 손자의 마음을 가라앉히려고 애를 썼어.

"내 손자야. 주시는 것도 알라의 뜻이고, 가져가시는 것도 알라의 뜻이란다. 가축을 키우다 보면 때론 이런 슬픈 일도 겪어야 하지. 가축들한테 가장 큰 위험은 두 가지야. 첫 번째는 가뭄이고 두 번째는 사나운 들짐승들이지.”

거기까지 말한 할아버지는 깊은 한숨을 내쉬었어.

“수년간 공들여 키운 것을 늑대 한 마리 때문에 단 하룻밤만에 잃는 일은 종종 있단다.”

할머니는 손자에게 버터가 든 양젖을 한 그릇 가득 담아 주었어. 무니르는 한 모금 마시고 내려놓았지.

귀머거리 무니르는 천막 버팀대에 걸려 있는 할아버지의 사냥 도구들을 물끄러미 쳐다보았어. 그리고 할아버지를 향해 손짓으로 말했지.

‘할아버지는 이제 영양을 사냥하지 않으시죠? 그러니까 저 활이랑 화살, 그리고 창을 저한테 주세요.’

“그걸로 뭘하려고 그러느냐?”

‘그 늑대를 잡고야 말겠어요!’

“영양을 사냥하는 것과 늑대를 잡는 건 무척 다르단다. 위험해. 어떤 때는 사냥꾼이 늑대한테 당하는 일도 있어!”

할아버지는 걱정스런 표정으로 손자를 말렸어.

하지만 무니르는 좀처럼 뜻을 굽히지 않았단다. 할아버지는 손자가 워낙 완강하게 나오자 할 수 없이 무기를 주고 다루는 방법까지 알려 주기로 했지.

무니르는 한 달 동안 할아버지 곁에 머물면서 창을 던지는 법,

살을 매겨 활을 쏘는 법 따위를 배웠어. 마지막에는 할아버지가 공중으로 던진 가죽 주머니를 화살로 쏘아 맞출 만큼 솜씨가 늘었지. 할아버지도 손자의 실력을 보고 흐뭇해했어.

"이제 너도 무기를 가질 만한 자격을 얻었구나."

무니르는 할아버지가 준 사냥 도구들을 챙겨 집으로 돌아갈 채비를 했어.

"조상님께서 너를 지켜 주시길 빈다."

할머니는 손자가 무사하기를 기도하며 작별 인사를 건넸지.

무니르가 늑대를 잡으려 한다는 소문이 나자 부족의 양치기들은 배꼽을 잡고 웃어 댔단다.

"귀머거리가 영웅이 되고 싶어 안달이 난 게로구나!"

양치기 하나가 무니르를 놀렸지.

"늑대 울음 소리도 못 듣는 녀석이 뭘 잡는다고?"

다른 사람도 장단을 맞추며 비꼬았어.

야스민은 무니르를 붙잡고 애원했어.

"얘야, 이미 지난 일이지 않니. 이제 무얼 해도 죽은 양들을 살려 낼 수는 없단다. 우리한테는 오직 너 하나뿐이다. 너한테 무슨 일이라도 생기면 나는 못 산다!"

하지만 그 무엇도 무니르를 단념시킬 수 없었단다. 무니르는 비상식량을 자루에 챙기고 물 부대를 어깨에 둘러멘 뒤 사냥 도구를 들었어. 그리고 늑대를 찾아 천막을 나섰지. 무니르는 하루 종일 늑대의 흔적을 찾아 돌아다니다가 해가 질 때쯤이면 다시 마을로 돌아왔단다.

그렇게 여러 날이 흘렀지. 저녁이 되어 마을에 돌아올 때마다 양치기들이 그를 비웃었어.

"어이구, 우리 사냥꾼 나리! 늑대는 어디 있지? 잡을 뻔했던 걸 놓치기라도 한 거니?"

양치기들이 놀려 댔지만 무니르는 흔들리지 않고 끈질기게 늑대를 찾아다녔지.

어느 날 오후, 무니르는 온종일 걷느라 무척 지쳐 있었어. 절벽 아래 그늘에 주저앉아 빵과 물을 꺼내 간단한 요기를 하고서는 피곤한 다리를 뻗고 바위에 머리를 기댔어. 밀려오는 잠을 쫓으려 애를 썼지만 몇 초도 되지 않아 눈꺼풀이 내려앉았지. 결국 무니르는 그대로 잠이 들고 말았단다.

무니르는 자기가 앉아 있는 그늘이 건너편 절벽까지 길게 늘어날 때까지 깊은 잠에 빠져 있었어. 그때 땅속에서 뱀 한 마리가 스르르 기어 나와 잠든 무니르를 향해 다가왔어. 무니르는 무언가가 자기 발을 건드리고 있다는 것을 알아채고 눈을 떴어. 곁눈으로 보니 뱀 한 마리가 발을 감고 있지 않겠니? 순간 두려움이 온몸을 훑고 지나갔지. 하지만 무니르는 재빨리 마음을 진정시키고 천천히 화살을 집어 활에 매긴 뒤 시위를 당겼지.

바로 그 순간 무니르가 있던 그늘 위 절벽에 늑대가 나타났어. 무니르는 늑대를 향해 번개같이 화살촉을 돌렸어. 화살은 아쉽게도 털 한 가닥 차이로 아슬아슬하게 빗나가고 말았단다. 늑대는 놀라서 머뭇거리는 듯하더니 곧 정신을 차리고 무니르를 향해 펄쩍 뛰어올랐지. 그 순간 무니르는 온 힘을 다해 창을 던졌어. 창끝은 벌어진 늑대의 아가리 사이를 정확히 뚫고 들어갔지.

늑대가 비틀거리자 무니르는 다시 살을 매겨 활을 쏘았단다. 늑대는 울부짖으며 바닥으로 쓰러졌지.

무니르는 몸이 덜덜 떨렸어. 재빨리 옆을 둘러보았지만 뱀은 이미 사라지고 없었지.

무니르는 칼을 빼 들고 죽은 늑대에게 다가갔단다. '이제 네가 우리 양을 죽이는 일은 없을 테지.'라고 생각하며 가죽을 벗겼어. 그리고 가죽을 창에 꿰어 의기양양하게 마을로 돌아왔단다.

해가 완전히 떨어지기 전에 무니르는 마을에 도착했지. 무니르가 사냥에서 얻은 전리품을 들고 당당하게 걸어오는 모습을 본 양치기들은 놀라 자빠질 정도였단다.

"우리가 저 귀머거리를 너무 우습게 봤나 봐!"

한 사내가 기가 죽어 중얼거렸지. 그러자 다른 이도 한마디 덧붙였어.

"한 가지 분명한 건 이제 우리 가축들이 안전하다는 거야."

무니르가 잡아 온 늑대 가죽 이야기는 순식간에 마을 전체로 퍼져 나갔단다.

아들이 늑대를 쫓기 시작한 뒤로 마음 편할 날이 없었던 야스민은 안심이 되어 눈물을 뚝뚝 흘렸지. 아버지는 자랑스럽게 아들을 껴안았고 말이야.

"너는 우리 부족에서 맨 처음으로 늑대를 잡은 사냥꾼이다!"

구경하길 좋아하는 사람들이 무니르와 늑대 가죽을 보려고 꾸역꾸역 천막 주위로 몰려들었어. 늑대 가죽 이야기는 마을의 산파 할머니 귀에도 들어갔지. 산파는 이야기를 듣자마자 무니르네 천막으로 찾아왔단다.

"네 두 손에 축복이 있기를!"

산파는 무니르에게 축하 인사를 건넨 뒤 야스민에게 말했어.

"늑대 가죽은 금화를 주고도 살 수 없는 진귀한 것이라네."

야스민은 고개를 끄덕이며 말했지.

"우리 가축들은 이제 모두 안전해요. 양치기들도 편히 잠을 잘 수 있을 거고요."

"아니, 가축 때문에만 그런 말을 한 게 아닐세."

산파가 고개를 저었어.

"늑대 가죽은 어린아이를 지켜 주거든!"

"어린아이를 지켜 줘요?"

야스민이 물었지.

"갓 태어난 아이를 저 세상으로 떠나보낸 엄마들은 자네 아들 무니르에게 엎드려 절을 하게 될 거야."

야스민은 산파의 말을 이해할 수가 없었지.

"알라께서 그 엄마들에게 또 한 번 아이를 허락하신다면 그때는 아이가 태어나자마자 늑대 가죽으로 싸 두어야 한다네. 그러면 어떤 병도 산모에게 다가오지 못하고 아이도 건강하게 자라지."

산파는 덧붙여 설명했어. 그제서야 야스민은 웃으면서 고개를 끄덕였지.

"아, 그런 거군요! 그렇다면 제 아들이 늑대 가죽을 할머니께 선물하는 게 좋겠네요!"

늑대를 쓰러뜨린 귀머거리에 대한 이야기는 빠르게 이 부족 저 부족으로 퍼져 나갔어. 갓난아기를 낳은 어머니들은 늑대 가죽 이야기를 듣고는 너나 할 것 없이 산파를 찾아왔지. 늑대 가죽은 그야말로 가장 필요한 곳에 소중하게 쓰였단다. 그리고 진귀한 부적으로 여겨지며 다음 세대로 대물림 되었지. 늑대 가죽과 함께 용감한 귀머거리 무니르의 이야기도 부족 사람들 사이에 길이 기억되었단다.

탈랄―포대기의 아이

탈랄은 세 구혼자 가운데 유일하게 아미라와 같은 부족이었다. 그는 쌍둥이 누이와 함께 세상에 태어났다. 남매가 말을 배우고 나서부터 둘 사이에 크고 작은 다툼이 있을 때마다 누이에게 '내가 너보다 누나야!'라는 말을 들어야 했다.

탈랄은 태어날 때부터 작고 몸이 약했다. 어머니는 들일을 하러 나갈 때면 탈랄을 포대기로 싸서 등에 업고 쌍둥이 누이는 팔에 안았다. 탈랄은 포대기에 둘러싸여 있는 것을 무엇보다도 좋아했다. 왔다갔다 흔들리는 가운데 기분 좋게 잠이 들곤 했다. 어머니가 포대기를 천막 버팀대에 걸어 놓을라치면 탈랄은 있는 힘껏 울음을 터뜨렸다.

"네가 점점 무거워져서 엄마는 힘들어."

어머니가 한숨을 내쉬며 탈랄을 타일렀다.

"그리고 자꾸 업혀 있으면 다리가 휜단다."

탈랄이 어찌나 포대기에 업히는 걸 좋아했던지 이웃 여인마저 걱정할 지경이었다.

"포대기에 업어 키운 애들은 게을러서 나중에 닭 한 마리도 제대로 못 잡는대요."

어머니는 아이를 포대기에서 떼어 놓으려고 안 써 본 방법이 없었다. 이때부터 탈랄은 평생 '포대기의 아이'라는 별명을 달고 다니게 되었다.

탈랄의 식구들은 이불이 많지 않아서 세 아이가 이불 한 장을 같이 덮고 잠을 자야 했다. 그러니 아이들은 밤마다 서로 가운데 자리를 차지하려고 실랑이를 벌였다. 가운데에 누우면 이불을 빼앗길 걱정 없이 느긋하게 잠을 잘 수 있기 때문이었다. 탈랄은 허약했지만 의지만큼은 누구보다도 강했고, 고집도 무척 센 아이였다. 저녁을 먹기가 무섭게 탈랄은 가장 먼저 이불 속으로 들어가 무슨 수를 써서라도 가운데 자리를 지키려고 했다. 어머니는 탈랄한테 어서 잠자리에 들라고 채근할 일이 없었다.

탈랄의 아버지 샤픽은 옷감을 파는 장사꾼이었다. 어머니가 천막에 남아 집안 살림을 하고 아이들을 돌보는 사이 아버지는 먼 곳을 돌아다녔다. 샤픽이 긴 여행이라도 떠나려 하면 어머니는 푸념을 늘어놓았다.

"장사꾼이 될 줄 알았으면 당신하고 결혼하지 않았을 거예요."

그러면 샤픽은 늘 이렇게 말했다.

"장사는 많이 돌아다니면서 새로운 사람을 만나고 낯선 동네를 가 보는 일이지. 난 장사가 좋아. 이 일 말고 다른 일은 안 해."

세월이 흘러 탈랄은 소년이 되었다. 그러나 여전히 키는 작고 볼품없는 몸집에 어머니가 걱정했던 대로 다리가 휘었다.

"네 다리는 꼭 낙타 뒷다리 같구나."

아이들은 탈랄이 달리는 것을 보면 놀려 댔다. 그러나 탈랄은 아이들이 놀려도 주눅 들지 않았다.

"낙타는 힘이 세고 아주 빨리 달릴 수 있어."

어느 날 아이들과 마을 어귀에서 놀던 탈랄은 주인 없이 헤매는 나귀 한 마리를 발견했다. 탈랄은 나귀를 데려와서 천막 말뚝에 묶어 놓았다.

"이 나귀는 어디서 난 거니?"

어머니가 물었다.

"주웠어요!"

어머니는 나귀를 유심히 살펴보았다.

"이 낙인은 우리 부족 것이 아니구나. 샤이크에게 가서 들에서 헤매는 나귀를 데려왔다고 말씀드려라. 그래야 나중에 네가 나귀를 훔쳤다는 오해를 안 받는단다."

탈랄은 어머니가 시킨 대로 샤이크에게 가서 말한 뒤 천막으로 돌아왔다. 그러고는 나귀에게 물과 짚을 먹였다. 시간이 지나자 나귀는 점점 튼튼해졌다.

"내 나귀가 우리 마을에서 가장 빨라."

탈랄은 친구들에게 자랑했다. 그해 봄 내내 탈랄은 나귀를 돌보며 시간을 보냈다.

어느 날 잃어버린 나귀를 찾는다면서 마을에 낯선 사람이 나타났다.

"털빛은 짙은 회색이고 왼쪽 엉덩이에 발굽 모양의 낙인이 찍혀 있소만."

사내는 샤이크에게 자기가 찾는 나귀에 대해 설명했다.

"언제 잃어버리셨소?"

샤이크가 물었다.

"여름 우기가 막 지난 다음이었소."

"우리가 당신한테 도움을 줄 수 있을 것 같구려."

샤이크는 입가에 웃음을 띠었다. 그리고 아들에게 손짓을 하며 탈랄을 찾아오라고 시켰다.

잠시 뒤 탈랄이 나귀를 데리고 나타났다.

사내는 벌떡 일어나 나귀를 이리저리 살피고 배를 쓸어 보더니 얼굴이 환해졌다.

"이 녀석, 이제야 찾았구나!"

그는 탈랄을 돌아보았다.

"네가 이 녀석을 발견했느냐?"

탈랄이 고개를 끄덕였다.

"먹이를 잘 주었구나. 수고한 대가를 치러야겠는걸."

나귀 주인은 탈랄을 칭찬했다. 샤이크도 고개를 끄덕였다.

"만약 우리 탈랄이 거두지 않았다면 이 나귀는 늑대한테 물려 죽었을지도 모를 일이오."

"너한테 섭섭지 않게 보상을 하마."

나귀 주인이 다시 한 번 말했다.

"이 나귀는 귀한 품종이야. 나한테 없어서는 안 될 귀중한 재산이기도 하고. 이 놈 어미도 나를 많이 도와주고 갔단다."

그는 여기까지 말하고 나서 호주머니를 뒤져 2피아스터(중동 지방의 화폐 단위)를 꺼내 탈랄에게 건넸다.

"정직하고 성실한 소년에게 주는 선물이다!"

탈랄은 동전을 받아 들고 어머니에게 달려갔다.

"그 돈으로 옷을 한 벌 사려무나."

어머니는 탈랄이 기특했다.

아버지 샤픽이 장삿길에서 돌아오자 탈랄은 천막 밖으로 나가 아버지를 맞았다.

"아버지, 제가 2피아스터를 벌었어요!"

탈랄이 들떠서 외쳤다.

"누구한테서 받은 거냐?"

"나귀 주인이 왔는데 그동안 나귀를 돌봐 준 대가로 줬어요."

아버지는 탈랄의 뺨을 쓰다듬으며 웃었다.

"그럼 아비가 장에서 그걸로 뭘 사다 주련?"

탈랄은 머뭇거리기만 할 뿐 대답하지 않았다.

“왜, 돈을 잃을까 걱정되니?”

아버지가 웃으며 물었다.

“아니에요. 저도 다 컸으니까 직접 장에 가서 옷을 고르면 안 될까요?”

아버지는 고개를 끄덕였다.

“그렇게 하렴. 며칠 안에 장에 가서 천을 골라야 하는데 그때 나를 따라가면 되겠구나.”

탈랄은 장에 갈 날만 손꼽아 기다렸다. 드디어 떠나기 전날이 되었다. 탈랄은 아버지가 장에 갈 채비를 하는 동안 동전을 손에 꼭 쥐고 혹시 잃어버릴까 조심조심했다.

아버지는 낙타에 올라타고 나서 탈랄을 자기 뒤에 앉혔다.

“꼭 잡거라, 탈랄!”

아버지는 막대기로 낙타에게 일어나라는 신호를 보냈다.

“잘 다녀오세요!”

어머니가 배웅했다.

한나절 넘게 낙타를 달려 정오 기도 시간이 되었을 즈음 아버지와 탈랄은 시장에 도착했다. 샤픽은 곧장 단골 포목상으로 향했다. 포목점 주인은 샤픽이 오는 것을 보고 맞은편 커피집 주인에게 손짓을 하며 외쳤다.

“여기 사막에서 오신 손님께 드릴 커피 한 잔하고 어린 손님한테 줄 레모네이드 한 잔 갖다 주게!”

탈랄은 무척 조심스럽게 달콤한 레모네이드를 맛봤다. 지금까지 이렇게 맛있는 것을 마셔 본 적이 없었다.

아버지가 옷감들을 살피며 이것저것 손으로 쓸어 보고 고르는 사이, 탈랄은 왁자지껄한 시장 골목을 구경했다. 한쪽에선 화려한 치마를 걸친 물장수가 등에 물통을 걸머지고 큰 소리로 외치며 사람들의 관심을 끌고 있었다. 다른 쪽에서는 무거운 자루를 잔뜩 실은 나귀가 주인의 채찍질을 받으며 좁은 골목길을 지나려고 애썼다. 과일 장수 앞에는 사람들이 우글우글 몰려 있었다. 탈랄은 입을 벌린 채 색색가지 과자를 파는 좌판을 쳐다보았다. 셀 수 없이 많은 종류의 향신료 냄새가 탈랄의 콧속으로 들어왔다. 탈랄은 정신을 잃을 지경이었다.

그사이 샤픽은 살 천을 정하고 포목점 주인과 가격 흥정을 벌이고 있었다.

"난 자네 단골이 아닌가?"

샤픽이 포목점 주인을 설득하려고 하자 주인은 요즘 장사가 안 되어 남는 게 없다고 볼멘소리를 했다. 두 사람은 여러 차례 흥정을 거친 끝에 겨우 가격을 맞췄다.

그리고 나서 샤픽은 탈랄을 가리키며 말했다.

"내 오늘은 자네한테 손님을 하나 데리고 왔네. 우리 아들이 옷을 사고 싶어 하거든."

그러자 포목점 주인은 커튼 뒤로 가서 한참 물건을 뒤적거렸다. 잠시 뒤 사프란과 비슷한 노란색 옷 한 벌을 팔에 걸치고 나왔다.

"이 카프탄(셔츠 모양의 기다란 상의)을 한번 보구려! 천이 곱고 매끄러운데다 태양처럼 윤기가 자르르 흐르지 않소?"

"얼마예요?"

탈랄은 물어보며 돈이 제자리에 있는지 주머니에 손을 넣어 확인했다.

"내 단골 손님의 아드님이시니까 3피아스터만 받기로 하지."

탈랄은 시무룩한 표정을 지었다.

"전 2피아스터밖에 없어요."

주인은 손바닥을 벌리며 다시 말했다.

"할 수 없지. 남는 것 하나 없이 어린 손님께 드리는 수밖에."

탈랄은 돈을 주인의 손바닥 위에 올려놓고 행복한 마음으로 카프탄을 챙겼다.

"그걸 입으면 새신랑처럼 보일 게다."

포목점 주인이 농담을 던지자 탈랄은 부끄러워 고개를 푹 숙였다.

포목점 주인은 이번엔 샤픽을 보며 한숨을 내쉬었다.

"샤픽, 당신은 참 좋겠소. 저렇게 일을 도와줄 어엿한 아들도 있고 말이오. 알라께서는 나한테 아이를 단 한 명도 선사하지 않았다오."

"그래도 이렇게 큰 가게 주인인데다 부자잖소."

샤픽이 위로했다.

포목점 주인은 샤픽과 탈랄이 천 두루마리를 자루에 담는 것을 도와주었다.

"다른 살 것들이 있어서 그러니 나중에 돌아올 때까지 물건을
좀 맡아 주구려."

샤픽의 말에 포목점 주인은 고개를 끄덕였다.

샤픽과 탈랄은 커피와 차, 설탕을 사고 새 샌들도 몇 켤레 골랐
다. 그리고 탈랄의 형제자매한테 갖다 줄 과자도 한 봉지 샀다. 그
들은 사들인 물건을 모두 낙타 등에 싣고 포목점 주인에게 긴 인
사를 한 뒤 시장을 떠났다.

돌아오는 길은 멀고 힘들었다. 얼마 가지도 않아 탈랄은 다리가
아프다며 엄살을 피웠다. 그리고 아버지를 졸라 기어이 낙타 등에
올라탔다. 아버지는 탈랄이 몹시 보채는 바람에 청을 들어주긴 했
지만 경고하는 말을 잊지 않았다.

"다음 사거리까지만이다. 명심해라. 가축을 키우는 사람은 자
기를 태워 주는 동물을 배려할 줄 알아야 해."

그 뒤로 몇 년동안 탈랄은 이따금씩 아버지의 장삿길에 동행했
다. 하지만 얼마 지나지 않아 자기는 장사에 소질이 없다고 판단
했다.

아버지는 탈랄에게 분명하게 말했다.

"장사를 하려면 두 가지를 잘해야 해. 셈과 걷는 일이다."

탈랄은 둘 다 자신이 없었다. 탈랄은 장사꾼이 되기를 포기하
고, 부족 사람들 사이의 잘잘못을 가려 주는 판관이 되겠다고 마
음먹었다. 판관은 무척 편해 보였다. 자기가 찾아다니지 않아도
일이 저절로 들어오기 때문이었다.

그때부터 탈랄은 부족의 카디(이슬람 사회의 재판관)가 사는 천막에 죽치고 앉아 시간을 보냈다. 그러면서 수많은 사건이 처리되는 과정을 지켜보았다. 하지만 시간이 지날수록 탈랄은 크고 작은 분쟁과 사건들이 지겹게만 느껴졌다. 결국 그는 판관이 되겠다는 꿈을 접었다.

이제 탈랄은 가끔 아버지를 돕기도 하고 어머니를 도와 염소젖을 짜기도 했지만 대부분의 시간은 어슬렁거리며 보냈다.

어머니는 아들이 걱정되었다.

"장사하는 건 벅차고, 판관이 되는 건 너무 지겹다고? 게다가 염소를 치는 것도 힘에 부쳐 못 하겠다고?"

어머니는 고개를 절레절레 흔들었다.

"넌 대체 뭐가 되겠다는 거냐. 뭐라도 해야 할 것 아니니?"

그러면 탈랄은 아무렇지도 않게 대답했다.

"전 아직 젊어요. 제게는 길고 긴 인생에서 뭘 해야 할지 정할 시간이 있다고요!"

남는 시간을 보내기 위해 그는 마을에 결혼 잔치가 열릴 때마다 부지런히 쫓아다녔다. 어떤 때는 나귀까지 타고 먼 동네의 잔치를 찾아갔다가, 며칠이 지나고서야 다시 모습을 드러내기도 했다. 탈랄은 다리가 휘어서 춤을 잘 추지는 못했지만 노래 하나는 기가 막히게 부를 줄 알았다. 탈랄의 목소리는 맑고 아름다웠다.

어느 날 새벽, 잔치에서 막 돌아온 탈랄은 어머니한테 차를 달라고 청했다.

"좀 부끄러운 줄 알아라! 네 아버지가 고되게 일하는 동안 너는 잔치나 쫓아다니면서 놀기에 바쁘구나!"

어머니가 탈랄을 곁눈으로 흘겨보며 타박했다.

"목소리는 꼭 까마귀처럼 쉬어 가지고."

"밤새 노래하느라 그런 거예요."

탈랄은 퉁명스레 대꾸하며 천막 한구석에 요를 깔고 그 위에 벌렁 드러누웠다.

"대체 쟤가 뭐가 되려고 저 모양인지."

어머니는 한숨을 내쉬고는 차를 끓일 준비를 하며 혼잣말로 계속 중얼거렸다.

"다른 애들은 일하느라 피곤한데, 내 자식은 노래하고 노느라 피곤하다는구나, 쯧쯧."

어머니는 석쇠를 불 위에 올려놓고 일렁이는 불꽃을 물끄러미 쳐다보았다. 탈랄은 기분 나쁘다는 듯 머리 위로 이불을 홱 끌어올리더니 이내 고른 숨소리를 내며 잠이 들었다.

그사이 샤픽은 늘 그랬듯 시장으로 가고 있었다. 그는 흔들리는 낙타 등 위에 앉아 이런저런 생각에 잠겼다.

'언제까지 장사꾼 노릇을 하며 살아야 할까? 이제는 잠시만 떠나 있어도 가족들이 보고 싶어 진단 말야.'

그는 흔들리는 자신의 그림자를 내려다보았다.

'나도 이제는 슬슬 아들한테 일을 맡기고 여생을 편히 보낼 나이가 되었어.'

오후 늦게서야 샤픽은 장에 도착했다. 그러고는 언제나 그랬듯 단골 포목점을 찾아갔다. 가게에 들어선 그는 가게를 가득 메운 온갖 색깔의 옷감 두루마리를 보고 깜짝 놀랐다.

"샤미, 자네 어디 있나?"

그는 포목점 주인의 이름을 불렀다.

"여기 있네!"

안쪽에서 대답하는 소리가 들리더니 두루마리 사이를 뚫고 주인이 모습을 드러냈다.

"자칫하면 천에 깔려 죽겠어."

그가 숨을 헐떡이며 말했다.

"대체 이 물건들은 다 어디서 난 건가?"

샤픽이 물었다.

"중국에서 배가 들어왔다네. 값은 싼데 물건 질은 최고야!"

포목점 주인은 입이 귀에 걸린 표정으로 설명했다.

"다행히 나도 늦지 않게 항구에 나갔지. 그래서 온 재산을 투자해 이 물건들을 샀다네. 자네도 어서 물건을 고르게. 이렇게 좋은 기회는 흔치 않아."

샤픽은 천을 꼼꼼히 살피고 가격을 셈 하느라 정신이 없었다. 이번이 자기 인생에서 최고의 장사가 될 거란 예감이 들었다. 샤픽은 두루마리들을 보면 볼수록 점점 기분이 좋아졌다.

주인도 장단을 맞추며 한껏 분위기를 돋웠다.

"자네가 물건을 팔고 나면 그걸로 천 값을 치르게. 지금 당장은 현금이 없을 테니 자네를 믿고 물건을 맡기겠네.”

샤픽은 포목점 주인의 제안을 흔쾌히 받아들였다. 나중에는 낙타 세 마리가 실어 날라야 할 만큼 많은 천이 쌓였다. 포목점 주인도 샤픽이 고른 물건을 보고는 흡족해했다. 샤픽은 시장에서 낙타 두 마리를 더 빌려 짐을 싣고는 가벼운 발걸음으로 마을로 향했다.

“이 물건을 다 팔고 나면 내 걱정도 모두 끝이야.”

샤픽은 행복한 상상에 빠져 싱글벙글 웃었다.

샤픽과 낙타 세 마리가 마을에 도착하는 모습을 보고 아내는 웃어야 할지, 울어야 할지 난감했다.

“당신 정신 나간 거 아니에요? 마을에서 무슨 시장이라도 열 참인가요?”

샤픽은 와락 아내를 껴안으며 외쳤다.

“이런 기회는 다시 없을 거요! 이 천들을 다 팔고 나면 안장이니 뭐니 다 팔아 버리고 당신 곁에 평생 붙어 있을 테요!”

“그 말을 알라께서 들으셔야 할 텐데.”

남편의 말에 놀란 아내가 대꾸했다.

“탈랄은 어디 있지? 짐 내리는 것 좀 와서 도왔으면 하는데.”

샤픽이 물었다.

“친구 둘하고 또 결혼 잔치에 놀러갔다우.”

“칼춤 구경하다가 무희의 칼에나 맞아라!”

샤픽은 버럭 성을 냈다. 그러고는 아내와 함께 무거운 짐을 내려놓았다.

천 두루마리를 모두 내려서 천막 안에 차곡차곡 쌓아놓으니 높이가 천장까지 닿았다. 샤픽은 흐뭇한 기분으로 양탄자 위에 앉아 느긋하게 차를 마셨다. 그리고 아내와 함께 들뜬 마음으로 앞으로의 일을 그려 보았다. 그러면서도 이따금씩 그의 눈은 쌓여 있는 두루마리 쪽으로 향했다.

그날 저녁 탈랄은 아미라한테서 두 번째 이야기를 지어 달라는 청을 전해 들었다.

탈랄은 첫 번째 이야기를 짓느라 얼마나 힘들었는지가 떠올라 마음이 무거웠다. 시끌벅적한 잔치에서 빠져 나와 집으로 오는 중에도 아미라에 대한 생각은 그를 붙들고 잠시도 놓아주지 않았다.

탈랄이 자정을 훨씬 넘겨 천막에 도착했을 때, 식구들은 모두 깊은 잠에 빠져 있었다. 그도 피곤한 몸을 담요 위에 뉘었지만 아무래도 잠이 오지 않았다. 탈랄은 한동안 이리저리 뒤척대다가 포기하고 몸을 일으켰다. 그러고는 차나 한 잔 마시면 잠이 오겠다 싶어 불을 피웠다.

불꽃이 서서히 커지는 동안 탈랄은 한쪽에 잔뜩 쌓인 천 더미를 보았다.

'우리 아버지가 사막에 사는 베두인들한테 한꺼번에 옷을 해 입히기로 작정하셨나 보군!'

탈랄은 황당해서 고개를 가로젓다가 순간 죄책감이 들었다.

'아, 아버지는 이렇게 많은 천을 팔기 위해 이 마을 저 마을을 얼마나 오랫동안 돌아다니셔야 할까?'

세 잔을 따라 마시고 나자 차 맛이 떫어졌다. 탈랄은 마지막 한 모금을 입에 물고서 모닥불을 향해 내뱉었다. 그러곤 자리에 누워 잠이 들었다.

동이 틀 무렵 동쪽에서 강한 바람이 불어왔다. 바람은 바람구멍을 통해 천막 안으로 들어와 천장을 부풀렸다. 그러고는 아직까지 꺼지지 않고 남아 있던 불씨를 휙 날려 천 두루마리 쪽으로 실어 갔다. 거센 바람에 힘을 얻은 불꽃은 순식간에 큰불로 번지기 시작했다.

아침 기도를 올리려고 밖에 나와 몸을 씻던 옆 천막의 안주인이 탈랄의 천막에서 피어오르는 연기와 불길을 보았다. 여인은 깜짝 놀라 큰 소리로 탈랄네 식구들을 깨웠다.

샤픽과 아내는 허둥지둥 아이들을 데리고 천막 밖으로 빠져 나왔다. 샤픽은 중요한 물건이라도 몇 개 챙겨 보려고 했지만 무서운 불길이 천막을 휘감는 바람에 포기할 수밖에 없었다. 식구들은 이렇다 할 시도 한 번 못 하고 그들의 온 재산이 한꺼번에 잿더미로 변하는 것을 지켜봐야 했다.

모든 것이 타 들어가고 난 잔해 앞에서 샤픽은 절망과 슬픔에 울부짖었다.

"천막도 없어지고, 귀한 천도 모두 타 버렸어! 나는 이제 망했구나, 망했어!"

아내도 흐느껴 울기 시작했다.

"남은 건 엄청난 빚더미뿐이에요! 우린 이제 어떻게 살아야 하나요?"

탈랄은 얼굴이 백짓장처럼 하얗게 질린 채 아직도 피어오르고 있는 연기를 바라보았다. 그리고 더듬거리며 고백했다.

"제가 밤에 불을 피웠어요."

"뭐! 그럼 불을 완전히 안 껐단 말이냐?"

아버지가 다그쳤다. 탈랄은 아무 말도 하지 못했다.

샤픽은 화가 나서 미칠 것만 같았다. 그는 상기된 얼굴로 아들의 목덜미를 움켜쥐었다. 이웃 여럿이 달려들어서야 화난 아버지를 겨우 떼어 놓을 수 있었다.

"불행 중 다행이라고 생각해요. 그나마 다친 사람 없이 모두 무사하잖아요."

이웃들은 어떻게든 샤픽을 위로하려고 했다. 분을 삭이지 못한 샤픽은 몸을 덜덜 떨었다.

"이미 엎질러진 물이오."

장로가 그를 진정시키려고 애쓰며 말했다. 그러나 샤픽은 도무지 화를 가라앉히지 못했다.

"대체 내가 뭘 잘못했기에 이런 벌을 받아야 하는 겁니까!"

그가 부르짖었다.

샤이크가 다가와 샤픽의 어깨에 손을 얹으며 다정하게 말했다.

"당신과 식구들을 저희 천막으로 모시겠습니다."

샤이크는 불행에 처한 탈랄네 가족을 자신의 천막으로 데려갔다. 부족 사람들도 여러모로 도와주었다. 한 여인은 천막을 지을

천 한 폭을 들고 왔고, 다른 여인은 버팀대를 만들 나무를 들고 왔
다. 어떤 사내는 양탄자를 선물하고 갔다. 늦은 오후까지 부족 사
람들은 도움이 될 만한 것들을 들고 샤픽의 가족을 찾아왔고, 새
로운 천막을 지을 수 있도록 힘을 보탰다. 덕분에 샤픽의 가족은
그날 하루만에 급한 대로 작은 천막 하나를 마련할 수 있었다. 샤
픽은 부족 사람들이 베풀어 준 온정에 깊은 감사를 표했다.

그날 저녁 가족은 작은 천막에 옹기종기 모여 앉았다. 분위기는
여전히 침울했다. 탈랄은 한구석에 웅크리고 앉아 꼼짝도 하지 않
았고, 어린 동생들은 겁을 먹고서 어머니 옆에 찰싹 달라붙어 있
었다.

"천막에 불은 났지만 어쨌든 모두가 무사히 살아남은 것도 알
라의 축복이로구나."

어머니가 가족들을 위로하려고 입을 열었다.

"결코 희망을 버려서는 안 돼."

"적지만 가축도 그대로 있고."

샤픽도 용기를 내어 아내의 말을 거들었다. 그리고 한마디를 덧
붙였다.

"이제 좋든 싫든 장사는 더 이상 못 하게 됐군."

"어머, 그럼 이제 당신은 죽으나 사나 내 옆에 있겠군요."

아내는 농담을 던졌다. 그리고는 남편의 어깨에 팔을 얹으며 말
했다.

"내가 결혼할 때 했던 장신구를 땅속에서 파내요. 그걸로 우리

빚을 조금이라도 갚아요."

가족들은 천천히 안정을 되찾았다.

탈랄은 불이 난 뒤로 완전히 딴 사람이 되었다. 지금까지 그저 재미 삼아 했던 일을 이제는 진지한 태도로 했다. 그는 직업 가수가 되기로 결심했다. 그날부터 시간이 날 때마다 피나는 연습을 계속했나. 몇 번이나 같은 노랫말과 곡조를 되풀이했는지 헤아릴 수 없을 정도였다. 노래 솜씨가 워낙 뛰어나다 보니 금세 소문이 퍼졌고, 얼마 지나지 않아 여기저기에서 노래를 해 달라는 주문이 밀려 들어왔다. 탈랄은 노래를 해서 번 돈을 곧장 아버지에게 가져다 드렸다. 시간이 흐르자 엄청나게 쌓였던 빚도 조금씩 줄어들기 시작했다.

"불이 나서 좋은 점도 있구려."

하루는 샤픽이 돈을 세며 아내에게 말을 걸었다.

"탈랄이 인생을 진지한 자세로 대하지 않소."

"그래요. 누구든 실수로 천막에 불을 낼 수 있지요. 하지만 누구나 다 그 아이처럼 거기서 교훈을 얻지는 않아요."

아내가 고개를 끄덕이며 대답했다.

어느덧 장사꾼 샤픽의 아들 탈랄은 그 부근에서 가장 유명한 가수가 되었다.

어느 날 저녁, 탈랄은 결혼 잔치에 가서 여느 때처럼 정열적으로 노래를 불렀다. 그런데 달빛을 받으며 신부가 신부 천막으로 걸어가는 것을 본 순간 갑자기 목이 잠겨 노래가 제대로 나오지 않았다. 불현듯 아미라 생각이 났기 때문이다. 탈랄은 간신히 노래를 마치고서 무대에서 내려왔다.

다음 날 그는 하루 종일 아무 말 없이 양탄자에 누워 골똘히 생각에 잠겼다.

"목소리를 아끼려고 그러는구나."

어머니는 탈랄에게 진한 버터 우유를 한 잔 내밀었다.

"그런 게 아니에요."

탈랄은 침울한 목소리로 답했다. 어머니는 탈랄 옆에 앉았다.

"걱정 마라. 이제 빚도 거의 다 갚았잖니. 다 네가 열심히 일한 덕분이란다. 이 어미는 우리 아들이 참 자랑스럽구나."

어머니는 아들을 다독였다.

"제가 걱정하는 건 빚이 아니에요, 어머니."

탈랄의 말에 어머니는 귀를 쫑긋 세웠다.

"그럼 대체 뭐가 걱정이니?"

"저는 아미라를 신부로 맞고 싶어요. 그런데 신부 대금으로 아미라는 이야기를 하나 지어 오라고 해요."

어머니는 아들의 손을 꼭 쥐었다.

"정말 넌 언제나 어미를 놀라게 하는구나. 나는 다리가 휜 우리 아들이 사막에서 가장 아리따운 아내를 맞을 수 있을 거라고는 꿈에도 생각하지 않았는데."

탈랄이 다시 한숨을 내쉬며 말했다.

"아미라는 이야기를 듣고 싶어 해요."

"그럼 열심히 머리를 굴려 보거라."

"하지만 시간도 없고 그럴 여유도 없어요. 저 좀 도와주세요!"

탈랄은 어머니에게 애원했다.

"그러마. 어디 고민해 보자꾸나."

어머니는 아들에게 약속했다.

탈랄은 여느 때처럼 쉬지 않고 일했다. 잔치에서 노래를 부르고 천막으로 돌아올 때마다 어머니에게 이야기가 생각났느냐고 물었다.

"다음 보름까지만 기다리렴."

그로부터 이틀 뒤 탈랄은 한밤중에야 일을 마치고 돌아왔다. 천막에 발을 들여놓은 탈랄은 어머니가 잠자리에 들지 않고 깨어 있는 것을 보았다.

"너한테 들려줄 이야기가 생각났단다."

어머니는 탈랄을 맞으며 다정하게 속삭였다.

"자, 천막 밖으로 나가자. 다른 식구들을 깨우면 안 되잖니?"

탈랄은 잔뜩 기대하며 어머니의 이야기에 귀를 기울였다.

담력 시험 이야기

이 이야기는 이름난 부족에서 오래 전부터 전해지던 이야기란다. 이 부족의 샤이크는 엄하기로 소문난 사람이었지. 누구도 어떤 식으로든 그의 뜻을 거스를 엄두를 내지 못할 정도였단다.

알카비르, 위대한 자라는 뜻의 이름을 가진 이 샤이크는 자신의 명성을 지키고 후계자를 확실히 정해 두고 싶어서 많은 자식을 갖길 원했지. 그래서 알카비르는 부인을 세 명이나 맞았단다. 하지만 운명은 그의 소망을 이뤄 주지 않았어. 이상하게도 세 부인 다 아이가 생기지 않았던 거야. 부족 사람들은 아이가 생기지 않는 게 샤이크 탓이라고 뒤에서 수군거렸지. 하지만 정작 샤이크는 자기가 아니라 아내들이 아이를 낳지 못하는 거라고 믿어 의심치 않았단다. 그래서 그는 네 번째로 아내를 맞았지.

일곱 해가 지났을 때, 젊은 네 번째 아내가 드디어 딸을 낳았단다. 알카비르는 딸에게 야스민이라는 이름을 지어 주었지. 그리고 야스민이 처음이자 마지막 자식일 것이라 생각하고 딸을 아들처럼 키우기로 마음먹었어.

야스민은 무럭무럭 자랐고 사람들은 이 아이를 '위대한 자의 딸'이라고 불렀어. 야스민은 다른 여자아이들보다 예쁘지는 않았지만 특별히 못생기지도 않았어. 키가 크고 말랐고 목소리가 굵었단다.

샤이크는 야스민을 데리고 사냥을 다녔고, 여행을 갈 때나 다른 부족을 방문할 때도 꼭 딸과 함께였어. 야스민은 아버지가 족장으로서 남자들의 천막에 앉아 있을 때도 옆에 나란히 앉아 오고가는 손님을 맞았지.

알카비르는 딸에게 말 타는 법을 가르치고 싶었어. 야스민은 아버지의 기대를 저버리지 않고 가르치자마자 금세 말을 탔어. 솜씨도 나날이 훌륭해졌지. 야스민은 달리는 말 위에서 다른 말로 바뛰 타기도 할 줄 알았어. 시간이 흐르자 부족 최고의 기수가 되었지. 말타기 대회가 열리면 일등은 볼 것도 없이 언제나 야스민에게 돌아갔단다.

부족의 남자들은 그런 야스민이 아니꼬웠어.

"이렇게 가다가는 여자 족장이 우리를 다스리겠는걸."

장로의 말에 다른 이도 맞장구를 쳤지.

"나도 왠지 그런 예감이 드네. 야스민 혼자 아들 몇 명 몫을 거뜬히 해내고 있으니, 원."

야스민이 결혼할 나이가 되자 여러 부족 샤이크의 아들들이 앞다투어 청혼을 해 왔단다. 그러나 야스민은 매번 거절했지. 그렇게 두 해가 지나자 알카비르는 더 이상 참을 수가 없었지.

"그 젊은이들의 어디가 그렇게 마음에 안 든다는 게냐? 처녀는 나이가 차면 결혼을 해야 해."

아버지는 딸을 다그쳤단다.

"저는 저만큼 강한 남자가 아니면 결혼하지 않겠어요. 약해 빠진 남편을 대체 어디에 쓰겠어요?"

"그럼 그 친구들을 시험해 보려무나!"

야스민은 그 말을 듣고 좋은 방법을 떠올렸어.

마을에서 멀리 떨어진 곳에 그녀는 작은 천막을 쳤단다. 이 천막은 보통 것과는 달리 바람구멍 하나 없이 천을 빈틈없이 이어붙여 만든 것이었어. 야스민은 청혼한 샤이크의 아들들을 자기가 준비한 시험에 초대했단다. 모두 열두 명이었지.

청년들은 나름대로 담력 시험에 대비해 무기를 갖추고 왔단다. 어떤 사람은 창을 들었고 어떤 사람은 검을 가져왔지. 또 단검을 허리에 차거나, 활과 화살을 챙긴 사람도 있었지.

야스민은 그들을 천막으로 안내하면서 담력 시험이 어떻게 치러지는지를 설명했어.

"당신들은 누구와 싸우거나 짐승을 쫓지 않아요. 그저 제가 불을 피워 둔 저 천막 안으로 들어가기만 하면 된답니다. 저 안은 연기가 자욱해요. 저기에서 가장 오래 버티는 사람이 내 신랑이 될 거예요."

첫 번째 구혼자가 천막 안으로 들어가 불 가에 자리를 잡고 앉았지. 천막 안은 어둠침침했고 연기가 모락모락 피어올라 연신 콧속으로 밀려들어 왔어. 그는 조금이라도 오래 버티려고 했지만 결국 무섭게 기침을 하며 천막 밖으로 뛰쳐나오고 말았어.

야스민은 두 번째 구혼자에게 손짓을 했어. 그러나 이 청년도 금세 콧물을 줄줄 흘리고 눈이 새빨개져서는 밖으로 도망쳐 나오고 말았지 뭐니.

세 번째 구혼자는 천막에 들어가자마자 소리를 질렀어.

"이 무슨 정신 나간 짓이람!"

곧 밖으로 뛰쳐나온 그는 방귀를 부웅 하고 뀌었어.

그렇게 야스민은 열한 명의 구혼자를 차례대로 천막에 들여보냈단다. 이제 마지막 젊은이만 남아 있었어. 야스민은 그에게 지시했어.

“들어가요!”

그러나 이 마지막 젊은이는 어깨를 으쓱하고서는 움직일 생각을 하지 않았단다.

“왜 가만히 있는 거죠? 다른 사람들보다 당신이 잘났다고 생각하는 건가요?”

“당신 같은 여자 열두 명을 준다 해도 이런 시험에는 응하지 않겠소.”

그는 당당하게 대꾸했단다. 야스민이 설득했지만 소용 없었어.

다른 지원자들이 눈물과 콧물을 줄줄 쏟는 동안 마지막 젊은이는 아무렇지도 않게 말에 올랐어.

“기다려요!”

야스민이 갑자기 그를 붙들었단다.

“강요에 무조건 따르지 않는 용기를 지닌 자만이 내 남편이 될 자격이 있습니다!”

그 말을 들은 샤이크의 아들은 야스민을 뒤에 태우고 힘차게 말을 달려 그곳을 떠났어. 다른 열한 명의 구혼자들은 입을 벌린 채 사라져 가는 두 사람의 뒷모습을 멍하니 바라보기만 했지.

야스민은 그 젊은이와 결혼하였고 아버지 알카비르의 소원대로 많은 아이들을 낳았단다.

나빌 —요람의 아이

　아미라의 세 번째 구혼자인 나빌은 또 이야기를 지어서 들려주어야 한다는 말을 듣고도 상심하지 않았다. 그는 반드시 이번 경쟁에서 이겨 아미라를 아내로 맞이해야겠다고 결심했다.

　나빌은 샤이크의 첫 번째 아내인 살바가 낳은 아들이었다. 나빌의 어머니는 나빌 앞에 딸을 하나 낳았고, 나빌 뒤에도 아들을 하나 더 낳았지만 태어난 지 얼마 되지 않아 둘째 아들은 죽고 말았다. 그래서 나빌은 샤이크의 장남이자 때가 되면 그의 자리를 물려받을 공식적인 후계자로 여겨졌다.

　샤이크는 살바 말고도 두 명의 아내가 더 있었다. 두 아내는 샤이크가 머무르는 큰 천막 옆에 세워진 작은 천막 두 채에서 저마다 아이들을 데리고 살았다.

샤이크의 큰 천막 안은 둘로 나뉘어 있었다. 절반은 남자들이 머무르는 곳이었는데 여기서는 손님을 맞거나 규율에 대한 이야기가 오갔다. 나머지 반쪽은 살바가 아이들을 데리고 살림을 꾸리는 곳이었다.

나빌의 어머니 살바는 다른 부족에서 온 샤이크의 딸로 영리하고 시와 문학에 조예가 깊은 섬세한 여인이었다. 살바는 비록 글을 읽고 쓸 줄 몰랐지만 많은 시들을 머릿속에 넣고 다녔다. 살바의 기억력은 사람들이 두루 인정할 만큼 뛰어났다. 살바는 단 한 번 시를 듣기만 해도 구절 하나하나를 정확히 외웠다.

살바는 나빌 또한 시에 대한 열정을 갖도록 키웠다.

"시는 고결한 성품을 갖게 해 준단다."

그녀는 입버릇처럼 아들에게 말했다.

나빌이 태어났을 때 살바는 아들을 위해 요람을 하나 만들었다. 작은 깔개의 네 귀퉁이에 밧줄을 꿰어 천막 버팀대에 걸었다. 그리고 그 위에 새끼 양의 털가죽을 깔아 두었다. 나빌이 울면 양털 위에 눕히고 요람을 살살 흔들면서 시를 읊어 주었다.

사람들이 그와 비교하기 위해 아름다움의 신을 데리고 왔노라.

불려 온 아름다움의 신은 부끄러워 고개를 숙였다네.

사람들이 물었네.

오, 아름다움의 신이여, 그대와 비슷한 사람을 보았소?

그러자 아름다움의 신이 외쳤네.

그러한 자를 보리라고 생각도 하지 못했다오!

시를 사랑하는 어머니 밑에서 자란 덕에 시는 나빌의 뼈가 되고 살이 되었다.

"우리 아들은 요람의 아이로군."

샤이크는 아이가 요람에서 잠든 것을 볼 때마다 이렇게 말하곤 했다.

나빌은 무럭무럭 자랐다. 어머니 살바도 아이들을 더 낳았지만 그녀가 가장 아끼고 사랑한 자식은 언제나 나빌이었다. 샤이크의 천막에 손님이 오면 소년 나빌도 함께 자리를 지켰다. 그리고 어른들이 하는 말을 다 이해하지 못하더라도 오가는 대화에 열심히 귀를 기울였다.

어느 날 샤이크는 도시에서 온 편지를 한 통 받았다. 그는 조심스레 종이를 펼쳐 유심히 살펴보았다. 중요한 서류라는 것을 나타내는 도장이 찍혀 있었지만, 샤이크는 편지에 적힌 글씨를 하나도 읽을 수 없었다. 그는 글을 몰랐다.

샤이크는 마을을 샅샅이 뒤져 글을 읽을 줄 아는 사람을 찾아보았지만 헛수고였다. 샤이크는 편지를 손에 들고 고민에 빠진 채 천막에 앉아 있었다.

"왜 그래요?"

양탄자를 털려고 들락날락하던 살바가 다가왔다.

"난 지금 꼭 혼인 잔치에 가서 노래 한 자락 못 듣고, 축하 한 마디 못 하는 귀머거리 벙어리가 된 기분이구려."

샤이크가 아내에게 속내를 털어놓았다.

"누가 나한테 편지를 보냈는데 한 글자도 알아먹을 수가 없어 답답하다오."

살바는 잠시 생각에 잠기더니 말했다.

"서희 부족에 나이 지긋한 코란 선생님이 계세요. 그분한테 도움을 청하면 어떨까요?"

샤이크는 종이를 이리저리 돌리며 말을 이었다.

"어디가 위이고 어디가 아래인지도 모르겠소."

그는 한숨을 내쉬며 종이를 다시 잘 접었다.

"이래서 사람은 읽고 쓰는 법을 반드시 배워야 해!"

살바는 남편을 쳐다보며 맞장구를 쳤다.

"맞아요. 시대가 변했어요. 이제는 샤이크도 읽고 쓰는 법을 알아야 해요."

"당신 말이 맞소. 내 나이에 글을 배우기는 무리이지만 나빌만이라도 시켜야겠소."

"자기 손으로 물을 떠 마실 수 있다면 목마름을 느껴도 걱정할 필요가 없겠지요."

살바가 반가워하며 말했다.

샤이크는 살바의 부족에 있다는 코란 선생을 부르기로 결심했다. 말이 나오자 일은 착착 진행되었다. 샤이크는 사람 하나를 낙타에 태워 보냈다. 바로 다음 날 늙은 코란 선생은 샤이크의 천막에 찾아왔다.

"고명하신 학자께 인사 여쭙니다."

샤이크는 손님을 천막 안으로 모셨다. 우선 손님에게 식사를 대접한 뒤, 샤이크는 호주머니에서 구겨진 편지를 꺼내 손님에게 건넸다. 그러고는 코란 선생의 입에서 무슨 말이 떨어지나 잔뜩 기대하고 앉아 있었다.

코란 선생은 편지를 읽더니 입가에 웃음을 띠었다.

"도시에 사는 아부-아흐메드라는 장사꾼이 당신에게 옛날 빚을 갚아 달라고 요청했구려. 그러면서 다음 초승달까지 시간을 주었소. 그때까지 빚을 갚지 않으면 카디에게 가서 얘기를 한다고 하는구려."

샤이크의 얼굴은 딱딱하게 굳어졌다.

"무슨 초청장이라도 온 줄 알았소? 글을 읽을 줄 안다는 게 항상 즐거운 일은 아니라오!"

코란 선생은 짓궂게 말했다.

"그렇다면 장사꾼에게 이렇게 답장을 좀 써 주십시오."

샤이크는 코란 선생에게 청했다.

"베두인은 물건을 훔칠지언정 빚은 반드시 갚는다네. 한 달 내로 내 양들을 팔아 자네 돈을 돌려줌세."

코란 선생은 샤이크의 말대로 편지를 썼다.

"제가 선생을 모신 데에는 편지 말고도 더 중요한 까닭이 있습니다."

샤이크는 자세를 가다듬고 손님에게 커피를 권하며 다시 이야기를 꺼냈다.

"시대가 많이 변하였습니다. 앞으로는 샤이크도 읽고 쓰는 법을 알아야 하지 않겠습니까?"

그러면서 샤이크는 늙은 코란 선생과 눈을 맞추며 물었다.

"제 아들 나빌에게 글을 가르쳐 주시겠습니까?"

코란 선생은 말없이 담배 한 모금을 깊이 빨아들였다.

"제 아들이 읽고 쓰기를 배우는 데 시간이 얼마나 걸릴까요?"

조바심이 난 샤이크가 다시 물었다.

"당신 아들이 얼마나 똑똑한가에 달렸소."

코란 선생이 답했다.

"나빌, 이리 와 보거라!"

샤이크는 아들을 불렀다.

"손님께 인사드리고 네가 잘 아는 시를 한 편 읊어 드리거라!"

나빌은 아버지의 천막 안으로 들어와 코란 선생에게 허리를 굽혀 인사를 했다. 그러고는 시 한 편을 암송했다.

"여행하라! 네가 떠나온 것을 대신할 무언가를 찾을 것이리라.

수고를 마다하지 말라! 삶의 달콤함은 노고 속에 있으니.

한자리에 지체하면 명망도 지혜도 얻지 못하노라.

아니, 그저 목숨부지에만 연연하고 말지니!

그러므로 그대 떠나라, 고향을 등지고 떠나라!

물이 고여 썩는 것을 나는 보았노라.

흐르는 물은 늘 신선하네. 제자리 고인 물 탁해지나니.

달이 때에 따라 이지러지지 않는다면,

인간의 눈도 그 뜻을 읽으려 애쓰지 않으리.

사자가 굴을 떠나지 않으면 먹이를 잡지 못하리.

화살이 활을 떠나지 않으면 과녁을 맞히지 못하리.

금이 광산에 묻혀 있으면 그것은 한낱 흙에 불과하리.

알로에가 흙 속에 묻혀 있으면 땔감보다 나을 바 없으리.

허나 뽑혀 먼 곳으로 움직이면 가치는 한결 드높아진다네.

머나먼 이국 땅에서 금보다 귀한 것이 알로에가 아닌가.

"아주 훌륭하구나."

코란 선생은 소년을 칭찬했다.

"지금 몇 살이냐?"

"열 살입니다."

"아이 엄마가 시를 가르쳤습니다."

샤이크가 자랑스러워하면서 말을 보탰다.

"나한테서 읽고 쓰기를 배우면 되겠구나."

샤이크와 코란 선생은 조금 더 이야기를 나누었다. 그들은 정식
으로 교실을 열어 나빌뿐 아니라 그 마을의 다른 아이들한테도 글
을 가르치기로 했다.

코란 선생은 샤이크의 편지를 읽어 준 날로부터 한 달이 지나자 다시 마을을 찾았다. 그리고 이번에는 샤이크의 천막 근처에 자신의 천막을 따로 세웠다. 선생을 도와주는 사람도 있었지만 학교가 생긴다는 것을 미심쩍어하는 사람도 있었다.

저녁이 되자 마을 사람들은 샤이크의 천막에 모였다. 샤이크는 모인 사람들에게 알렸다.

"이제 코란 교실이 생길 겁니다. 코란 선생님께서 배울 뜻이 있는 아이들한테 아랍 글자와 경전을 가르쳐 주신다고 합니다."

샤이크는 잠깐 말을 멈추더니 선생을 향해 몸을 돌렸다.

"수업료로 얼마를 받으실 생각입니까?"

코란 선생은 헛기침을 한 번 하고서 대답했다.

"학교를 보내려는 부모는 한 달에 1피아스터씩 내면 되오. 그리고 목요일마다 학생 한 명당 달걀 하나씩을 받겠소. 금요일에는 수업이 없소."

"아이들이 읽고 쓰기를 익히는 데 얼마나 걸립니까?"

한 아버지가 물었다.

"열심히만 한다면 일 년이면 족하오."

"그럼 그 시간에 염소는 누가 돌본단 말이오?"

질문했던 아버지가 다시 물었다. 코란 선생은 어깨를 으쓱하고는 고개를 돌렸다. 샤이크가 나름대로 해결책을 제시했다.

"자네한텐 아들이 셋 있지 않나. 하나만 학교를 보내고 나머지 둘은 들판에 나가 염소를 돌보게 하게."

그러자 코란 선생은 짓궂은 웃음을 띠며 말했다.

"아니면 두 아이를 학교에 보내시오. 그럼 수업료를 깎아 드리리다."

한동안 이런저런 말들이 오가고서야 코란 선생의 공책에는 스무 명 남짓한 학생들의 이름이 오르게 되었다.

학교는 다음 날부터 바로 시작되었다. 아이들은 학교에 가기 위해 이른 아침부터 잠에서 깼다. 살바도 아들을 채근했다.

"학교 가려면 어서 씻고 깨끗한 옷으로 갈아입어야지."

어머니는 나빌에게 빵과 염소젖 치즈를 봉투에 싸 주고, 양털 가죽 한 장을 내밀었다.

"학교에 가면 이걸 깔고 앉으렴."

난생 처음 학교에 와 보는 학생들이 코란 선생의 교실로 하나둘씩 도착했다. 어떤 부모들은 아이를 학교에 보내는 데 꽤 애를 먹기도 했다.

"학교에서 셈을 배우면 네가 키우는 염소가 몇 마리인지 세어 볼 수도 있단다."

한 엄마는 시큰둥한 표정으로 마지못해 따라나선 아들을 이런 말로 구슬리기도 했다.

아이들이 모두 도착하자 코란 선생은 반원을 그리고 둘러앉게 했다. 그러고는 축복 받은 아침을 기원하는 인사를 건넸다. 나이도 몸집도 저마다 다른 학생들이 한자리에 앉아 잔뜩 기대에 찬 얼굴로 선생을 보았다.

"읽고 쓰는 법을 배우려면 두 가지를 잘 지켜야 한다! 얌전히 앉아 있을 것, 그리고 잘 들을 것!"

선생은 이번에는 천막 문을 가리키며 말을 이었다.

"태양이 천막 천장 위에 올라오면 수업을 끝내겠다."

그는 양탄자 위에 앉더니 모랫바닥 위를 손바닥으로 평평하게 쓸어 냈다.

"아랍어에는 모두 합해 스물여덟 개의 글자가 있다. 이제부터 하루에 한 글자씩 가르쳐 주겠다."

그는 손가락으로 모랫바닥에 글씨 하나를 썼다.

"이게 알리프다. 알파벳의 첫 글자이지."

아이들은 바닥에 쓰인 글씨를 보려고 목을 길게 뽑았다.

"샤이크가 도시에서 종이와 연필을 마련해 올 때까지는 우선 모래 위에 글씨를 써 주마. 자, 이제 너희들 차례다. 다들 알리프를 똑같이 따라 써 보아라. 나이 많은 학생들은 어린 학생들을 도와 주고!"

선생은 아이들에게 첫 번째 글자를 어떻게 쓰는지 설명했다. 아이들이 첫 번째 글자를 연습하고 나자, 이번에는 코란의 한 구절을 읽어 주고 암송을 시켰다. 첫 수업은 그렇게 지나갔다.

나빌이 학교에서 돌아오자 어머니는 아들한테 줄 선물을 마련해 놓고 기다리고 있었다.

"너한테 줄 책가방을 만들었단다."

나빌은 검은 천에 초록색과 붉은색 실로 수놓아진 가방을 눈높

이까지 들어 올려 이리저리 살펴보았다.

"마음에 드니?"

나빌은 고개를 끄덕이며 대답했다.

"네! 그중에서도 낙타 행렬이 가장 멋있어요!"

"네 이름을 쓰는 법을 배우고 나면 이 가방 위에 그려 보려무나. 그럼 엄마가 네 이름을 수놓아 줄게."

어머니의 약속을 듣자 나빌은 무척 기분이 좋았다.

첫날 저녁부터 궁금증이 동한 아버지들은 코란 선생의 천막으로 몰려들었다.

"제 아들이 똑똑하던가요?"

"내 아들놈이 한눈 안 팔고 잘 듣습디까?"

아버지들은 쉴 새 없이 질문을 쏟아 냈다.

"이제 글을 읽을 줄 알게 된 겁니까?"

성급한 질문을 던지는 아버지도 있었다.

"알라께서도 세상을 단 하루만에 만드신 게 아니랍니다. 그런데 어떻게 아이들이 단 몇 시간만에 글을 익힐 수 있겠습니까?"

코란 선생은 사람들을 진정시켰다.

"다음 보름이 다가올 때쯤이면 아이들이 자기 이름을 쓸 줄 알게 될 겁니다. 수업료를 날리는 일은 없을 거란 뜻이지요."

선생은 격정이 태산이라는 얼굴을 한 아버지를 향해 자신 있게 말했다.

수업을 시작한 지 나흘째 되는 날, 선생은 학생들에게 달걀을 잊지 말라고 당부했다.

"내일은 목요일이란다!"

다음 날 학생들은 달걀 하나씩을 들고 등교했다. 선생은 모랫바닥에 구덩이를 파고 달걀을 그 안에 잘 넣어 두었다.

"저 많은 달걀로 뭘하려는 걸까?"

한 아이가 옆 자리에 앉은 친구 귀에 속삭였다.

"나도 모르지."

"저렇게 많은 걸 혼자서는 다 못 먹을 텐데."

어느 목요일, 나빌은 친구 압달라와 장난이 치고 싶었다. 선생이 여느 때처럼 달걀을 받아 구덩이에 모은 뒤, 수업을 시작하려고 하자 나빌은 압달라에게 작은 목소리로 소곤거렸다.

"저 구덩이 좀 봐. 가득 찼어!"

"나도 나중에 선생님이나 해야겠어."

압달라가 대꾸했다.

잠시 뒤, 손을 움직이지 않고 잠자코 앉아 있는 나빌을 본 선생이 물었다.

"무슨 일이냐? 오늘은 왜 글씨를 쓰지 않는 거지?"

그러자 나빌이 짐짓 목소리를 꾸며 대답했다.

"머리가 아파요."

선생은 나빌을 가까이 오게 한 뒤 이마 위에 자기 손을 얹었다. 그러고는 물 단지를 건네며 말했다.

"여기 찬물로 얼굴을 좀 씻거라."

나빌은 어지러운 척 연기를 했다.

"속이 메스껍고 이상해요."

나빌은 신음 소리를 내며 물 단지를 떨어뜨렸다. 단지가 와장창 소리를 내며 달걀 구덩이 위로 떨어졌다. 학생들은 요란하게 소리를 질렀다.

"달걀이 깨졌다! 달걀이 깨졌어! 다 뭉개졌다!"

"조용히 해, 조용히!"

선생도 고래고래 고함을 쳤다. 그러면서 잔뜩 화가 나 시뻘개진 얼굴로 나빌을 다그쳤다.

"아프면 집에 있지 왜 학교에 온 거냐?"

"무슨 일이 있어도 수업을 빼먹고 싶지 않아서요."

나빌도 지지 않고 대꾸했다.

"오늘 수업은 여기까지다!"

코란 선생은 화가 잔뜩 나 소리를 지르며 아이들을 집으로 돌려보냈다.

"이런 낭패가 있나. 이 달걀들을 주고 바지를 한 벌 사려고 했더니만."

선생은 혼잣말로 푸념을 늘어놓았다.

코란 선생이 처음에 말한 대로 일 년이 지나자 아이들은 읽고 쓰기를 할 줄 알았고 코란 구절도 암송하게 되었다. 딱 한 아이만이 자기 이름만 겨우 익히고 다른 글자는 읽지도 쓰지도 못했다.

"이 아이는 도무지 가망이 없소. 아무리 뛰어난 선생이라도 당신 아들을 가르칠 수는 없을 거요."

코란 선생은 망연자실해 있는 아버지에게 말했다.

"열두 냥이나 되는 돈을 그냥 날려 버렸단 말야? 차라리 염소 치는 일이나 시킬 걸 그랬어!"

아이 아버지는 언짢은 표정으로 투덜댔다.

샤이크는 학교가 끝난 것을 기념하여 온 마을 사람들을 초대해 잔치를 베풀었다. 부모들은 코란 선생에게 감사하다는 말과 함께 이런저런 기원과 축복의 인사를 건네며 선생을 떠나보냈다.

나빌은 부지런하고 우수한 학생이었다. 어떤 글도 막힘없이 술술 읽었고, 글씨도 틀리는 일 없이 가지런히 쓸 줄 알았다. 아버지에게 도시에서 편지가 오면 나빌이 척척 읽어 주었다. 나빌은 아버지에게 이름 쓰는 법을 가르쳐 주었다. 그 뒤로 샤이크는 서류에 엄지손가락으로 도장을 찍는 대신 진짜 서명을 하게 되었다.

이제 샤이크는 아들에게 족장으로서 해야 할 일을 제대로 가르치기 시작했다. 나빌은 샤이크의 천막에서 일어나는 수많은 회의와 협상에 참석했다. 그러면서 조상 대대로 내려오는 관습과 규범을 익혔고, 부족에서 일어나는 크고 작은 갈등과 마찰을 아버지가 어떻게 처리하는지 유심히 지켜보았다. 아버지가 천막을 비울 때는 나빌이 그의 자리를 대신했다. 나빌은 아버지 대신 불을 피우고 커피를 끓였으며 손님을 맞이했다. 살바는 그런 아들을 자랑스러워하면서 도왔다.

하지만 샤이크의 다른 두 아내들 눈에 나빌이 곱게 비칠 리 없었다. 그들이 낳은 아들들도 나빌을 아니꼽게 바라보았다.

그러던 어느 날 살바와 다른 두 아내가 심하게 말다툼을 벌였다. 샤이크의 두 번째 아내가 자기 아들은 온종일 고되게 일하는 반면 나빌은 아무 짝에도 쓸모없는 식충이처럼 놀고 먹는다고 욕을 한 게 화근이었다. 살바는 당연히 나빌을 편들었다. 두 아내의 아들들이 말참견을 하면서 싸움은 점점 커져 거의 주먹다짐으로 번졌다.

샤이크가 말리고서야 싸움은 겨우 끝이 났다. 샤이크는 버럭 성을 내며 가족들을 꾸짖었다.

"내 천막 안의 평화조차 지키지 못하는데 어떻게 다른 이들의 다툼을 말릴 수 있단 말이오!"

나빌은 가끔 샤이크가 도시에 나갈 때 아버지와 동행하기도 했다. 칠일장이 서는 어느 날 아버지는 숫말에, 나빌은 어린 암말에 올라타고 함께 길을 떠났다. 두 사람이 반쯤 길을 갔을 때, 갑자기 수풀에서 사나운 매 한 마리가 튀어나왔다. 샤이크를 태운 숫말이 놀라 갑자기 펄쩍 뛰어올랐다. 순간 샤이크는 고삐를 제대로 움켜쥐지 못하고 그만 땅바닥에 나뒹굴었다. 샤이크의 입에서 비명이 터져 나왔다.

나빌은 급하게 말에서 내려 아버지에게 달려갔다. 샤이크는 머리에서 피를 흘리고 있었고, 등을 심하게 다친 듯했다. 나빌은 안간힘을 써서 아버지를 다시 말 위에 태웠다. 그러고는 말 두 마리의 고삐를 쥐고 얼른 마을로 돌아왔다.

"무슨 일이니? 왜 이렇게 빨리 오는 거냐?"

"아버지가 말에서 떨어지셨어요!"

"이런! 아침부터 불길한 일이 생기다니!"

살바가 걱정스런 얼굴로 아들과 함께 남편을 말에서 끌어 내렸다. 살바와 나빌은 샤이크의 머리에 붕대를 감고 요 위에 눕혔다.

"수도승을 불러올게요."

나빌은 급히 집을 나섰다.

잠시 뒤 도착한 수도승은 환자를 자세히 살폈다.

"머리에 난 상처는 얼마 안 가 나을 겁니다. 하지만 척추를 다치셨군요. 척추는 오랫동안 치료를 해야 합니다."

수도승은 샤이크의 등을 한 번 더 만져 보고는 덧붙였다.

"돌 위에 떨어지며 부딪힌 모양이로군요."

샤이크는 고개를 끄덕였다.

"이제부터 등을 조심해야 합니다. 앞으로 몇 주 동안은 자리를 떠나지 말고 가만히 누워만 계십시오. 그럼 일주일 뒤에 다시 오겠습니다."

나빌이 수도승을 배웅하러 나간 사이 살바는 살림을 하는 방 한 구석에 남편이 누울 이부자리를 준비했다.

"내가 아버지를 돌볼 테니 넌 손님방을 지키거라."

어머니가 나빌에게 말했다.

"샤이크한테는 열린 귀와 두꺼운 방석이 필요하단다. 사람들은 저마다 걱정거리를 안고 샤이크의 천막으로 찾아오지. 샤이크가 자신에게 도움과 충고를 베풀어 주길 기대하면서 말이야.”

살바는 아들에게 차분한 말로 일렀다.

“아버지가 하시던 일을 잘 처리하도록 최선을 다할게요.”

나빌은 어머니에게 약속했다.

다음 날부터 나빌은 이른 아침에 일어나 불을 지피고 커피를 끓였다. 그리고 저녁이 되어 마지막 손님이 천막을 떠날 때까지 자리를 지켰다.

“머리는 둘째 치더라도 몸이 너무 고되구나.”

나빌은 힘든 일과를 마치고 한숨을 내쉬었다.

“조금 있으면 익숙해질 거다.”

어머니는 아들을 다독였다.

샤이크가 말에서 떨어진 지 이레가 지났을 때, 아미라는 나빌에게 두 번째 이야기를 지어서 들려 달라는 뜻을 전했다.

“지금은 너무 바쁜데…….”

나빌은 이야기를 생각해 낼 시간을 조금이라도 벌 수 있길 바랐지만 도통 시간이 나지 않았다.

다음 날 아침, 평소처럼 나빌이 샤이크의 천막에서 불 가 자리를 지키고 앉아 있을 때 한 노인이 들어왔다. 등은 굽고 누더기를 걸친 허름한 차림이었다. 나빌은 손님에게 커피를 내주었다. 커피를 한 모금 마신 노인은 샤이크를 칭송하는 노래를 소리 내어 읊었다. 그는 가사 가운데 샤이크가 얼마나 너그럽고 자비심이 깊은지를 드러내는 부분을 유독 크게 불렀다.

칸막이 하나를 사이에 두고 살바가 머무는 방에 누워 있던 샤이크는 그게 무슨 뜻인지 금세 알아차렸다. 그는 살바에게 동전을 한 닢 주며 일렀다.

"나빌한테 슬쩍 주고 오구려!"

마침 나빌이 물을 가지러 가는 척하며 칸막이 쪽으로 다가왔다. 그러고는 칸막이 너머로 아버지를 불렀다.

"저 걸인에게 어떻게 해 줘야 하는 거지요?"

"이 돈을 주거라."

살바가 답했다.

"샤이크는 걸인을 그냥 돌려보내서는 안 된단다. 저 사람은 괜히 여길 찾아온 게 아니야."

나빌은 걸인에게 동전을 내밀었다. 그러자 걸인은 얼른 돈을 받아 넣고 자리에서 일어났다. 그러면서 샤이크의 넓은 마음을 온 세상에 칭송할 것을 몇 번이고 다짐하며 작별을 고했다.

나빌은 걸인을 배웅하고는 잘 가라며 손을 흔들어 주었다. 천막으로 들어온 그는 어머니에게 작은 소리로 덧붙였다.

"저 노인이 너무 큰 소리로 칭송하지 않았으면 좋겠는데요. 안 그러면 소문을 듣고 찾아오는 걸인들을 대접하느라 우리 살림이 바닥나고 말 테니까요."

"그런 일이 일어나지는 않겠지. 걸인들은 대개 음유시인들이란다. 자기가 본 걸 읊는 사람들이지."

그날 밤 나빌은 샤이크의 천막에 깔아 놓은 요 위에 누웠다. 사방은 쥐 죽은 듯 고요했다. 가벼운 미풍 한 자락이 천막을 흔들고 지나갈 뿐이었다. 밤공기는 따스했다. 하지만 나빌은 한기를 느끼고 이불을 코끝까지 끌어 올렸다. 물끄러미 천장을 올려다보고 있자 머릿속에서 아미라에 대한 생각이 끊임없이 떠올랐다. 하지만 막상 아미라에게 들려줄 이야기는 도무지 생각이 나질 않았다. 나빌은 머릿속에서 씨름을 벌이느라 자정이 훨씬 지나서야 겨우 잠이 들었다.

다음 날 새벽 어머니가 나빌을 깨웠다.

"애야, 일어나거라! 저기 말 탄 사람 하나가 우리 천막을 향해 오고 있구나!"

나빌은 잠을 완전히 떨치지 못한 채 몸을 일으켰다. 물로 얼굴을 대충 씻고 서둘러 담요를 옆으로 치웠다. 그러고는 손님을 맞기 위해 천막 밖으로 달려 나갔다.

좋은 암말을 타고 금테를 두른 망토를 걸친 젊은 사내는 신분이 높은 가문 출신으로 보였다.

나빌은 손님과 악수를 나눈 뒤 말고삐를 잡아 끌어 천막 말뚝에 단단히 묶었다. 좋은 양탄자도 꺼내어 손님이 앉을 자리를 마련하고서 나빌은 다시 한 번 환영 인사를 건넸다.

"저희 천막에 오신 손님을 환영합니다!"

젊은 사내는 샤이크가 어디 계시느냐고 물었다. 그는 다른 부족 샤이크의 아들로 자신의 아버지와 친분이 있는 나빌 아버지의 안부를 궁금해했다. 나빌은 아버지에게 일어난 사고를 말했다.

사내는 잃어버린 낙타를 찾다가 마침 나빌의 부족 주위를 지나게 되어 들렀다고 했다. 멋진 암말에 이끌려 샤이크의 천막에 들어온 한 마을 남자가 그 이야기를 듣고 물었다.

"어쩌다 댁의 낙타가 없어진 겁니까?"

그러자 손님은 설명했다.

"몇 달 전 수컷인 제 낙타는 발정기에 접어들어 무척 드세어지고 날뛰기 시작했지요. 아무리 애써도 도무지 진정시킬 수가 없었습니다. 나중에는 사람한테까지 덤벼들어서 결국 주둥이에 재갈을 물리고 앞발을 묶어 두었지요. 그런데 어느 날 밤 이 녀석이 몰래 줄을 끊고 달아났지 뭡니까. 그 뒤로 없어진 낙타를 찾으러 이리저리 헤매고 있답니다."

마을 남자는 고개를 끄덕였다.

"발정 난 낙타 수컷은 사납기가 이루 말할 수 없지요."

"그놈은 품종이 좋은 낙타라서 한시라도 빨리 찾고 싶습니다. 발정기만 지나면 아무리 숫놈이라도 언제 그랬냐는 듯 얌전해지거든요."

"찾아다니신 지 오래되었나요?"

이번에는 나빌이 물었다.

"몇 주 전부터 이렇게 낙타 뒤만 쫓고 있습니다."

"안타깝게도 달아난 낙타를 봤다는 얘기를 들은 적은 없습니다만 낙타를 보게 되면 기별하겠습니다."

손님은 점심 식사만 하고 곧 떠나려고 했으나 나빌이 그를 붙잡았다.

"당신과 말은 좀 더 쉬어야 할 것 같습니다. 오늘밤은 저희 천막에서 지내시고 내일 다시 수색을 계속하십시오."

샤이크의 아들인 젊은 손님은 처음에는 나빌의 제안을 사양했으나 결국에는 고개를 끄덕였다. 나빌과 젊은 남자는 화기애애한 분위기에서 밤늦도록 깊은 대화를 나누었다.

다음 날 아침 나빌은 손님에게 아침 식사를 대접했다. 그는 친절에 깊이 감사하며 떠날 채비를 했다.

"태양이 더 높이 떠오르기 전에 길을 떠나야겠소."

천막 밖으로 나온 그는 나빌에게 말을 데려다 달라고 청했다.

"말은 천막 바로 옆에 묶어 두었습니다. 제가 데려오지요."

나빌은 말을 묶어 둔 장소로 갔다. 그러나 손님의 암말은 그곳에 없었다. 나빌은 깜짝 놀랐다.

'다른 말들과 어울리고 싶어서 줄을 끊고 갔나?'

나빌은 천막에서 몇 걸음 안 되는 곳에 묶어 둔 자기 말들한테가 보았다. 하지만 손님의 암말은 보이지 않았다.

"손님의 암말을 본 사람이 없습니까?"

나빌은 마을 사람들이 듣도록 목청을 돋우어 큰 소리로 외쳤다. 사람들이 여기저기 천막에서 나와 모여들었다. 하지만 말을 본 사람은 아무도 없었다.

"어제 저녁까지만 해도 그 말은 제 천막 옆에 얌전히 묶여 있었습니다. 제 손으로 직접 말을 묶었고 먹이도 가져다주었어요."

나빌은 속이 타서 다급하게 말했다. 살바는 말이 묶여 있던 곳을 자세히 살펴보았다.

"밧줄까지 없어졌구나. 누군가 줄을 풀고 말을 데려간 게 틀림없어."

마을 사람들은 당황한 눈빛으로 서로를 바라보았다.

"우리한테는 이미 몇십 마리나 되는 말이 있는데 하빌 손님의 말을 훔쳐 가다니!"

자리에 누워 꼼짝도 하지 못하는 샤이크가 분해 소리쳤다.

젊은 손님은 놀라서 얼굴이 백짓장처럼 하얘졌다.

"낙타를 찾으러 왔다가 내 암말까지 잃어버리다니. 우리 마을에 돌아가서 받을 조롱과 수모를 생각하니 눈앞이 캄캄하구나!"

나빌은 손님을 달래려고 애를 썼다.

"저는 손님을 대접하는 주인으로서 당신의 안전뿐 아니라 당신의 재산과 가축에도 책임을 가지고 있습니다. 손님인 당신이 가진 권리를 누릴 수 있도록 하겠습니다."

나빌은 천천히 숨을 내쉬고는 다시 말을 이었다.

"당신의 암말을 찾을 때까지는 잠시도 편히 앉아 쉬지 않겠습니다. 그때까지 부디 제 암말을 써 주십시오. 제 말 역시 고귀한 혈통을 가졌습니다."

나빌은 손님에게 암말 한 마리를 넘겨주었다. 손님은 아쉬운 대로 짐을 나빌의 암말 안장에 묶은 뒤 마을을 떠났다.

나빌은 서둘러 아버지의 병상에 다가앉았다. 어떻게 해야 좋을

지 아버지와 의논하고 싶었다.

"누가 감히 우리 손님의 암말에 손을 댈 생각을 했을까요?"

나빌이 분을 참지 못해 소리쳤다.

"아들아, 이번 일로 우리 부족의 위신은 시험대에 올려졌다."

샤이크가 걱정스런 표정으로 말했다.

"내가 어렸을 때 이런 비슷한 일을 보았단다. 우리와 가까운 이웃 마을에서 생긴 일이었는데, 그 마을의 수치가 아직까지 씻기지 않았다고 하더구나."

"손님의 권리는 다른 무엇보다도 신성한 것인데……."

옆에 앉아 있던 살바가 말꼬리를 흐렸다. 나빌은 무슨 일이 있어도 반드시 암말을 찾겠다고 다짐했다.

이 사건 이후로 샤이크의 두 아내는 기다렸다는 듯 나빌의 험담을 늘어놓기 시작했다.

"나빌은 후계잣감이 아냐."

"자기 아버지 얼굴에 먹칠을 했잖아. 이렇게 부끄러운 일이 또 어디 있을까?"

살바는 지지 않고 그 말에 대꾸했다.

"평생 도둑맞지 않고 살 수 있다는 보장은 어디에도 없어. 제아무리 술탄이라도 도둑질을 당할 수 있어. 그리고 이제 곧 내 아들은 잃어버린 말을 찾으러 길을 떠날 거야!"

나빌은 샤이크에게 부탁을 했다.

"아버지, 아버지의 숫말을 빌려 주세요. 시간을 낭비하고 싶지 않아요."

"숫말이 암말보다 기운이 좋으니 그렇게 하렴. 단, 고삐를 튼튼하게 매고 단단히 붙잡아야 한다."

아버지는 나빌에게 주의를 주었다.

"조상님의 보살핌이 너의 길에 함께하기를."

살바는 아들에게 작은 물 부대와 식량을 챙겨 주었다.

"알라께서 너를 지켜 주실 게다, 내 눈동자야!"

나빌이 말 위에 오르자, 어머니는 아들에게 내일 가축 시장이 열린다는 사실을 귀뜸해 주었다.

"날이 밝기 전에 도착해야 한다. 그래야 혹시라도 도둑이 말을 팔려고 할 때 붙잡을 수 있어."

나빌은 어머니를 한 번 꼭 껴안고는 전속력으로 말을 달렸다. 말 위에 탄 나빌의 뒷모습은 이내 자욱한 먼지구름 속에 뒤섞여 사라졌다.

나빌은 길을 가는 도중에 만나는 사람마다 잃어버린 암말에 대해 물었다. 말은 검은 털로 뒤덮여 있고, 흰 발굽과 이마에 하얀색 무늬가 있었다. 꼬리는 땅을 스칠 정도로 길었다. 하지만 안타깝게도 그런 말을 본 사람은 아무도 없었다.

가축 시장에서도 나빌은 허탕을 쳤다. 사연을 들은 나이 든 말 장수는 나빌을 위로했다.

"그런 훌륭한 암말이라면 양이나 염소처럼 함부로 도살하지 못할 걸세! 끈기를 갖고 계속 찾아보게나!"

나빌은 근방에서 열리는 가축 시장을 모두 찾아갔다. 또 수많은 마을과 천막을 뒤지고 다니며 수소문을 했지만 성과는 전혀 없었다. 아파서 누워 있는 아버지와 자신이 걱정되어 잠을 못 이룰 어머니가 떠올랐다.

그렇게 삼 주를 보낸 나빌은 말을 찾겠다는 희망을 버렸다. 집으로 돌아가는 도중에 그는 어떤 올리브 농원을 가로지르게 되었다. 허탈한 심정으로 터덜터덜 말을 몰던 나빌은 농원 끝에 있는 한 농가를 보았다.

때마침 농가의 안주인이 막 구운 빵을 아궁이에서 꺼내다가 말을 탄 나빌을 보았다.

"오, 말 탄 젊은이여! 부디 저희 집에 들렀다 가시지요!"

안주인은 나빌을 집 안으로 청했다. 배가 고프고 목이 말랐던 나빌은 초대를 흔쾌히 받아들였다. 그는 말에서 내려 그 집 마당에 있는 무화과나무에 고삐를 매고서는 주위를 둘러보았다.

바로 그때 안주인의 남편인 농부가 집 밖으로 나왔다. 그는 낯선 손님을 반갑게 맞이했다.

"저희 집에 오신 손님을 환영합니다!"

나빌은 집 안에 들어섰다. 식탁에는 쌀을 곁들인 메추라기 구이와 갓 구운 빵이 놓여 있었다. 나빌의 입안에 군침이 고였다.

"어서 드세요."

농부는 나빌에게 음식을 권했다. 식사를 하면서 그는 나빌에게 말했다.

"제 아내가 오늘 아침 당신이 올 거라고 말했답니다."

나빌은 갑자기 귀가 번쩍 뜨였다.

"어떻게 아셨습니까? 부인께서는 미래를 보실 수 있나요?"

그러자 농부가 껄껄 웃으며 대답했다.

"아닙니다! 어젯밤 꿈에 당신이 나타났답니다."

나빌은 농부의 얘기가 너무나 신기했다.

"혹시 손님께서는 혈통이 뛰어난 암말 한 마리를 찾고 계시지 않나요?"

안주인이 메추라기 구이 위에 요구르트를 부으며 말했다. 나빌은 깜짝 놀라 삼킨 음식이 목구멍에 걸릴 뻔했다.

"어떻게 아셨습니까?"

"꿈에 나왔다니까요."

나빌은 부부에게 지금까지 어떤 일이 있었는지 자세히 알려 주었다. 그러고는 안주인에게 물었다.

"그렇다면 암말이 어디 있는지도 꿈에서 보셨습니까?"

안주인은 아쉽게도 고개를 저었다.

"말은 어떤 와디에서 멀지 않은 동굴에 숨겨져 있었어요. 하지만 그 동굴이 어느 곳에 있는지는 저도 몰라요."

나빌의 마음속에는 다시 희망이 샘솟았다.

"저는 그 말을 찾을 때까지 이 사막에 있는 모든 동굴을 다 뒤져 보겠습니다."

그는 부부에게 깊은 감사를 한 뒤, 지체 없이 말을 타고 집으로 향했다.

말을 달리는 도중에 나빌은 자기 마을 근처에 있는 동굴 세 개가 떠올랐다. 우선 그 동굴들부터 가 보기로 마음먹었다.

행운은 역시 그의 편이었다. 나빌이 세 번째로 찾아간 동굴에 손님이 잃어버린 바로 그 암말이 묶여 있었다. 암말은 다친 곳 없이 무사했다. 암말 앞에는 건초가 한 무더기 쌓여 있었다.

나빌은 망설이지 않고 칼을 꺼내 끈을 잘랐다. 그대로 고삐를 쥐고 암말을 끌고 나와 집으로 향했다. 나빌은 날아갈 것만 같았다. 샤이크의 천막에 도착하자 가족들이 환한 웃음으로 그를 반겼다. 살바는 아들을 맞으며 기쁨의 노래를 불렀고, 천막 지붕 위에 흰 깃발을 올렸다.

"이로써 우리 부족의 명예는 다시 회복되었다!"

샤이크도 아들의 귀환을 축하했다. 그는 친척들을 불러 손님의 암말을 주인에게 돌려주고, 나빌의 말을 찾아오라고 당부했다.

"좋은 결말을 허락하신 알라께 감사를!"

부족 사람들도 찾아와 나빌의 성공을 함께 기뻐해 주었다. 이윽고 샤이크는 사람들 앞에서 공식적으로 선언했다.

"아들아, 너는 내 후계자가 될 자격이 충분하다."

그날 밤 나빌은 어머니 옆에 앉아 여행에서 겪은 일들을 하나도 남김없이 이야기했다.

"정말 이상하구나. 도둑이라면 자기가 훔친 물건을 그렇게 오래도록 한곳에 묶어 두지 않을 텐데."

어머니는 고개를 갸웃거렸다.

"도둑이 아니라면 대체 누가 그런 짓을 저질렀을까요?"

나빌도 문득 수상한 생각이 들었다.

"글쎄, 누군가 네 명예를 해치고 싶은 사람이 했을지도 모르겠구나. 그것도 아주 가까운 친척 중에서 말이야."

살바가 의미심장하게 말했다.

"우리 형제들 가운데 범인이 있다는 말씀이세요?"

"네가 샤이크 자리를 잇는 것을 탐탁지 않아 하는 식구들도 있으니까."

살바가 마음속에 품었던 의심을 내비쳤다. 나빌은 진지한 목소리로 물었다.

"아버지께 말씀드리는 게 어떨까요?"

실바는 고개를 저었다.

"누가 너한테 해코지를 하려 했는지는 모르겠다만 어쨌든 그 사람은 목적을 달성하지 못했어. 이럴 때는 의심이 가더라도 그냥 우리끼리 묻어 두는 편이 좋단다. 게다가 너희 아버지가 지금 편찮으시지 않니. 어떤 식으로든 풍파를 일으키지 않는 게 좋을 것 같구나."

나빌은 어머니의 말을 따르기로 했다. 그리고 다음 날 아침 다시 샤이크의 천막에 앉아 평소처럼 자신의 일을 했다.

날마다 처리해야 하는 여러 가지 일들, 아버지의 사고, 그리고 암말을 둘러싼 이상한 사건들 때문에 나빌은 아미라와의 약속을 준비할 여유가 없었다. 상상력이 들어 있는 창고는 문이 꼭꼭 닫힌 채 도무지 열릴 기미가 보이지 않았다. 나빌은 밤이 깊어도 잠을 이루지 못하는 날들이 많아졌다. 그러다 보니 자연스레 낮에 그물 침대에 누워서 꾸벅꾸벅 졸곤 했다.

"낮에 잠을 자면 못쓴다. 불 가에 앉아 자리를 지켜야 해."

살바가 타일렀지만 나빌은 피곤하다느니, 할 일이 너무 많아 버겁다느니 변명을 늘어놓았다.

"시간이 지나면 그 많은 일들에 차츰 익숙해질 거야."

살바는 따뜻한 목소리로 아들을 격려했다.

그러는 동안 아미라에게 이야기를 해 주어야 할 날은 점점 다가왔다. 과제를 해결하지 못한 부담에 시달리던 나빌은 하는 수 없이 어머니에게 고민을 털어놓기로 했다.

"그러니까 할 일이 많아서가 아니라 아미라 때문에 그리도 걱정을 했던 게로구나."

살바는 아들의 이야기를 끝까지 듣고 나더니 알았다는 듯 고개를 끄덕였다.

"넌 참으로 귀한 보석을 찾아냈구나, 아들아! 아미라의 아리따움은 세상 모두가 부러워할 만큼 대단하니까. 그런 처녀를 며느리로 삼고 싶지 않을 어머니는 없을 게다."

"하지만 도무지 얘기가 떠오르지 않아요."

나빌이 깊은 한숨을 내쉬었다. 그러고는 어머니를 꼭 껴안았다.

"저한테는 편히 앉아 생각할 시간이 없잖아요. 어머니, 저 대신

이야기를 만드실 수는 없어요?"

"애야, 이 어미는 천일야화의 세헤라자데가 아니야."

나빌은 어머니를 조르기 시작했다.

"하지만 어머니는 시와 문학에 뛰어난 재능을 가지셨잖아요."

살바는 어쩔 수 없다는 듯 고개를 끄덕이며 대답했다.

"알았다. 나도 열심히 생각해 보마. 시간이 얼마나 남아 있니?"

"다음 보름까지는 반드시 이야기를 지어야 해요."

살바는 하늘을 올려다보며 날짜를 세었다.

"그럼 지금부터 아흐레 뒤로구나."

하루하루가 쏜살같이 지나갔다. 드디어 둥근 보름달이 천막 위로 떠올랐다. 달 가운데 서 있는 생명의 나무가 뚜렷이 보이던 그밤, 살바는 아들의 이름을 불렀다. 그러고는 곁에 앉은 나빌에게 거짓 맹세에 대한 이야기를 들려주었다.

거짓 맹세 이야기

이 이야기는 오래 전 베들레헴 근처의 한 마을에서 있었던 일이란다. 이 마을은 올리브나무와 살구나무 과수원으로 둘러싸였고, 언덕 위에는 넓은 포도밭이 끝없이 이어져 있었어. 마을 주민들은 돌로 된 집을 짓고 살았지. 집집마다 빗물받이 통이 하나씩 놓여 있었고.

이 마을에는 유숩이라는 농부가 살았단다. 유숩은 자신의 넓은 살구나무 과수원에서 열심히 땀 흘리며 일했지. 살구 농사로 유명한 이 마을에서도 유숩의 살구는 맛있기로 소문이 자자했어.

유숩이 이름난 살구나무 과수원의 주인이었다면 그의 아내 아미네흐는 솜씨 좋기로 유명한 재봉사였어. 베들레헴에서 여자들이 찾아와 아미네흐에게 옷을 지어 달라고 주문할 정도였지.

아미네흐는 들에서 일하는 것을 무척 싫어했어.

"우리 마누라는 나무에 올라가지도 못해."

유숩이 농담 삼아 아내를 놀릴라치면 아미네흐는 지지 않고 대꾸했지.

"우리 바깥양반은 바늘귀에 실 한 가닥도 꿸 줄 모른다니까."

그렇다고 이 부부가 서로 하는 일을 참견하거나 방해하는 건 아니었어. 그저 부지런히 자기 할 일에 매달렸지.

아미네흐는 부지런할 뿐 아니라 무척 검소해서 돈이 생길 때마다 한 푼 두 푼 꼼꼼히 모아 두었단다.

"모름지기 검은 날을 위해서 흰 동전을 모아야 하는 법이야."

그녀는 곧잘 입버릇처럼 이렇게 말했어. 아미네흐는 농장의 빗물받이 통 옆에 구멍을 파고 단지를 묻어 두었어. 그 안에는 그동안 아껴 모은 돈을 넣었고. 아미네흐는 가끔 식구들이 모두 잠든 깊은 밤이면 마당으로 나와 보물이 무사한지 살펴보곤 했지.

긴 세월 동안 아미네흐는 네 명의 아들과 세 명의 딸을 낳았어. 아들들은 아버지의 농사일을 도왔고, 딸들은 어머니와 함께 살림살이를 돌보면서 재봉 일을 배웠지. 어느덧 아이들도 자라서 짝을 지어 독립하고 아미네흐와 유숩 두 사람만 다시 그 집에 남게 되었어.

세월이 더 흐르자 아미네흐는 눈이 침침해졌어. 아무리 노력해도 바늘귀에 실을 끼우기가 여간 힘든 게 아니었단다. 결국 아미네흐는 바느질을 그만두었지.

"나보다 당신이 먼저 저세상으로 가면 나도 이젠 농사일을 안 해도 되겠군."

부지런하고 착실한 아내를 늘 자랑스러워했던 남편은 일부러 짓궂은 말을 했어.

"안됐지만 여자가 남자보다 훨씬 더 오래 산다구요."

젊은 시절과 변함없이 아미네흐도 남편의 농담을 농담으로 되받았지.

그러던 어느 날 유숩은 명이 다해 하늘나라로 떠났단다. 그런데 추도 기간이 채 지나기도 전에 자식들은 아버지의 유산을 놓고 티격태격하기 시작했어. 집안에서 싸움 소리가 끊이질 않자 아미네흐는 사원의 지도자 이맘에게 판결을 부탁하게 했단다.

금요일 설교가 끝나자 자식들은 이맘을 찾아갔어. 이맘은 이야기를 다 듣고 말했지.

"내가 직접 가서 살구나무 과수원을 보아야겠소."

유숩의 아들딸은 이맘과 함께 과수원으로 갔어.

"유숩은 성실한 농부였소. 그의 영혼에 신의 은총이 있기를."

이맘은 기도를 하고서 달콤한 살구 한 알을 따서 입에 넣었지.

그는 큰 걸음으로 과수원의 길이와 폭을 재더니 나무가 몇 그루

인지, 상속인이 몇 사람인지 세었단다.

"아들 넷에 딸 셋이라. 어머니는 어떻게 하기로 했소?"

이맘이 수를 헤아리고 나서 물었지.

"어머니께서는 당신 몫을 포기하신다고 합니다."

큰아들이 답했어.

"딸은 아들에 비해 유산을 반만 받는다오."

이맘이 유숩의 자식들에게 설명했어.

"그게 우리의 성스러운 경전에 나온 내용이라오. 이제 이 과수원을 큰 덩어리 넷과 작은 덩어리 셋으로 나누겠소. 아들 네 사람한테는 큰 덩어리가 딸 세 사람에게는 작은 덩어리가 돌아갈 것이오."

이맘은 자기가 말한 대로 땅을 일곱 구역으로 나누고 한 구역씩 자식들에게 분배했단다.

유숩이 죽고 두 해가 지나자 이번에는 아미네흐가 앓아누웠어. 아미네흐는 그 와중에 눈이 완전히 멀고 말았단다. 그리고 얼마 지나지 않아 남편 곁으로 갔지. 그날은 막내딸이 아침 식사를 마련해서 어머니를 찾은 날이었어. 딸이 아미네흐를 불러 깨웠지만 아미네흐는 조그만 움직임도 없이 가만히 이부자리에 누워 있었어. 딸은 어머니가 돌아가신 것을 깨닫고 큰 소리로 곡을 하며 집 밖으로 달려 나왔어.

아미네흐의 아들딸과 마을 사람들이 모여 초상 치를 준비를 했단다. 여자들은 시신을 씻기고 남자들은 무덤을 파기 위해 곡괭이와 삽을 찾았지. 그런데 함께 연장을 찾던 막내아들이 우연히 어머니가 숨겨 둔 동전 단지를 발견했단다. 그는 단지를 다시 땅속에 묻고는 아무에게도 그 사실을 이야기하지 않았어.

그날 밤 모두가 깊이 잠든 틈을 타 막내아들은 어머니의 보물을 몰래 파냈어. 그리고 그것을 자기가 물려받은 땅의 살구나무 밑에다 묻었단다.

초상을 치른 지 나흘째 되던 날 자식들은 다시 어머니의 유산을 나누어 갖기 위해 한자리에 모였어. 큰아들이 축복을 비는 기도를 먼저 했지.

"알라여, 어머니의 영혼에 은총을 내려 주소서!"

그는 동생들을 둘러보며 말했어.

"어머니께서 동전 단지를 남기신 걸로 알고 있다. 혹시 어머니께서 너희에게 그 단지가 어디 있는지 알려 주시지 않았니?"

모두 고개를 절레절레 흔들며 서로를 쳐다보았단다.

"그럼 이제부터 직접 찾아보는 수밖에 없겠군."

자식들은 집 안 구석구석을 이 잡듯이 뒤지고 마당이며 헛간도 샅샅이 살펴보았어. 빗물받이 통을 들여다보는 아들도 있었고, 지붕에 올라가 굴뚝 안을 뒤지는 딸도 있었어.

"이 바보야! 어머니는 나무에도 못 올라가시는 분이었는데 어떻게 지붕에다 단지를 숨겨 놓으셨겠니?"

다른 딸이 지붕에 올라간 누이를 보고 혀를 찼지.

모두 열심히 집 안을 둘러봤지만 아무것도 찾지 못했어. 아들딸들은 실망이 이만저만이 아니었단다. 그리고 서로를 의심의 눈초리로 쳐다보았지.

"어머니는 항상 정신을 똑바로 차리고 집을 지키신 분이야. 도둑이 들어와서 단지를 훔쳐 갔을 리 없어."

"이맘을 다시 부르는 게 어때? 아버지의 유산을 나누는 데 도움을 주셨으니, 이번에도 해결책을 찾아 주실지 몰라."

일곱 남매는 또다시 이맘을 만나 그들의 문제를 자세히 털어놓았단다. 이야기를 듣고 난 이맘은 흰 수염을 쓰다듬으며 생각에 잠겼지. 얼마 뒤에 그가 입을 열었어.

"문제가 꽤 복잡하군. 그래도 방법이 아예 없진 않소. 우선 당신들 사이에 있을지도 모르는 불신을 없애기 위해 저마다 자기가 보물을 가로채지 않았다는 맹세를 내 앞에서 해 주시오."

일곱 남매는 고개를 끄덕였어. 그때 이맘이 손가락을 들어 올리며 경고했단다.

"단, 이 맹세를 그냥 가벼운 마음으로 해선 안 되오. 성스러운 경전 코란에 손을 얹고 하는 맹세는 반드시 진실해야 하오."

첫 번째로 큰아들이 코란에 손을 얹고 맹세를 했지. 다른 세 명의 형제들이 그 뒤를 따랐고, 이어서 자매들도 차례대로 코란에 대고 진실의 맹세를 바쳤단다.

맹세를 하고서 한 달이 지났을 무렵 막내아들은 자기 과수원의 살구나무 한 그루의 잎이 자꾸 시드는 것을 알아챘어. 막내아들은 나무에 거름을 더 주고 물도 흠뻑 주었지.

그런데도 나무는 점점 시들해지더니 며칠 만에 가지만 앙상하게 남고 말았단다. 게다가 그 옆에 있는 다른 나무도 똑같이 말라가고 있었지. 막내아들은 이상한 생각에 다른 형제자매들의 땅을 살펴봤어. 그런데 그 나무들은 모두 싱싱하고 푸르게 잘 자라고 있었어.

그로부터 얼마 뒤, 이번에는 그의 하나뿐인 자식이 병에 걸렸지. 아이 엄마는 용하다는 산파를 백방으로 찾아다니며 조언을 구했지만 아이의 병을 고칠 수 없었어. 오히려 병세는 더 심해지기만 했어.

그러던 어느 날 막내아들은 집을 나와 들판을 걷다가 큰형을 만났단다. 큰형은 동생에게 물었어.

"네 과수원의 나무들이 대체 어떻게 된 거냐? 물을 제대로 주고 있는 게냐?"

"물도 주고 거름도 잘 주었어요."

"애는 아프고, 나무는 시들고……. 이건 불길한 징조야. 네 재산과 가족에게 은총이 사라졌다는 뜻인 것 같다."

큰형은 막내를 진심으로 걱정했어.

막내아들은 더 이상 아무런 말도 못 하고 고개를 푹 숙인 채 과수원을 떠났어. 절망에 빠진 그는 이맘에게 이 문제를 털어놓아야겠다고 작정했지.

"내가 분명 당신들한테 거짓 맹세를 하지 말라고 경고했거늘!"

이맘은 막내아들이 진실을 털어놓자 크게 화를 내며 꾸짖었어.

"이제 어떻게 해야 하죠?"

막내아들은 기어 들어가는 목소리로 물었어.

"그 단지를 가져오시오. 그리고 형제자매 모두를 한자리에 모으시오."

이맘은 무뚝뚝하게 지시했지.

막내아들은 이맘이 시키는 대로 했단다. 이맘은 단지에 든 돈을 세어서 형제자매들에게 공평하게 나누어 주었어. 막내아들에게는 이렇게 말했지.

"당신은 이 돈에 손을 대지 않는 게 좋겠소. 거짓 맹세를 했기 때문에 당신의 상속권은 효력을 잃었소."

막내아들은 잠자코 고개를 숙였어.

"대신 이 돈을 가난한 이들에게 나누어 주시오. 은총이 가득하신 알라께서 당신의 선행을 보고 용서를 베푸실지도 모르니."

이맘은 충고했지. 막내아들은 이맘이 알려 준 대로 했어. 그러자 아프던 아이가 서서히 기력을 되찾았어. 하지만 한 번 시든 살구나무들은 다시 살아나지 않았단다. 막내아들은 하는 수 없이 병든 나무들을 잘라 내고 새로 어린 나무를 심어야 했지. 그 나무들이 자라 열매를 맺기까지 물론 오랜 세월이 걸렸고 말이야.

아미라와 세 사람의 구혼자는 서로 다른 기다림의 시간을 보냈다. 세 명의 젊은이는 모두 아미라가 자신을 선택해 주기를 간절히 바라며 시간을 견뎠다. 한편 아미라는 그 시간 동안 청년들이 어떤 이야기를 해 줄지, 그들이 과연 약속을 지키고 제때에 자신을 만나러 올지 궁금했다.

약속된 시간이 점점 다가오자 아미라는 저녁마다 달을 올려다보았다. 보름이 가까워지자 아미라는 어머니에게 물려받은 붉은 무늬를 수놓은 검은 옷을 입고 세 젊은이가 찾아오길 기다렸다. 마침 귀한 손님이 부족을 방문해서 남자들은 모두 샤이크의 천막에 모이게 되었다. 아미라의 아버지도 그 자리에 참석하느라 천막에는 아미라 혼자뿐이었다. 구혼자들과 아미라가 다른 사람의 방해를 받지 않고 만날 수 있는 좋은 기회였다.

보름달이 언덕 위로 떠올라 온 마을에 은은한 빛을 내려주던 밤, 천막 밖에서 나직이 아미라를 부르는 소리가 들려왔다. 아미라는 천막에 뚫린 창으로 밖을 내다보았다.

"나야, 칼릴."

"혼자 있으니까 들어와!"

아미라는 손님을 안으로 청했다. 칼릴이 천막 안으로 들어섰다.

"아버지는 지금 샤이크의 천막에 가 계셔. 자정 전까지 안 돌아오실 거야."

아미라는 반가운 얼굴로 칼릴을 맞았다.

"네가 약속을 지켜서 기뻐. 준비해 온 이야기를 어서 들려줘!"

칼릴은 양탄자 위에 앉아 아미라에게 늑대 가죽 이야기를 해 주었다. 아미라는 이야기에 빨려 들어갈 것 같았다. 마침내 칼릴이 이야기를 마치고 자리에서 일어나자 아미라도 그를 배웅하기 위해 일어났다.

"되도록 빨리 너에게 전갈을 할게."

그날 밤 아미라는 늦게까지 잠들지 못했다. 이야기 속에 나온 인물들이 그녀의 머릿속을 꽉 채웠기 때문이다.

다음 날 아침 식사를 하며 아미라는 아버지에게 부족을 찾아온 귀한 손님이 얼마나 머물 것인지 물었다.

"이틀 밤을 더 계실 거다. 손님의 권리는 사흘간 계속되니까."

아미라는 다행이라고 생각했다.

그날 저녁 노을이 지고 땅거미가 내리자 두 번째 구혼자인 탈랄이 찾아왔다.

"어떤 이야기일지 궁금해! 어서 들려줘."

아미라는 탈랄의 기운을 북돋우며 귀를 쫑긋 세웠다.

탈랄은 시간을 허비하고 싶지 않아 바로 이야기를 시작했다. 아미라는 한순간도 다른 데 정신을 팔지 않고 담력 시험 이야기를 들었다. 탈랄의 흥미진진한 이야기를 다 들은 아미라는 탈랄에게 고마워하며 소식을 전하겠다고 약속했다.

아미라는 두 젊은이의 믿음직한 태도에 마음이 놓였다. 그리고 자신을 실망시키지 않길 바라며 마지막 구혼자를 기다렸다.

다음 날 저녁 아미라가 막 집 안 청소를 마치고 난 뒤였다. 나빌이 불쑥 그녀를 찾아왔다.

"아미라, 집에 있니?"

"이리 들어와! 넌 시에 관심이 많으니까 이야기 솜씨도 좋을 것 같아!"

아미라가 그를 반갑게 맞으며 안으로 들였다.

세 번째 구혼자 나빌도 정성을 다해 준비한 이야기를 들려주었다. 거짓 맹세에 대한 이야기를 귀 기울여 듣고 난 아미라는 이번에도 진심 어린 감사 인사를 했다. 아미라는 곧 대답을 해 주겠노라고 약속하며 떠나는 나빌에게 손을 흔들었다.

이제 세 젊은이는 한결 편한 기분이 되었다. 반면 아미라에게는 가장 힘들고 고통스러운 시간이 남았다. 이 사람 아니면 저 사람을 골라야 한다는 중압감이 가슴을 내리눌렀다. 그때마다 아미라는 몇 번이고 할머니를 떠올렸다. 하지만 이번에는 아무리 힘들어도 혼자 힘으로 결정을 내려야 했다. 게다가 세 사람이 들려준 이야기들이 모두 마음에 들었기 때문에 선택의 기준도 바꿔야 할 것 같았다.

아미라는 아무하고도 결혼하지 않고, 세 사람과 그저 좋은 친구로만 지내는 건 어떨까 생각해 보았다. 아니면 그냥 우연의 손에 운명을 맡기고 제비뽑기를 해 버리는 것도 방법일 듯했다. 아미라는 목걸이에 달린 구슬 세 개를 빼어 하나씩 손바닥에 올려놓았다. 푸른 구슬은 탈랄, 붉은 구슬은 나빌, 초록색 구슬은 칼릴로 정했다. 제비뽑기를 시작하려는 순간, 아미라는 제비뽑기가 결코 좋은 방법이 아니라는 생각이 들었다.

아미라는 수십 수백 번이나 자신의 심장에게 어떤 청년한테 가장 마음이 가는지 물었다. 그러나 아무리 질문을 되풀이해도 돌아오는 대답은 늘 애매했다.

그렇게 한 달이 흘렀다. 누구도 선택하지 못한 아미라는 절망에 빠졌다. 그동안 세 젊은이는 애타는 마음으로 아미라의 대답을 기다렸다. 마침내 아미라는 구혼자 모두를 한자리에서 만나기로 마음먹었다. 그들을 좀 자세히 알고 더 친해지면 선택이 쉬워질 것이라 생각했다.

아미라는 날짜와 시간을 정해 나빌과 탈랄, 칼릴에게 우물가로 나와 달라고 부탁했다. 이윽고 한자리에 모인 세 청년은 불편한 눈빛으로 서로를 쳐다보았다. 그러나 저마다 마음속에 도사린 불안감을 밖으로 드러내지 않으려고 애를 썼다.

아미라와 세 구혼자는 우물 턱에 걸터앉았다. 세 젊은이는 아미라가 무슨 이야기를 할까 잔뜩 기대에 찬 표정으로 아미라의 얼굴을 바라보았다. 아미라는 두 번째 이야기를 기다리던 시간 동안 자기한테 어떤 일들이 있었는지 이야기했다. 나빌과 탈랄, 칼릴은 한마디도 빼놓지 않으려고 귀를 기울였다.

이야기를 마친 아미라는 목이 말랐다. 그래서 밧줄에 매달린 두레박을 끌어 올리려고 몸을 숙였다. 그 순간, 아미라는 그만 균형을 잃고 우물 속으로 떨어지고 말았다. 눈 깜짝할 사이에 일어난 일이었다.

바로 그때 나빌이 그녀를 따라 물속으로 뛰어들었다. 아미라의 머리가 다시 물 밖으로 떠오르자 나빌은 그녀를 붙들어 자기 쪽으로 끌어당긴 뒤 몸을 꽉 껴안았다. 그리고 안간힘을 다해 두레박에 묶인 밧줄을 붙잡았다.

"우리 좀 올려 줘!"

나빌은 헐떡이며 위를 향해 소리쳤다. 뜻밖의 사고에 얼굴이 하얗게 질린 칼릴과 탈랄은 힘껏 밧줄을 당겼다.

우물 밖으로 나온 아미라는 창백한 얼굴로 온몸을 부들부들 떨었다. 기진맥진한 나빌도 우물 위로 기어올라 물이 뚝뚝 흐르는 옷을 쥐어짰다.

칼릴과 탈랄은 서둘러 아미라에게 두건을 벗어 주었다. 흠뻑 젖은 옷자락이 아미라의 몸에 달라붙어 아름다운 몸의 윤곽을 그대로 드러냈다.

"난 빨리 천막으로 돌아가야겠어."

아미라는 미안하다는 말과 함께 서둘러 우물을 떠났다.

일주일 뒤, 아미라는 마침내 결정을 내렸다. 아미라가 선택한 청년은 바로 나빌이었다. 세 구혼자 모두 자신을 도와주었지만, 그중에서도 나빌은 우물로 뛰어내려 자신의 용기를 증명해 보였기 때문이다. 아미라는 삶에서 용기가 무척 중요하다고 생각해 왔다.

나빌은 어찌나 행복했던지 아미라와 결혼하게 된 것이 꿈인지 생시인지 헛갈릴 정도였다.

그로부터 일 년 뒤에 아미라와 나빌은 혼례를 올렸다. 혼인 잔치는 부족 사람들이 오랫동안 기억할 만큼 참으로 성대하고 즐거웠다.

그날 밤, 나빌은 오랜 꿈을 이루었다. 드디어 아미라의 신랑이
되어 아리따운 아미라가 기다리는 신부 천막에 나빌은 첫발을 들
여놓았다.

…끝

사막의 공주
아미라

ⓒ 느림보 2009
초판 1쇄 발행일 · 2009년 12월 3일

글쓴이 · 살림 알라페니쉬 | 옮긴이 · 김시형 | 펴낸이 · 윤은숙
편집 · 정솔잎 이현주 | 디자인 · 조현주 | 마케팅 · 구본건 나다연 | 제작 · 장성준
펴낸 곳 · 도서출판 (주)느림보 | 등록일자 · 1997년 4월 17일 | 등록번호 · 제10-1432호
주소 · 경기도 파주시 교하읍 문발리 파주출판단지 513-9
전화 · 편집부 (031)955-7391 영업부 (031)955-7374 | 팩스 · (031)955-7393
홈페이지 · www.nurimbo.co.kr

ISBN 978-89-5876-099-3 (43850)
책값은 뒤표지에 있습니다.